Vjačeslav V. Ivanov
Gerade und Ungerade

Gerade und Ungerade

Die Asymmetrie des Gehirns und der Zeichensysteme

Von
Vjačeslav Vsevolodovič Ivanov, Moskau

Aus dem Russischen übersetzt von
Prof. Dr. Winfried Petri, Schliersee

Mit einem Geleitwort von Prof. Dr. Bruno Preilowski

42 Abbildungen

S. Hirzel Verlag Stuttgart 1983

Titel der russischen Originalausgabe:

ЧЕТ И НЕЧЕТ, АСИММЕТРИЯ МОЗГА И ЗНАКОВЫХ СИСТЕМ

(Čet i Nečet, Asimmetrija mosga i snakovych sistem),
Verlag Sovjetskoe radio, Moskau, 1978.

Ivanov, Vjačeslav Vsevolodovič:
Gerade und Ungerade : d. Asymmetrie d. Gehirns u.d. Zeichensysteme / von Vjačeslav Vsevolodovič Ivanov. Aus d. Russ. übers. von Winfried Petri. Mit e. Geleitw. von Bruno Preilowski. – Stuttgart : Hirzel, 1983.
Aus d. Ms. übers.
ISBN 3-7776-0375-9

Satz und Druck: Schwetzinger Verlagsdruckerei GmbH, Schwetzingen
Umschlaggestaltung: Hans Hug, Stuttgart

Inhaltsverzeichnis

Geleitwort

Unser gesamtes Verhalten ist letztlich Ausdruck unserer Gehirnfunktionen. Daß wir daher in unserem Bemühen um ein Verständnis dieser Gehirnfunktionen auf eben dieses Gehirn angewiesen sind, ist Teil der Faszination wie auch der Frustration der Hirnforschung. Bezeichnend ist außerdem, daß für unser Verstehen von Gehirnfunktionen Apparate, also gewissermaßen Produkte des Gehirns, eine wesentliche Rolle spielen. Das war schon so in den noch nicht allzu lang zurückliegenden Zeiten, in denen nicht die Substanz des Gehirns, sondern seine Hohlräume im Mittelpunkt des gelehrten Interesses standen. Daran hat auch die explosionsartige Erweiterung neuerer wissenschaftlicher Erkenntnisse, zum Beispiel über die Feinstruktur oder über die biochemischen Prozesse im Gehirn – die ihrerseits vom technischen Fortschritt, das heißt durch neue Werkzeuge und Methoden, ermöglicht wurden – nichts geändert.

Aber sind wir nun mit Hilfe von Mikroprozessor- oder Hologrammodellen der Wahrheit über das Gehirn näher gekommen als die Forschergenerationen, die auf elektromechanische oder gar hydraulische Modelle beschränkt waren?

Wenn mit Wahrheit Wesenheit gemeint ist, so muß man die Frage sicher verneinen.

Wenn man aber Wahrheit als unerreichbares Ziel versteht, und durch die Bemühungen, dieses Ziel dennoch zu erreichen, bewirkt wird, daß immer mehr Zusammenhänge zwischen Gehirnfunktionen und Verhalten verständlich beschrieben und überprüfbare Vorhersagen ermöglicht werden, dann kann man die Frage durchaus mit Ja beantworten.

So gesehen unterscheidet sich die Hirnforschung dadurch, daß ihr Hauptwerkzeug auch gleichzeitig der Untersuchungsgegenstand ist, nur graduell von anderen wissenschaftlichen Unternehmungen.

In welchem Umfang sich die Gehirnprodukte Technik, Kultur und Wissenschaft in der Hirnforschung widerspiegeln, dokumentiert das vorliegende Buch von Prof. Ivanov in eindrucksvoller Weise. Die vom Autor, aus der Sicht eines – man muß schon sagen – Universalgelehrten, diskutierten Befunde stammen aus so unterschiedlichen Bereichen wie der Wissenschaftsgeschichte, der vergleichenden Sprachwissenschaft, der klinischen Neuropsychologie, der Mythologie, der Völkerkunde und Psychoanalyse: daneben finden Biologie, Mathematik, Kybernetik und Astrophysik genauso Beachtung, wie zum Beispiel so exotische Wissenschaftszweige wie die „außerirdische Zukunftsforschung".

Auch in der Thematik des Buches und der Vorgehensweise des Autors, das heißt in der Beschränkung auf jeweils zwei sich als Gegensätze ergänzende Aspekte des Verhaltens, kann man ein Beispiel für die Interaktion zwischen Gehirnfunktionen und unserem Verständnis vom Gehirn sehen:

Die zweigeteilte Form des Großhirns, also des Gehirnteils, der beim Menschen die relativ größte Entwicklung erfahren hat, und die Ergebnisse der Neuropsychologie, die darauf hindeuten, daß die beiden Gehirnhälften des Menschen entweder durch einzelne, verschiedene Aufgaben oder durch zwei generell unterschiedliche Arbeitsweisen gekennzeichnet sind, kommen unserer Neigung entgegen, die Welt und uns selbst in Gegensätzen zu sehen: rechts – links, gut – böse, gerade – ungerade, emotional – rational, appositional – propositional, usw.; die Liste läßt sich fast beliebig erweitern bis hin zu weiblich – männlich, Yin – Yang oder unbewußt – bewußt.

Einiges in diesem Buch wird sicherlich auf Kritik stoßen. Im Gehirn nur eine rechte und eine linke Seite zu unterscheiden, gehört sicher dazu. Auch mag den einen oder anderen Leser der etwas förmliche Stil der Darstellung oder die autoritäre Absolutheit mancher Aussagen und Beurteilungen stören. Mir persönlich zum Beispiel erscheinen einige Schlußfolgerungen für die Praxis weder logisch zwingend noch zum jetzigen Zeitpunkt wissenschaftlich gerechtfertigt. In jedem Fall ergeben sich für den Leser, nicht nur durch die Vielfalt des Materials, sondern vor allem durch die originelle Sichtweise des Autors, eine Fülle sehr interessanter Informationen und Anregungen.

Es sollte an dieser Stelle auch Erwähnung finden, daß Prof. Ivanov, der am Moskauer Institut für Slavistik und Balkanistik eine Abteilung für strukturelle Typologie leitet, ein wirklich intimer Kenner des sowjetrussischen Wissenschaftsbetriebes ist. Für den Leser ergibt sich daraus nicht nur die Möglichkeit, bisher unbekannte Ergebnisse russischer Arbeiten, sondern auch viele im Westen weitgehend unbekannte Forschungspersönlichkeiten aus der Sicht eines Insiders kennenzulernen.

Schließlich möchte ich noch dankend die Hilfe von Herrn Dipl.-Phys. Michael Reger bei der Durchsicht des übersetzten Manuskriptes erwähnen.

Im April 1983

Prof. Dr. Bruno Preilowski,
Universität Tübingen,
Labor für Vergleichende und
Physiologische Psychologie,
Außenstelle Weissenau

Einführung

Die Erschließung der grundlegenden Richtungen, Perspektiven und Bedeutung der modernen Mathematik, Kybernetik und Elektronik gewinnt eine zunehmende Bedeutung für das wissenschaftliche Erkennen und für die Gesellschaft. Dies gilt auch für die Schaffung gewaltiger Rechenanlagen, Rechensysteme und Rechennetze und für die Ausarbeitung des mathematischen und logischen Apparates der Kybernetik, für die Erforschung der Systeme „Mensch – Maschine“, wie für die Schaffung vielfältiger algorithmischer und formalisierter Sprachen, besonders von Sprachen, die der natürlichen nahestehen; ferner für den Fortschritt auf dem Gebiet der Wechselwirkung des Menschen mit elektronischen Rechenanlagen, für Untersuchungen mit dem Ziel einer Automatisierung des Experiments und der Projektierung, für die Schaffung mathematischer Modelle unterschiedlicher Wissensgebiete und für vieles andere. Vorrang hat dabei vor allem die Erforschung der Wirkung künstlicher Zeichensysteme (wie sie die Kybernetik weithin in Anspruch nehmen muß) auf die reichen und mächtigen Sprachen, die dem Umgang und Verständnis der Menschen untereinander dienen, und umgekehrt die Wirkung der Sprachen auf die künstlichen Systeme. Mit diesem ganzen Fragenkreis hängen in organischer Weise methodologische Probleme zusammen, wie sie auf dem Boden der Kybernetik als einer komplexen Richtung theoretischer Untersuchungen und technischer Praxis natürlich auftreten.

In der populären Literatur der letzten Jahre wird die Bedeutung der Kybernetik für den Aufbau der Gesellschaft zu Recht betont; es wird auf die eindrucksvollen Leistungen der Kybernetik verwiesen, ihren Einfluß auf die Denkweise der Forscher, ihre revolutionierende Wirkung auf industrielle Produktion, technische Mittel der Lenkung und auf das gesamte Informationswesen. Es wäre ein Fehler, die Kybernetik und ihre mathematisch-logische Basis zu unterschätzen.

Aber nicht weniger wichtig ist das prinzipielle Überdenken jener

Schwierigkeiten, die sich der kybernetischen Nachformung bestimmter Funktionen des menschlichen Intellekts in den Weg stellen, zum Beispiel formal-logische Ableitung, Konstruktion von Algorithmen für den Beweis von Sätzen in formalen Theorien, heuristisch gelenkte Forschung, Differenzierung von Modellen, automatische Analyse und Synthese von Texten, Lösung unklar gestellter Aufgaben, Bau von Robotern. Diese Schwierigkeiten hängen vielfach mit der kolossalen Kompliziertheit zusammen, die den dem Menschen eigenen Phänomenen der Erkenntnis, des Bewußtseins und der Selbsterkenntnis innewohnt – Phänomenen, die untrennbar verbunden sind mit dem ganzen System der menschlichen Bedürfnisse, darunter auch jenen, die in der Natur des Menschen als eines geselligen Wesens begründet sind. Die Aufdeckung und Erforschung dieser Schwierigkeiten erscheint unabdingbar, wenn die Kybernetik verständlich werden soll.

Bei ihrer Erforschung überkomplexer Systeme der Bio- und Soziosphären unter kybernetischem Aspekt arbeiten die Spezialisten auf dem Gebiet der technischen Wissenschaften mit Philosophen, Mathematikern und Psychologen zusammen; die Neurophysiologen mit Logikern, die Soziologen und Wirtschaftskundler mit Spezialisten für Rechenanlagen und deren mathematische Betreuung, die Sprachforscher mit Gelehrten, welche die Theorie der Automaten und Algorithmen entwickeln, die Historiker mit Informatikern usw. Die Ergebnisse solcher Zusammenarbeit legt das Buch Ivanovs auf eindrucksvolle Weise dar.

A. I. Berg, Mitglied der Akademie der Wissenschaften der UdSSR
G. S. Pospelov, Korrespondierendes Mitglied der Akademie der Wissenschaften der UdSSR

Falls es den universalen Begriff der Symmetrie-Ebene überhaupt gibt, dann nur in dem Sinne, daß die Materie bei Reflexion in Antimaterie übergeht.

E. Wigner, Studien über Symmetrie

Vorwort

Das Ziel dieses Buches ist, den Leser mit neuen kybernetischen Hypothesen, Ideen und Methoden bekanntzumachen, die sowohl für die Wissenschaften vom Menschen wie für die von der menschlichen Kultur von Interesse sind.

Im ersten Kapitel wird ein Modell des Systems der beiden Hemisphären des Gehirns vorgelegt, das auf dem Vergleich mit einem Komplex aus zwei Rechenanlagen beruht. Solche Analogien zwischen dem Organismus der Menschen und den von ihm geschaffenen technischen Vorrichtungen werden in der Wissenschaft der Neuzeit ständig vorgebracht. Der Charakter der Analogien wird dabei jedesmal durch den Stand der technischen Entwicklung bestimmt. Deshalb wurden schon seit dem 17. Jahrhundert zur Erklärung der Gehirntätigkeit (wie auch anderer physiologischer Prozesse) vornehmlich Analogien mit mechanischen Geräten herangezogen. Erst in verhältnismäßig wenig zurückliegender Zeit sind an deren Stelle Vergleiche mit elektrischen Systemen getreten.

In der ersten Stufe der aufkommenden Kybernetik war ein Vergleich der Arbeitsprinzipien von Gehirn und elektronischer Rechenanlage die bestimmende Idee. Logische Schemata, wie sie in der Rechenanlage realisiert sind, dienten als Modelle auch für die Beschreibung der Struktur von Nervennetzen. Eine Analogie war besonders naheliegend beim Vergleich des Einzelelements solcher Netze – des Neurons – mit den Elementarbestandteilen von Rechenanlagen. Auf dieser Stufe der kybernetischen Gehirnforschung war das Wichtigste der Vergleich des Gehirns mit (nur) *einem* elektronischen Gerät. Es wurde vor allem die Universalität der Gehirnsubstanz betont. Alle Teile des Gehirns galten als nicht nur nach einem einheitlichen Schema konstruiert, sondern auch als aus Elementen gleichen Typs bestehend, die zur Ausführung gleichartiger Operationen fähig waren. Die Organisation des Gehirns im ganzen beschäftigte die Forscher bei weitem weniger.

Bei der Konstruktion der neuesten Roboter spielen Komplexe aus zwei Rechenanlagen eine besondere Rolle. Das Verhältnis zwischen den Teilen solcher Aggregate erweist sich in gewissem Sinne als analog zur Verteilung der Funktionen zwischen den Hemisphären des Gehirns, worüber in den physiologischen und psychologischen Untersuchungen der letzten Zeit einiges herausgekommen ist. Deshalb werden hinreichend fundierte Analogien zwischen dem Gehirn und der Maschine möglich – nicht nur hinsichtlich der einfachsten Elemente der Systeme (zum Beispiel Neuronen), sondern in Anwendung auf das System als Ganzes und seine Organisation. Ein solcher Vergleich ist dadurch interessant, daß er Licht auf solche höchst wichtigen Formen der menschlichen Aktivität werfen kann wie Sprache, Mathematik und Musik, bei denen die Unterschiede in den Gehirnhälften eine Rolle spielen. Dabei stellt sich heraus, daß die Spezialisierung der Gehirnhemisphären, die heute die artikulierte akustische Rede bestimmt, viel später entstanden ist als das Großhirn und seine Auftrennung in Hemisphären. Das Aufkommen der Schallsprache und die Entwicklung der speziellen Funktionen der entsprechenden Hemisphäre (gewöhnlich der linken) und der durch sie gesteuerten dominierenden Hand (gewöhnlich der rechten) bedeutet eine sehr wichtige Etappe in der Evolution des Menschen.

In allen frühen menschlichen Gesellschaften hat der Unterschied zwischen der rechten und linken Hand Eingang gefunden in das System dualer elementarer Gegensätzlichkeiten, die die Struktur von Riten und Mythen bestimmen. Deshalb erscheint der Übergang von dem kybernetischen Modell des Verhältnisses zwischen rechter und linker Gehirnhälfte, wie es im ersten Kapitel des Buches vorgestellt wird, zur Untersuchung dualer Codes in der menschlichen Kultur und Sprache, der das zweite Kapitel gewidmet ist, nur natürlich. Duale Codes werden auch in viel späteren kulturellen Traditionen bewahrt.

Es genügt zu erwähnen, daß die moderne Mathematik in ihren Quellen auf die Pythagoreer zurückgeht, nach deren Lehre der duale Kontrast von Gerade und Ungerade die ganze Natur der Welt bestimmte. Neuere physikalische Entdeckungen zur Symmetrie der Elementarteilchen lassen erkennen, welch tiefe Intuition in den frühen wissenschaftlichen Einsichten verborgen ist. Eine den alten Pythagoreern ähnliche Lehre von Gerade und Ungerade wurde in der alten Kunsttheorie des Fernen Ostens (China und Japan) entwickelt und wurde in den Arbeiten eines so bedeutenden Künstlers und Kunstforschers wie C. M. Eisenstein in unserem Jahrhundert wiedergeboren. Der duale Gegensatz von Gerade und Ungerade behält auch für die zeitgenössische Wissenschaft seine Bedeutung. Deshalb wurde er zum Titel des Buches gewählt.

Im ersten Kapitel wird der Komplex betrachtet, welcher aus zwei elektronischen Rechenanlagen oder aus den beiden Hemisphären des Gehirns eines Menschen besteht; im dritten (letzten) Kapitel wird das einfachste Kollektiv untersucht, das aus zwei Personen besteht: der Mensch und sein Gesprächspartner. Der Gesprächspartner kann entweder ein anderer Mensch sein oder eine Rechenanlage. Eine der Hauptschwierigkeiten bei der Lösung des Problems des Verkehrs zwischen Mensch und Maschine in gewöhnlicher Sprache stellt das Verständnis der Wörter „ich" und „du" dar, mit denen die Gesprächspartner einander anreden. Die Untersuchung des dualen Gegensatzes von „ich" und „du" führt zur Behandlung des Problems des Dialogs. Dies ist eines der fundamentalsten in der Wissenschaft des 20. Jahrhunderts. Vom Dialog des Menschen mit der Maschine geht die Darstellung im Buch über zum Dialog zwischen zwei Menschen und weiterhin zwischen zwei Zivilisationen, von denen die eine extraterrestrisch sein kann.

Jeder, der die Entwicklung der Wissensgebiete verfolgt, die sich mit der Untersuchung der Sprache in Verbindung mit der Struktur des Gehirns befassen, kann sich des Gefühls nicht erwehren, daß er an Wandlungen in der Wissenschaft teilhat, bei denen ihm der Atem stockt. Ich möchte einige Glieder in meinem eigenen Eindringen in die Wissenschaft erwähnen, welche auch dieses ständig wachsende Gefühl des Erstaunens vor ihren Möglichkeiten bestimmt haben. Solche Ausgangspositionen waren: das Seminar über einige Anwendungen mathematischer Forschungsmethoden in der Sprachforschung, welches der verstorbene P. S. Kusnetsov zusammen mit V. A. Uspenskij und mir an der Moskauer Universität von 1956 bis 1958 geleitet hat; häufige Begegnungen mit R. O. Jakobson in den Jahren 1956 bis 1967, bei denen die von ihm vorgeschlagenen Modelle der dualen Gegensätze in der Sprache und in anderen Zeichensystemen diskutiert wurden; häufige schriftliche und mündliche Überlegungen in den Jahren 1957 bis 1962 mit A. N. Kolmogorov zu vielen Fragen der Kybernetik, von denen in dem Buch die Rede ist; Analysen von Gehirnschäden

1959 bis 1961, die zu Sprachfehlern (Aphasie) geführt hatten, in dem Laboratorium, das der kürzlich verstorbene A. R. Luria im Institut für Neurochirurgie geleitet hat; eine Arbeit über Fragen der Sprachphysiologie 1962 im Laboratorium von L. A. Tschistovitel im Leningrader Physiologischen Institut; langjährige Beschäftigung, zusammen mit V. N. Toporov, mit der Struktur mythologischer, ritueller und anderer Zeichensysteme.

Ich möchte noch mit einem guten Wort meines verstorbenen Freundes M. L. Tsetlin gedenken, in dem die leidenschaftslose Tiefe wissenschaftlichen Scharfsinns mit konkreter ingenieurmäßiger Realisierung kybernetischer Ideen in erstaunlicher Weise vereint waren, sowie des unvergeßlichen I. A. Sokoljanskij, dessen beachtlichen Arbeiten über die Sprache Taubstummblinder ein besonderer Abschnitt des Buches gewidmet ist.

Ohne diese Anfangsimpulse wäre das Buch nicht geschrieben worden, obwohl keiner der von mir genannten und nicht genannten Kollegen für jene darin vorgebrachten oder dargelegten Hypothesen verantwortlich gemacht werden darf, die sich als strittig herausstellen könnten.

Der ursprüngliche, im Oktober 1976 abgeschlossene Text des Buches wurde von I. B. Guttschin und I. M. Jaglom durchgesehen, die viele Bemerkungen machten. Ju. I. Manin machte mich um jene Zeit mit dem Manuskript seiner Arbeit über Dualität bekannt. Es war für mich eine angenehme Überraschung, daß einzelne Thesen übereinstimmten. Bei der Herstellung des endgültigen Textes erwiesen sich als nützlich die Diskussionen mathematischer Modelle der Morphogenese mit deren Schöpfer R. Thom Ende Dezember 1976 bis Januar 1977. Dank der Liebenswürdigkeit von L. Ja. Balonov und V. L. Deglin erhielt der Autor die Möglichkeit, in das Buch einige vorläufige Ergebnisse gemeinsam mit ihnen durchgeführter Analysen semantischer Assoziationen bei Kranken unter links- und rechtsseitigen Elektroschocks einzubringen.

Das Buch hätte nicht geschrieben werden können ohne die ständige Hilfe von S. L. Ivanova.

Januar 1977 *V. V. Ivanov*

1. Rechts – Links

Polarität
Zwei Forderungen entstehen in uns bei Betrachtung der Naturerscheinungen: die Erscheinungen selbst vollständig kennenzulernen, und uns dieselben durch Nachdenken anzueignen. Zur Vollständigkeit führt die Ordnung, die Ordnung fordert Methode, und die Methode erleichtert die Vorstellungen. Wenn wir einen Gegenstand in allen seinen Teilen übersehen, recht fassen und ihn im Geiste wieder hervorbringen können, so dürfen wir sagen, daß wir ihn im eigentlichen und im höhern Sinne anschauen, daß er uns angehöre, daß wir darüber eine gewisse Herrschaft erlangen. Und so führt uns das Besondere immer zum Allgemeinen, das Allgemeine zum Besondern. Beide wirken bei jeder Betrachtung, bei jedem Vortrag durcheinander.
Einiges Allgemeine gehe hier voraus.
Dualität der Erscheinung als Gegensatz:
Wir und die Gegenstände
Licht und Finsternis
Leib und Seele
Geist und Materie
Gott und die Welt
Gedanke und Ausdehnung
Ideales und Reales
Sinnlichkeit und Vernunft
Phantasie und Verstand
Sein und Sehnsucht.
Zwei Körperhälften
Rechts und Links
Atemholen.
Physische Erfahrung:
Magnet...

J. W. von Goethe*

* Konzept zu einem Vortrag, den Goethe am 2. Oktober 1805 gehalten hat. Nach: J. W. v. Goethe, Gedenkausgabe. Naturwiss. Schriften, Erster Teil. Artemis-Verlag. Zürich 1949. S. 863/64 (A.d.Ü.).

1.1 Das Gehirn als ein System aus zwei Rechenanlagen

Bei der Lösung einer beträchtlichen Anzahl der allerschwierigsten Aufgaben, mit denen die Rechentechnik konfrontiert wird, erweist es sich in den letzten Jahren immer häufiger als unerläßlich, ganze Komplexe von Rechenanlagen zu schaffen. Insbesondere zeigte sich in vielen Fällen die Schaffung von Komplexen aus zwei Geräten, die als einheitliches System arbeiten, als praktisch am vernünftigsten.

Für optimale optische Informationsausgabe eines Rechengerätes auf Bildschirm wurden ähnliche Systeme entwickelt, die einen Komplex aus zwei Maschinen bilden. Daß gerade zwei Rechner gebraucht wurden, lag daran, daß die Steuersysteme gleichzeitig zwei wesentlich verschiedene Aufgaben lösen sollten: Bearbeitung und Herrichtung für die Ausgabe der gesamten Information einerseits und die Realisierung der Abbildung auf dem Schirm andererseits [3].

In dem Komplex aus zwei Geräten (von dem im Institut für Angewandte Mathematik der Akademie der Wissenschaften der UdSSR entwickelten Typ) löst jeder der beiden Rechner seine eigene Aufgabe – eine allgemeinere (der Planung) und eine konkrete, die mit Manipulationen in der realen Raum-Zeit zusammenhängt. Dies ist charakteristisch auch für die neuesten robotechnischen Systeme.

Obwohl der Ausdruck „Robot" schon vor mehr als einem halben Jahrhundert von dem tschechischen Romanschriftsteller Čapek erfunden wurde (in dem Stück R.U.R., das Roboter als künstliche Diener des Menschen beschreibt), begann deren breite Anwendung erst in den letzten Jahren. Roboter werden vor allem für Arbeiten eingesetzt, die für den Menschen gefährlich, schädlich oder schwer zugänglich sind, wie etwa in der Tiefsee, wohin man hydraulische Manipulatoren schickt (die besonders im Ozeanologischen Institut der Akademie der Wissenschaften der UdSSR konstruiert werden), oder im Weltraum, wo der automatischen Station „Lunochod 1" robotechnische Einrichtungen zur Erforschung verschiedener Planeten gefolgt sind. Die Automatisierung der Produktion in solchen industriell entwickelten Ländern, wo es an Arbeitskräften mangelt, wie Japan, hat im letzten Jahrzehnt zu einer raschen Vermehrung von Industrierobotern geführt. In der

Welt gibt es bereits mehr als zehntausend. Die Konstruktion von Robotern vollkommenerer Art stellt jetzt wohl die allerwichtigste Seite der Arbeiten auf dem Gebiete der sogenannten „künstlichen Intelligenz“ dar.

Die technischen Errungenschaften bei der Konstruktion von Robotern werden in erheblichem Maße durch unser Wissen von entsprechenden physiologischen Systemen beim Menschen bestimmt. So wurde die Konstruktion schreitender Roboter (darunter auch menschenähnliche „Außenskelette“, Prothesen, die Krüppeln die Fortbewegung ermöglichen, ungeachtet der Unbeweglichkeit ihrer eigenen Beine) sowohl bei uns [4], als auch im Ausland [5] möglich insbesondere dank der Anwendung von Ideen des bedeutenden Physiologen Nikolaj Alexandrowitsch Bernstein (1896–1966), einer der Wegbereiter der Kybernetik. Schon 1935 begründete N. A. Bernstein die Vorstellung von der viele Niveaus umfassenden hierarchischen Struktur der Bewegungen, die in den Systemen schreitender und einiger anderer [6] Roboter auch konkret verwirklicht wurde.

Dynamische Systeme mit einer so hohen Anzahl von Freiheitsgraden wie der des menschlichen Organismus (er benutzt rund 800 Muskeln für die verschiedenen Bewegungen) können nicht von einem einzigen Zentrum aus gesteuert werden. Es gibt eine ganze Hierarchie koordinierter Zentren unterschiedlicher Niveaus, von denen jedes in gewissem Maße unabhängig ist, innerhalb von Grenzen, die durch Zentren höherer Stufe gegeben sind. Dieser Gesichtspunkt, den N. A. Bernstein erkannt hat und der in den kybernetischen Untersuchungen von I. M. Gel'fand und M. L. Tsetlin entwickelt wurde, brachte die beiden letztgenannten Gelehrten zu dem Schluß, wonach „ein komplexes Vielniveau-Lenksystem als eine Gesamtheit von Untersystemen anzusehen ist, die über relative Autonomie verfügen“ ([7], S. 198).

Ein Organismus steht in Wechselwirkung mit seiner Umwelt. Information, die er daraus empfängt, muß auch ständig bei dem Aufbau und der Korrektur von Bewegungen berücksichtigt werden. Deshalb ist eines der wichtigsten Probleme für die kybernetische Physiologie und die moderne Robotechnik herauszufinden, wie miteinander verbundene Lenksysteme mit der Umwelt in Wechselwirkung stehen.

Roboter müssen mit realen Objekten umgehen. Deshalb muß die Steuerung einer Roboterapparatur im wahren Zeitablauf erfolgen. Dazu braucht man spezifische Einrichtungen, welche die

Information laufend umwandeln und die Manipulationen des Roboters häufig und rasch unterbrechen können. Es ist unzweckmäßig, die Erfüllung dieser Aufgaben mit dem Prozeß der Planung und Konstruktion der Bewegungen des Roboters zu verbinden. Deshalb wird, wie es in den Doppelgeräteaggregaten geschieht (in der UdSSR speziell auf der Grundlage einer Kombination der Geräte BESM-6 und M-6000 realisiert), die Lösung der ersten Aufgabe abgetrennt (Echtzeitsteuerung – „real-time“) und durch eine besondere, eigene Rechenanlage besorgt ([152], S. 289).

Als Beispiel für einen Doppelgerätekomplex dieser Art kann der Roboter Mark 1,5 der Universität Edinburgh dienen, der ein „Auge“ (Fernsehkamera) und eine „Hand“ besitzt. Roboter dieses Typs nennt man ein „Auge-Hand System“ (Abb. 1). Sowohl

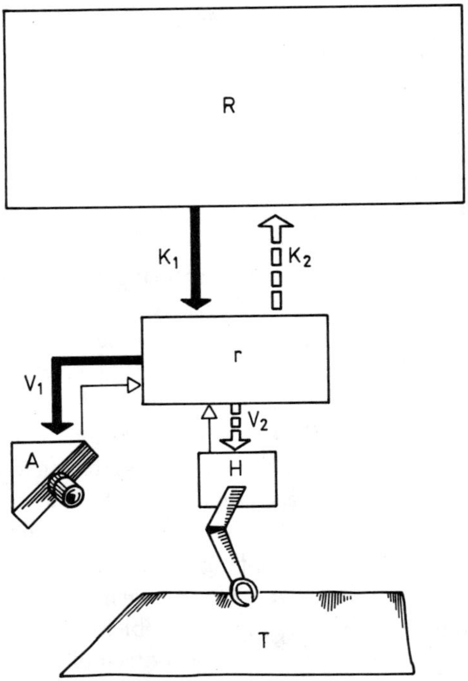

Abb. 1. Schema eines robotechnischen „Auge – Hand“ Systems vom Typ des Roboters Mark 1,5 der Universität Edinburgh. – H Hand. – A Auge. – T Tisch, auf dem der Roboter arbeitet. – r Kleine Rechenmaschine. – R Große Rechenmaschine, mit Timesharing arbeitend. – $K_{1,2}$ und $V_{1,2}$ Kanäle und Verbindungen zwischen Rechenmaschinen und Manipulatoren.

„Auge“ wie „Hand“ des Roboters sind mit einem kleinen Rechner verbunden (Honeywell 316, 16 bit Wortlänge), der in bestimmtem Maße von dem mit ihm verbundenen großen Rechner (ICL 4130) unabhängig ist, der im Time-sharing-Regime arbeitet.

Die Geräte sind durch zwei Nachrichtenkanäle miteinander verbunden, über die Daten in zwei entgegengesetzten Richtungen laufen können. So können die Maschinen einander fragen und einander antworten. Die kleine Rechenanlage steuert die „Hand“ des Roboters und besorgt die grobe Bearbeitung der Bilder, die das „Auge“ liefert, während die große Anlage die allgemeine Planung der ganzen Arbeit des Roboters ausführt und die gesamte visuelle Information bearbeitet, die sie von dem kleinen Gerät empfängt [8].

Analog ist auch das „Auge-Hand-System“ konstruiert, das im Lauf einer Reihe von Jahren an der Universität Stanford (USA) entwickelt und vervollkommnet wurde. Nach der in Publikationen des Jahres 1971 dargestellten Stufe bestand der Doppelkomplex aus einem großen Rechner (PDP-10), der die Pläne für die Handbewegungen entwarf und die Information auswertete, die der Roboter mittels einer Fernsehkamera empfing, und einem kleinen Rechner (PDP-6 mit operativem Gedächtnis von 128 K-Worten = 131 072 Worte), welcher die Motoren der Fernsehkamera sowie andere apparative Mittel bediente und die Hand- (bzw. Arm-)Elemente steuerte [9].

In einer neueren Variante des Stanforder Roboters, die für die Automatisierung der Montage eines gegebenen Objekts aus Einzelteilen bestimmt ist, besteht der Doppelkomplex, der einen zweiarmigen Roboter steuert, aus einem großen Rechner (PDP-10) und einem kleinen (Mikrocomputer PDP-11/45), welcher die Arbeit einiger automatischer Vorrichtungen (Manipulatoren, speziell künstliche „Hände“) im Echtzeitbetrieb betreut [10].

Die Väter des Stanforder Steuerungssystems erklären dieses Organisationsprinzip damit, daß die Berechnung der Bewegungsbahnen der „Arme“ des zweiarmigen Roboters einige Rechenzeit erfordert, dafür aber unkritisch ist im Hinblick auf Reaktionszeiten, im Gegensatz zur Bedienung der Manipulatoren, bei der die Situation gerade umgekehrt ist. So wie auch alle komplizierten lebenden Organismen ist ein Roboter, dessen Arbeit durch die Umwelt mitbestimmt wird, in „Zeitnot“.

Da die Zeit bei einem System mit vielen Freiheitsgraden nicht ausreicht für Entscheidungen, muß man zwangsläufig unter zwei

Möglichkeiten wählen: man kann aufs Geratewohl die erste, sich anbietende Entscheidung annehmen (dadurch erklärt sich unter anderem auch vom kybernetischen Standpunkt aus die Rolle des Orakels für besonders wichtige Entscheidungen in solchen alten Kollektiven wie dem Gemeinwesen von Rom), oder man entwikkelt eine besondere Einrichtung („ausführendes Organ") zum raschen Herbeiführen unumgänglicher Entscheidungen auf Grund einer Bearbeitung der laufenden Expreßinformation. Eine solche Gewaltenteilung in eine „Exekutive" (Programme, die die Manipulatoren in Echtzeit steuern) und eine „Legislative" (allgemeine Arbeitspläne des Roboters) wird auch in den neuesten „Auge-Hand Systemen" vorgenommen.

Die Abtrennung einer besonderen „exekutiven" Lenkeinrichtung, die in realer Raum-Zeit arbeitet, stellt an sich ein erheblich allgemeineres Prinzip dar als das Vorhandensein spezialisierter Steuersysteme für die einzelnen Manipulatoren („Hände") oder Sensoren („Augen") des Roboters. Bei allgemeinen Schemata für Roboter, die auf Analogien mit dem Gehirn der Wirbeltiere beruhen, wurde gebührend beachtet, daß solche spezialisierten Steuerungssysteme unerläßlich sind, wie zum Beispiel für die Organisation der verschiedenen Niveaus für die Verarbeitung rechter und linker Bilder, wie sie eine binokulare Fernsehkamera aufnimmt ([11], S. 116, Abb. 1).

Das Vorhandensein derartiger spezialisierter Vorrichtungen, die die vorläufige Verarbeitung der Information aus der Umwelt besorgen und Manipulatoren steuern, gilt als charakteristischer Zug aller derzeit entwickelten „intelligenten Roboter" ([12], S. 160, Abb. 7.1). Aber für einen Vergleich der Organisationsprinzipien dieser Roboter mit dem Zentralnervensystem des Menschen müssen zwei sehr wichtige Probleme betrachtet werden. Erstens ist zu klären, wie sich die Aufteilung in ein spezialisiertes und ein allgemeines Lenksystem bei ihnen zu der Unterteilung bei der Planung und der ausführenden Steuerung verhält. Zweitens muß geklärt werden, wie die verschiedenen Spezialeinrichtungen ein Ganzes bilden können.

Wir betrachten das Prinzipschema eines Roboters, der mit zwei Fernsehkameras (wie zum Beispiel Mark 1,5 in Edinburgh) und zwei Händen (wie das „Auge-Hand System" in Stanford) ausgestattet ist. Die Steuerung des Roboters, der mit Hilfe zweier „Hände" mit Gegenständen umgehen soll, geschieht in den einfachsten Fällen (bei Robotern, die für automatische Montagearbeiten entwickelt wurden) nacheinander. Die Rechenanlage steuert abwechselnd jede der beiden Hände, wobei das System nach Beendigung der Steuerung einer „Hand" ein Signal für internen Stop gibt.

Diese sequentielle Lösung, die dem traditionellen Weg konsekutiver Operationen folgt, wird in naher Zukunft wahrscheinlich durch die Konstruktion parallel arbeitender Rechensysteme abgelöst werden. Dabei kann dann die Arbeit jeder der beiden Hände simultan durch funktionell autonome, aber untrennbare Rechensysteme gesteuert werden (man nimmt an, daß gerade solche Systeme bei der vierten Generation von Rechenanlagen eine zentrale Rolle spielen werden).

Die in der Anzahl der Fernsehkameras („Augen") und Manipulatoren („Hände") zum Ausdruck kommende Beschränkung beruht offensichtlich nicht nur auf Vorstellungen von Menschenähnlichkeit, die nur für eine bestimmte Klasse von Robotern wesentlich ist (vom Typ schreitender „Außenskelette", medizinischer Prothesen, die den Besonderheiten des menschlichen Körpers angepaßt sind), sondern hat auch noch andere Gründe. Vor allem kommen in der Struktur der neuesten Roboter wie bei den lebenden Organismen, denen sie ja nachempfunden sind, einfache Symmetrieprinzipien zum Ausdruck, wie sie vielfach den Bau der Pflanzen und Tiere im Zuge der Evolution bestimmten.

Nach einer Formulierung des Akademiemitgliedes M. S. Giljarow „haben alle sich aktiv fortbewegenden Tiere eine äußere bilaterale Symmetrie, so wie auch alle unsere Transportmittel bilateralsymmetrisch sind (Boot, Flugzeug, Automobil usw.)" ([13], S. 70). Sowohl die zweiseitige (bilaterale oder spiegelbildliche) Symmetrie der Tierkörper, wie die Konzentration der räumlichen Analyse im Gehirn, die weiterhin zur Entwicklung zweier paariger Hemisphären des Vorderhirns führte [14], ergibt sich aus fundamentalen Merkmalen des Verhaltens der Tiere und der Umwelt.

In der Spiegelsymmetrie der Tiere und der vom Menschen konstruierten technischen Mittel zur Fortbewegung kann man eine Manifestation jenes Prinzips der Erhaltung der Symmetrie sehen, das Curie zuerst ausgesprochen hat: Die Symmetrie eines physischen Körpers, der sich in irgendeinem Raum befindet, wird durch die Symmetrien dieses Raumes bestimmt [15]. Die Gruppe der Symmetrien zweier Objekte, die ein Ganzes bilden, ist eine allgemeine höhere Stufe der Symmetriegruppen dieser Objekte ([16], S. 14).

Die Geradzahligkeit der tierischen Extremitäten und der Manipulatoren aktiver, sich fortbewegender Roboter (im Unterschied zu „einarmigen“ unbeweglichen Robotern der ersten Generation) kann durch Symmetriegründe motiviert sein. Aber eigentlich wird dadurch die Anzahl der Organe und Manipulatoren nicht vorgegeben; theoretisch können Roboter vielarmig sein wie altindische oder altamerikanische Götter, und vieläugig wie mythologische Wunderwesen der Antike oder des alten Chinas.

Am Beispiel der schon häufig realisierten vielbeinigen „Tausendfüßler“-Roboter (Abb. 2) kann man sehen, wie die Entwicklung von Robotern gewissermaßen der biologischen Evolution parallel verläuft. Bei Vergrößerung der Anzahl der „Beine“ eines Roboters können Steuerungsprobleme mit ihnen auftreten, die mit der Anzahl der Freiheitsgrade in jeder einzelnen Extremität zusammenhängen. Sowohl die biologische Evolution wie die technische Entwicklung wählen zwischen zwei Möglichkeiten. Auf frühen Evolutionsstufen waren Systeme möglich, die aus einer sehr beträchtlichen Anzahl von Organen (zum Beispiel Extremitäten) mit verhältnismäßig wenigen Freiheitsgraden bei jedem einzelnen davon bestanden (so kann man vereinfacht den strukturellen Typ der Morphologie der Gliederfüßler beschreiben). Auf höheren Stufen der Evolution (bei den Wirbeltieren) ist die Anzahl der Organe minimal (innerhalb der durch die bilaterale Symmetrie und die Entgegenstellung des hinteren und vorderen Teils gegebenen Grenzen), aber die Anzahl der Freiheitsgrade kann in jedem Organ beträchtlich sein.

Sehr vereinfacht könnte man sagen, daß für einen Roboter, der sich in aufrechter Haltung fortbewegt, vier oder drei „Beine“ zuviel sind, aber eines zu wenig. Die Anzahl der „Hände“ – beziehungsweise „Arme“ – (und der direkt mit ihnen in Verbindung stehenden Augen) wird vor allem durch den Charakter der Aufgaben bestimmt, die dem Roboter gestellt sind. Zum Beispiel ist für

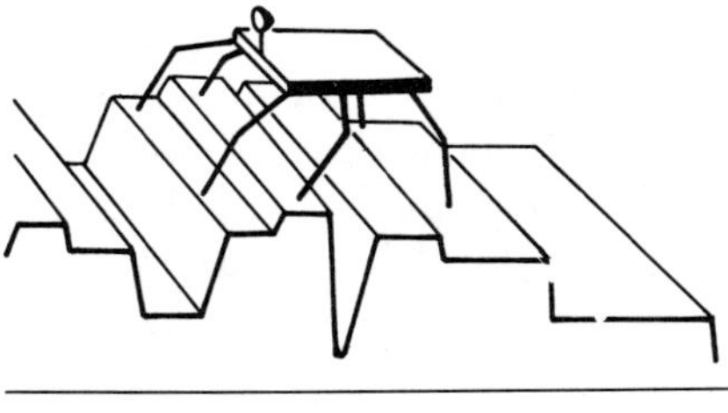

Abb. 2. Schreitender Robot-„Tausendfüßler“.

die Automatisierung komplizierter Prozesse, wie der Montage eines Objekts aus Einzelteilen und der Manipulation mit verschiedenen Instrumenten oder Werkzeugen, das Zusammenwirken von zwei Manipulatoren unerläßlich, deren einer (beim Rechtshänder funktionell mit der linken Hand vergleichbar) die Teile in einer bestimmten Lage hält, während der andere (funktionell der rechten Hand vergleichbar) an ihnen die erforderlichen Operationen ausführt ([17], S. 92). Bei Vergrößerung der Anzahl der Freiheitsgrade jeder Hand und höheren Anforderungen an die Genauigkeit, mit der die optischen Darstellungen für die Steuerung des Roboters auszuwerten sind, kann es sein, daß nicht eine große und eine kleine Rechenanlage gebraucht werden (wie bei den heute schon verwirklichten Komplexen), sondern zwei große Rechner von etwa der gleichen Klasse, die mit spezialisierten Vorrichtungen ausgerüstet sind.

Einen Roboter der Zukunft, welcher durch bilaterale Symmetrie gekennzeichnet ist, kann man sich zweiarmig und zweiäugig vorstellen. Die Kanäle zur Übertragung der Information von Auge und Hand zum Rechensystem können sich überkreuzen wie bei der Organisation der Informationskanäle im Zentralnervensystem (Abb. 3). Wenn nun zwei Rechengeräte, die einen solchen Roboter steuern, außerdem auch noch die Eingabe und Ausgabe sprachlicher Information besorgen und mündlich gesprochene Sätze verstehen können, dann kann ein solcher Doppelkomplex als Modell der beiden Hemisphären des menschlichen Gehirns angesehen werden.

Ein Vergleich der beiden Hemisphären des Gehirns mit einem Komplex von Rechenanlagen (speziell mit einem zweiteiligen Aggregat) kann sowohl für Arbeiten über „künstliche Intelligenz" interessant sein als auch für die Hirnforschung. Ein solcher Vergleich macht bis zu einem gewissen Grade die Universalität der Gründe deutlich, weshalb sich gerade ein Komplex aus zwei Maschinen für die Organisation von Rechensystemen als wirksamstes Mittel erweist.

Jedes kybernetische System (Automat oder Automatenkomplex) löst konkrete Aufgaben in einem bestimmten Medium. Deshalb führt der Unterschied zwischen dem System an sich und dem Medium notwendigerweise dazu, daß in dem System ein Untersystem abgesondert sein muß, das für die Orientierung in dem gegebenen konkreten Medium oder die Lösung der gegebenen konkreten Aufgabe verantwortlich ist. Zugleich mit solcher laufenden

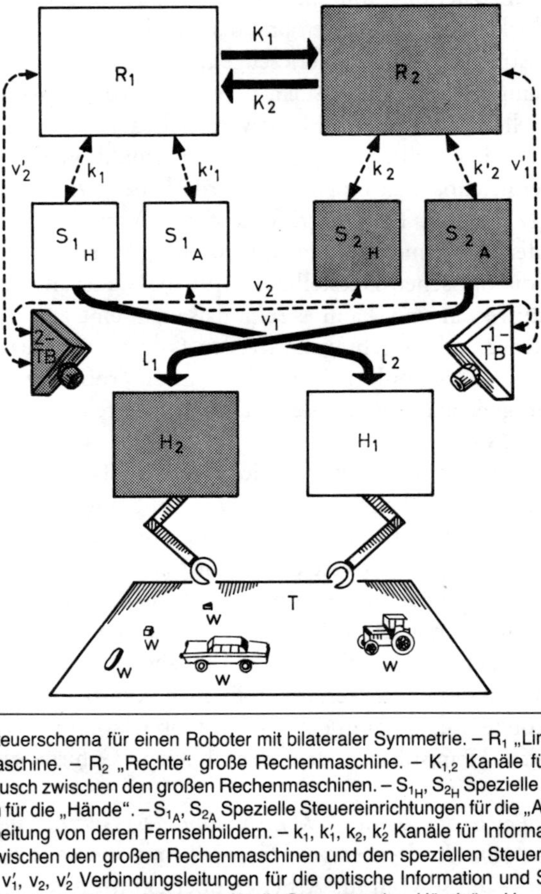

Abb. 3. Steuerschema für einen Roboter mit bilateraler Symmetrie. – R_1 „Linke" große Rechenmaschine. – R_2 „Rechte" große Rechenmaschine. – $K_{1,2}$ Kanäle für Informationsaustausch zwischen den großen Rechenmaschinen. – S_{1_H}, S_{2_H} Spezielle Steuereinrichtungen für die „Hände". – S_{1_A}, S_{2_A} Spezielle Steuereinrichtungen für die „Augen" und die Verarbeitung von deren Fernsehbildern. – k_1, k_1', k_2, k_2' Kanäle für Informationsübertragung zwischen den großen Rechenmaschinen und den speziellen Steuereinrichtungen. – v_1, v_1', v_2, v_2' Verbindungsleitungen für die optische Information und Signale zur Lenkung der „Augen". – $l_{1,2}$ Leitungen für die Steuerung der „Hände". – $H_{1,2}$ „Hände". – T Tisch, auf dem der Roboter arbeitet. – w Werkstücke, mit denen der Roboter arbeitet.

Entscheidung über unaufschiebbare Aufgaben ist das gesamte kybernetische System mit der Planung seines Verhaltens im ganzen beschäftigt.

Eine der leitenden Ideen der von N. A. Bernstein begründeten kybernetischen Physiologie der Aktivität war, daß es in jedem lebendigen Organismus Pläne für sein zukünftiges Verhalten gibt [18]. Aus diesem gleichen Grunde ist es unmöglich, einen Organismus durch einfache Schemata zu beschreiben, die nur sein Gedächtnis (Vergangenheit des Systems) und seine Reaktionen auf äußere Reize (Gegenwart des Systems) enthalten. Ein lebendes System ist immer in gewissem Maße der Zukunft zugewandt. Aber die Hereinnahme der Zukunftsplanung als einen sehr wichtigen Bestandteil der Lenkung erfordert die Abtrennung eines entsprechenden Untersystems. Darum muß es auch unbedingt mindestens zwei getrennte entsprechende Untersysteme geben: eines zur Lösung der laufenden Aufgabe mit Orientierung in realer Raum-Zeit, und eines, das das zukünftige Verhalten des Gesamtsystems plant.

Damit steht nicht im Widerspruch, daß jedes Untersystem, sowohl der „legislative“ (planende) Teil wie der „exekutive“, seinerseits spezialisierte Hilfssysteme besitzen kann (darunter, im Falle eines Rechnersystems, auch besondere Maschinen). In ähnlicher Weise hat auch jede Hemisphäre des Gehirns eine Reihe spezialisierter Abteilungen (Regionen der Hinterhaupt-, der Scheitel-, der Schläfen- und der Stirnlappen), deren jede unterschiedliche Funktionen erfüllt. Mit der Zweiteiligkeit des Komplexes (wie eines maschinellen, nur eben aus lebendem Gewebe bestehend) ist seine Beschreibung keineswegs erschöpft (selbst auf dem Niveau der allgemeinen oder „Makrostruktur“). Sie liefert aber ein Ausgangsschema für die Beschreibung.

Die Hypothese, daß man die Tätigkeit des Gehirns in gewissem Sinne gerade durch einen Komplex aus zwei Rechengeräten modellmäßig darstellen kann, wurde vom Autor dieses Buches im Jahre 1962 geäußert ([19], S. 92). Die Realität eines solchen Modells wird gegenwärtig sowohl durch kybernetische Arbeiten zur Schaffung von Doppelmaschinenkomplexen unterstrichen, wie auch durch neuropsychologische Experimente der letzten Jahre, welche die Ansichten über das Verhältnis der beiden Hemisphären des Gehirns zueinander völlig verändert haben.

1.2 Die zwei Hemisphären des Gehirns

Nach den traditionellen Schlußfolgerungen der Neuropsychologie gilt bei Erwachsenen (in der weit überwiegenden Mehrheit der Fälle: Rechtshändern) die linke Hemisphäre als dominierend. Sie kontrolliert die Bewegungen der wichtigeren – rechten – Hand und die Sprache (wie aus der weiteren Darlegung ersichtlich werden wird, erfüllt auch die andere Hemisphäre einige wichtige, mit der Sprache zusammenhängende Funktionen, so daß der Ausdruck

„dominierend“ in diesem Sinne etwas ungeschickt ist). Die Funktionen der rechten Hemisphäre, die die linke Hand führt, waren bis in die letzten Jahre unklar geblieben, obwohl der englische Neurologe H. Jackson schon vor hundert Jahren eine für die damalige Zeit erstaunliche Hypothese darüber aufgestellt hat, die jetzt bestätigt wurde. Jackson nahm an, daß die rechte Hemisphäre vornehmlich mit der anschaulichen Wahrnehmung der Außenwelt beschäftigt sei – im Unterschied zur linken Hemisphäre, die vornehmlich die Sprache und die damit zusammenhängenden Prozesse steuert. Was nun das akustische Sprechen angeht, so kann laut Jackson die rechte Hemisphäre nur solche Wortgebilde erzeugen, die sozusagen nicht unterteilt sind, sondern im ganzen einer automatisch zu äußernden Kennzeichnung einer Gesamtsituation dienen: „Guten Tag!“, „Bitte!“, „Verzeihung!“. Nachprüfung und Präzisierung dieser Hypothese sind erst unlängst möglich geworden dank der Erfahrungen, die bei neurochirurgischen Gehirnoperationen gesammelt wurden, besonders bei der Durchtrennung der Verbindung zwischen den beiden Hemisphären (s. [149]).

Die linke (in traditioneller Terminologie „dominante“) Hemisphäre hängt über einige Verbindungswege mit der rechten zusam-

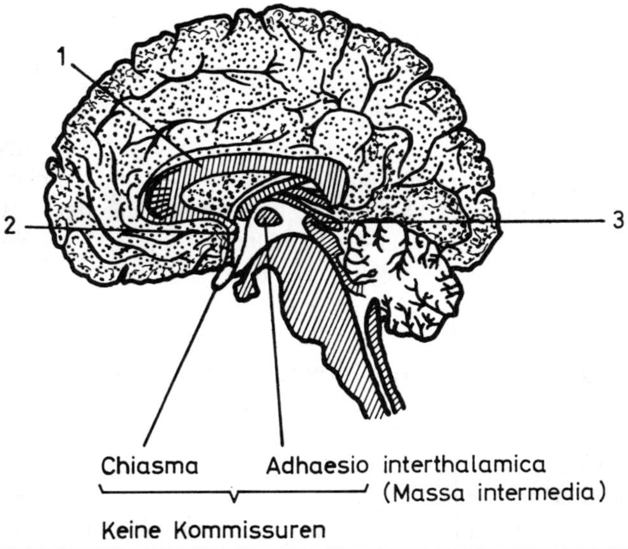

Abb. 4. Kommissurenbahnen zwischen den Hemisphären des Gehirns. – 1 Corpus callosum (Balken). – 2 Commissura anterior (vordere Kommissur). – 3 Commissura posterior (hintere Kommissur).

men (Abb. 4). Der wichtigste ist das Corpus callosum (der „Balken“), welches aus Nervenfasern besteht, die die Rinde der beiden Hemisphären verbinden. Außer dem Balken gibt es noch andere Verbindungstrakte oder „Kommissuren“ (vordere und hintere Kommissur). Die Erforschung dieser Verbindungen und ihrer Funktionen kann für die allgemeine kybernetische Theorie allgemeines Interesse haben.

Die geometrische Struktur des Gehirns, wie sie das Akademiemitglied A. N. Kolmogorow schon vor rund zwanzig Jahren vorgeschlagen hat, kommt einem Idealtyp nahe, der theoretisch für einen beliebigen Komplex von Automaten berechnet werden kann. Solche Automaten tauschen Information miteinander aus und müssen sich an der Oberfläche einer Kugel befinden, da die Kugelmitte von den Verbindungsgliedern zwischen ihnen eingenommen werden soll. Die Anordnung der Neuronen und ihrer Komplexe im Gehirn entspricht in gewisser Näherung diesem Idealmodell (Abb. 5).

Es muß angemerkt werden, daß dieses kybernetische Problem an sich beträchtlich mehr umfaßt als die Frage nach der Geometrie des Gehirns. Ähnliche Prinzipien werden bei der Erforschung menschlicher Siedlungen entdeckt – von den ältesten bis hin zu den modernen Superstädten (Megalopolis). Le Corbusier, der große Architekt des 20. Jahrhunderts, hat sich sein ganzes Leben lang

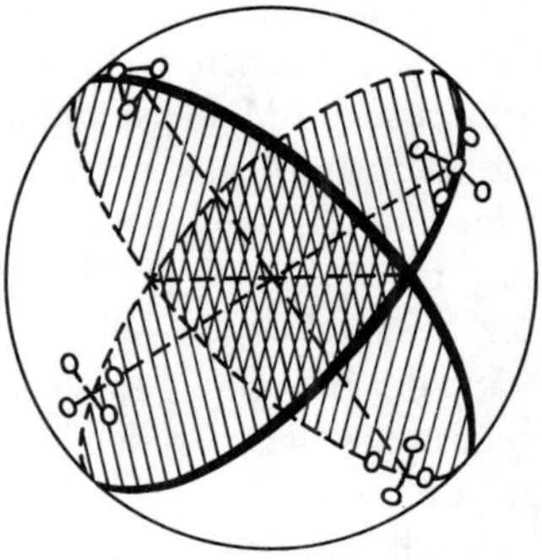

Abb. 5. Anordnung der Automaten auf der Kugeloberfläche. —— Verbindungen zwischen den Automaten (Neuronen) auf der Oberfläche. --- Innere Verbindungen.

um die Schaffung einer strengen Wissenschaft des Städtebaus, einer Geometrie der Stadt, bemüht. Er betonte die Bedeutung „radialkonzentrischer“ Stadtformen für die Überwindung der Krise der Städte im Maschinenzeitalter ([20], S. 275). Die Realität der von

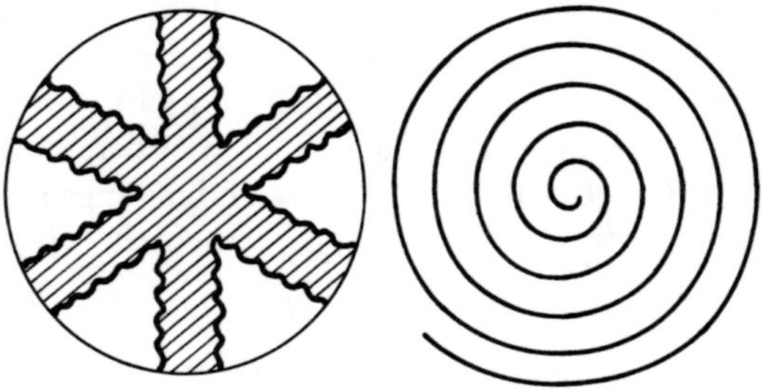

Abb. 6. Plan der „idealen“ Stadt nach Le Corbusier.

Le Corbusier vorgeschlagenen Projekte großer Städte (Abb. 6), angefangen mit seinem bekannten Entwurf einer Dreimillionenstadt, wird durch die Tendenzen des modernen Baus von Superstädten bestätigt.

Diese Gedanken Le Corbusiers stehen jenen Ideen der Mathematiker über die ideale Geometrie eines Kollektivs von Automaten nahe, die mit der Struktur des menschlichen Gehirns übereinstimmt. Versteht man unter Bionik jenes der Kybernetik verwandte (wenn nicht ihr zugehörige) moderne Wissensgebiet, das in lebenden Systemen ein Modell für technische Lösungen sucht, könnte man sagen, daß (bionisch betrachtet) das menschliche Gehirn ein Modell für Superstädte der Zukunft darstellt.

Unter Verwendung dieser Architekturbegriffe kann man sagen, daß die Siedlungen primitiver Stämme eine sehr nahe Analogie zum menschlichen Gehirn (gewissermaßen als ein horizontaler Schnitt seines Modells) enthalten: Bei ihnen, wie bei den Bororo-Indianern Brasiliens, wird ein durch Hütten an der Peripherie gebildeter Kreis zwischen zwei Hälften des Stammes gleichermaßen aufgeteilt, während sich im Zentrum der Platz für die Begegnung der beiden Hälften befindet (Abb. 7). Die Rolle einer solchen Stätte der Begegnung spielen im menschlichen Gehirn die Verbindungswege zwischen den beiden Hemisphären, wie etwa das Corpus callosum.

Wenn man sich wieder der Analogie zu einem Komplex aus zwei Geräten zuwendet und die Terminologie der Rechensysteme benutzt, kann man sagen, daß das Gehirn normalerweise ein untrennbares System aus zwei funktional inhomogenen „Rechnern“ (Hemisphären) bildet. Die Isolierung dieser Hemisphären, die für die Klärung der Funktionen jeder einzelnen äußerst wichtig

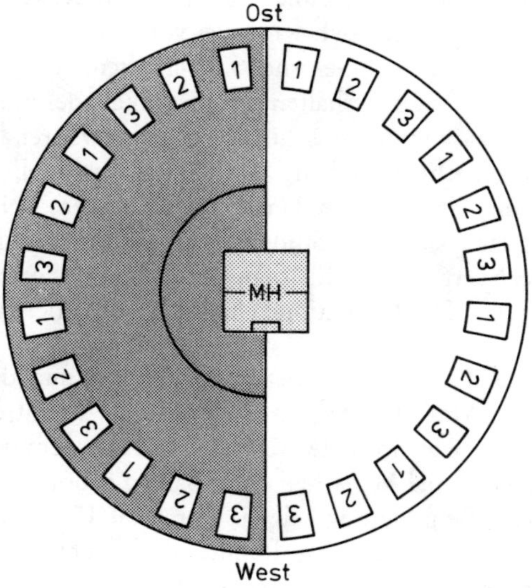

Abb. 7. Siedlungsplan der Bororo-Indianer in Brasilien. – MH Männerhaus. – 1 Höchste Heiratsklasse innerhalb des Clans. – 2 Mittlere Heiratsklasse. – 3 Unterste Heiratsklasse.

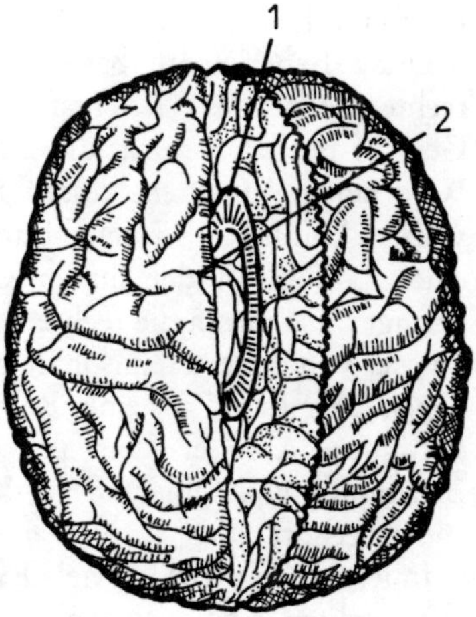

Abb. 8. Die beiden Hemisphären des Gehirns, von einem Neurochirurgen zur Therapie von epileptischen Anfällen getrennt. – 1 Balken. – 2 Vordere Kommissur.

ist, wurde bei Operationen möglich, bei denen zur Kontrolle epileptischer Anfälle die Verbindungstrakte zwischen den Hemisphären durchtrennt werden mußten (Abb. 8).

Hierbei wurde eine erstaunliche Tatsache entdeckt: Die beiden Hemisphären begannen, sich wie zwei von einander unabhängige Systeme oder wie zwei „Gehirne“ zu verhalten. Am anschaulichsten zeigte sich dies im Verhalten eines Kranken, der mit der linken Hand seine Frau wütend zu schütteln begann, während er mit der rechten (die ganz buchstäblich nicht wußte, was die linke tat) der Frau half, die eigene linke Hand zu beruhigen. (Nach einem Bericht Gazzanigas, der als Student Sperrys dessen Patienten mituntersuchte. Sperry erhielt für seine „Split-brain“ Forschung 1981 den Nobelpreis. Die Operationen wurden von Vogel und Bogen durchgeführt.)

Die meisten Kranken, bei denen der Balken und die anderen Verbindungstrakte (Kommissuren) operativ durchtrennt sind, benehmen sich wie normale Menschen. Außerdem wurde entdeckt, daß manchmal Menschen ohne Balken geboren werden, die ebenfalls keine Behinderung zeigen. Durch die Untersuchung von Patienten mit Balkenschäden konnte der deutsche Neurologe H. Liepmann schon vor dem ersten Weltkrieg einige charakteristische Besonderheiten jeder Hemisphäre herausbekommen. Zu jener Zeit fanden diese Arbeiten nicht die gebührende Beachtung. Erst viel später wurde erneut festgestellt, daß man nach Trennung der Hemisphären Experimente ausführen kann, die die Funktionen jeder einzelnen klären [21, 22].

Diese Experimente basieren darauf, daß normalerweise die rechte Hälfte des Gesichtsfeldes in die linke Hemisphäre des Gehirns projiziert wird, die linke Hälfte dagegen in die rechte. Wird einem Patienten, dessen Kommissurenbahnen durchtrennt wurde, kurzfristig visuelle Information, zum Beispiel das Bild eines Löffels, in der linken Gesichtsfeldhälfte dargeboten, so gelangt diese nur in die rechte Gehirnhälfte (Abb. 9). Er kann also mit der von dieser Hemisphäre gesteuerten linken Hand den gesehenen Gegenstand aus einer Reihe von anderen Gegenständen herausfühlen. Aber er kann ihn nicht „Löffel“ nennen, weil die Benennung von Objekten zu den Funktionen der linken Hemisphäre gehört.

In letzter Zeit wurden viele Experimente dieser Art an Personen mit intakten Kommissurenbahnen durchgeführt, die im ganzen ähnliche Resultate brachten und zu dem Schluß führten, daß die sprachlichen Möglichkeiten der rechten Hemisphäre normalerweise noch schwächer sind [23]. Klinische Daten über die Funktionen jeder Hemisphäre ergeben sich auch aus Beobachtungen an

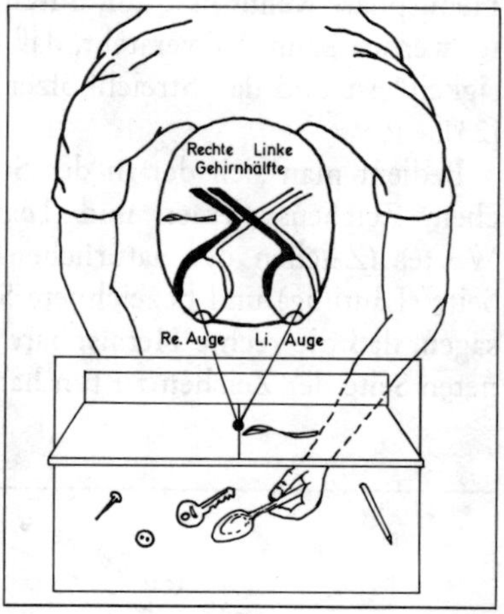

Abb. 9. Experiment zur Bestimmung der Funktionen der beiden Hemisphären des Gehirns.

Patienten mit traumatischen Schädigungen jeweils einer Hemisphäre. Dadurch konnte schon vor längerer Zeit der Zusammenhang der dominanten Hemisphäre mit dem Sprechen bestimmt werden – bei weiterer Unterteilung der Funktionen einzelner Abschnitte der Hirnrinde der dominanten Hemisphäre: einige Abschnitte sind für die Analyse der Sprechlaute verantwortlich, andere für deren Synthese. Der Zusammenhang der linken Hemisphäre mit der Analyse der Rede und der rechten mit der Lösung räumlicher Aufgaben bei normalen (Rechtshändern wird auch durch elektroenzephalographische Daten bestätigt (wobei die elektrischen Potentiale der beiden Hemisphären verglichen werden), sowie durch eine Analyse der Augenbewegungen [24]. Diese Resultate werden durch Beobachtungen gestützt, die bei kurzzeitiger Ausschaltung einer Hemisphäre gemacht werden, zum Beispiel bei einseitigem Elektroschock, wie er zur Therapie psychischer Ekrankungen eingesetzt wird [25].

Beim normalen erwachsenen Menschen (mit nicht getrennten Hemisphären) kann die rechte Hemisphäre (oder das „rechte Gehirn") als fast völlig stumm gelten: sie kann nur unartikulierte Laute hervorbringen, wie Brüllen und Winseln. In sehr geringem Maße kann die rechte Hemisphäre eine nur an sie gerichtete Rede verstehen – zumeist nur einzelne Substantive und Wortverbindungen sowie einfache Sätze (die nicht in Elemente gegliedert sind, wie etwa „Danke schön!"). Dabei bewahrt aber gerade die rechte

Hemisphäre Kenntnisse auf, durch die der Sinn der Wörter gedeutet werden kann: Sie versteht, daß ein Glas „ein Behälter für Flüssigkeit" ist und daß Streichhölzer „zum Feueranmachen dienen" [23].

Bedient man sich der in der Semiotik (Wissenschaft von Zeichen, Zeichensystemen und Texten) üblichen Unterteilung in Wörter (Zeichen der natürlichen Sprache), deren bezeichnende Seite (Lautung) und bezeichnete Seite (Bedeutung), so kann man sagen, daß die rechte Hemisphäre hauptsächlich mit der bezeichneten Seite der Zeichen zu tun hat (Abb. 10).

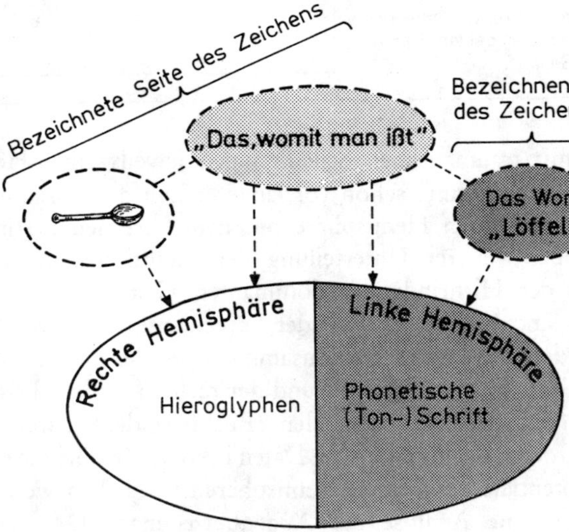

Abb. 10. Bezeichnete und bezeichnende Seiten bei Zeichen und Hirnhemisphäre.

Wenn bei einem Taubstummen die linke Hemisphäre des Gehirns erkrankt, bleibt in der rechten die Gestensprache erhalten (jede Geste vermittelt eine besondere Bedeutung wie ein einzelnes Wort); aber die Fähigkeit zur Benutzung des Fingeralphabets (bei dem jedes Zeichen einem Buchstaben der Schriftsprache entspricht) und der mündlichen Sprache, in der der Taubstumme unterwiesen wurde, geht verloren. Daraus sieht man, daß in der rechten Hemisphäre der Sinn der Wörter (die „bezeichnete Seite" der Zeichen oder ihre Bedeutung) in einer Form erhalten bleibt, die nicht von ihrer akustischen Verpackung abhängt. Diese Folgerung wird auch durch Ergebnisse bei Verletzung der linken Hemisphäre bei Japanern bestätigt. Des Lesens und Schreibens kundige Japaner benutzen gewöhnlich sowohl chinesische Schriftzeichen (Kanji, eine ideographische Schrift, bei der wie bei Hieroglyphen jede Bedeutung durch ein besonderes Ideogramm wiedergegeben wird), als auch eine Silbenschrift, die die Lautung der Wörter notiert, aber nicht deren Bedeutung. Bei Störung der linken Hemisphäre leidet bei den Japanern die Silbenschrift (Hiragana und Katakana), aber nicht die Hieroglyphik [26, 151] (Abb. 10, 11).

Bezeichnete Seite	Bezeichnende Seite		
	In Hieroglyphenschrift	In Silbenschrift schrift	Von einem Aphatiker geschrieben
„Tinte"	墨	イ ン キ (inki)	キ ン ス (kinsu)
„Universität" (= „Höhere Bildung")	大 学	ダイガク (daigaku)	タ イ (tai)
„Tokio" (= „Östliche Hauptstadt")	東 京	ト ウ キ ヨ ウ (tōkyō)	ト ウ (tō)

Abb. 11. Verfall der Silbenschrift bei Aphasie (Schädigung der Broca-Sprechzone) bei einem Japaner.

Der Umstand, daß die rechte Hemisphäre mit der Bedeutung der Wörter, aber nicht mit deren Lautung in der natürlichen Sprache zu tun hat, stimmt gut mit Daten über andere ihrer Funktionen zusammen. Kranke, bei denen die normale Tätigkeit der rechten Hemisphäre gestört ist, können Bildkärtchen nicht so anordnen, daß sich eine zusammenhängende Geschichte ergibt (also gerade das tun, was für Benutzung von Ideogrammen als Schrift unbedingt nötig ist!). Die Störung der rechten Hemisphäre macht es unmöglich, sich (gewissermaßen „auf Vorrat") sinnlose Zeichnungen und unbekannte Gesichter zu merken ([27], S. 462/63) oder bekannte Gesichter zu erkennen, selbst wenn es sich um Familienangehörige handelt ([28], S. 462/63).

Diese Zerrüttung visueller Bilder hängt hauptsächlich mit einer Schädigung des temporalen (Schläfen-)Teils der rechten Hemisphäre zusammen. Wenn in diesem Teil ein „Krampfpotential“ entsteht, zum Beispiel in Verbindung mit einem epileptischen Anfall, hat der Patient visuelle Halluzinationen. Man kann diese auch durch Reizung seines Gehirns an dem gleichen Abschnitt der Hemisphäre mit Elektroden hervorrufen.

Die entsprechenden Gebiete der linken Hemisphäre sind ausdrücklich auf die Behandlung von Sprachlauten spezialisiert. Diese Hemisphäre ist auch an der Unterscheidung anderer, nicht sprachlicher Laute beteiligt, aber in recht komplizierter Weise: Wenn ein Rechtshänder Töne wahrnimmt, die sich in der Höhe unterscheiden, so ist der höhere Ton dem rechten Ohr (das heißt der linken, sprachdominanten Hemisphäre) zugeordnet, der tiefere aber der rechten (nichtsprachlichen) Hemisphäre. Daß dies in bestimmter Weise von der Dominanz der Hemisphäre abhängt, ist aus Versuchen ersichtlich, wonach bei Linkshändern die Situation umgekehrt ist. Bei der Untersuchung dieser musikalischen Illusionen kommen offensichtlich kompliziertere klassifizierende Funktionen der linken Hemisphäre zum Ausdruck, die sich von der einfachen Frequenzanalyse unterscheiden. Man nimmt an, daß die Wahrnehmung hoher Töne mit jener Hemisphäre zusammenhängt, die die akustischen Signale der natürlichen Sprache verarbeitet [29].

Möglicherweise dienen spezialisierte Einrichtungen in der linken Hemisphäre des Gehirns gleichzeitig auch zur Frequenzanalyse der Sprachlaute ([30], S. 241, 337) wie zur Analyse eines bestimmten Typs nichtsprachlicher Laute (hoher Töne). Was aber die komplizierten nichtsprachlichen Laute angeht, so wird deren Wahrnehmung hauptsächlich durch die rechte (nichtsprachliche) Hemisphäre besorgt ([25], [29], S. 103), welche auch die Intonation (die Tonhöhen-melodische Seite) der mündlichen Rede steuert. Im Grunde lenkt sie auch die höheren schöpferischen musikalischen Fähigkeiten, weil Amusie (Verlust dieser Fähigkeiten) bei Verletzung der rechten (nichtsprachlichen) Hemisphäre auftritt.

A. R. Luria und seine Mitarbeiter haben den Fall beschrieben, daß ein berühmter Komponist nach einem Schlaganfall in der linken Hemisphäre mit Störung der Durchblutung im System der linken mittleren Gehirnarterie die Gabe der Rede verlor und sie dann teilweise wiedergewann, dabei aber völlig die Fähigkeit des musikalischen Komponierens behielt (Schwierigkeiten bereitete ihm nur das Verfassen von Vokalmusik, bei der die Lautsprache ein wesentlicher Bestandteil ist). Dem entsprach, daß die linke Hand ihre volle Beweglichkeit behalten hatte, während die rechte gelähmt war. Der Patient konnte den Sinn von Wörtern verstehen, wenn ihm visuelle Darstellungen gezeigt wurden. Bemerkenswerterweise war Schreiben für ihn schwierig; aber die Technik der Musikaufzeichnung war unbeeinträchtigt [31]. Schon früher wurde eine ähnliche Krankheitsgeschichte von dem Komponisten Ravel verzeichnet.

Beobachtungen an vielen musikalisch begabten Menschen ließen im Normalfalle den Schluß zu, daß die rechte Hemisphäre das musikalische Schaffen bestimmt, während die linke Musik mit Hilfe verbaler und literaler Bezeichnungen analysieren kann ([32], S. 102–105; [150]).

Funktionen der rechten Hemisphäre (bei Rechtshändern normalerweise nichtsprachlich) sind außer der Wahrnehmung von derart räumlich konkreten Bildern wie der Gesichter von Personen das Verstehen des Sinns der Wörter und das musikalische Schaffen, ferner auch die Steuerung vieler komplizierter Aktivitäten: sich Ankleiden, Gebrauch von Scheren und Baukastenspiele mit Würfeln. Sehr vereinfacht könnte man sagen, daß in den Programmen für die Ausführung von Befehlen durch den Roboter des Laboratoriums für künstliche Intelligenz der Stanford-Universität, der Würfel aufhebt und aufeinandersetzt [17], einige Funktionen der rechten Hemisphäre modellmäßig enthalten sind.

Die rechte Hemisphäre lenkt die Bewegungen des Menschen in der konkreten Zeit und im konkreten Raume. In kybernetischer Analogie zu einem Doppelmaschinenkomplex könnte man sagen, daß die rechte Hemisphäre an denjenigen Rechner gemahnt, der in Echtzeit arbeitet. Bei Störung des hinteren Scheitelgebietes der rechten Hemisphäre büßen die Patienten das Gefühl für ihre linke Körperseite ein und für den daran sich anschließenden Teil des Raumes.

Untersuchungen der letzten Jahre berechtigen zu der Annahme, daß diese Fähigkeit der rechten Hemisphäre auf den allerfrühesten Stufen der Evolution der Vorfahren des Menschen entstanden ist. Beim Menschen hängt das Fehlen eines Orientierungsreflexes auf Reize, die von links kommen, bei Schädigungen der rechten Hemisphäre mit den Bahnen zusammen, die die Rinde dieser Hemisphäre mit den alten, tiefgelegenen Teilen des Gehirns verbinden ([24], S. 286–302). Das Alter dieses Phänomens wird dadurch betont, daß ein analoger Effekt bei Versuchen mit Affen entdeckt worden ist. Bei den Affen haben die Neuronen des hinteren (und mittleren) Scheitellappens einer jeden Hemisphäre die Aufgabe, die Aufmerksamkeit des Tieres auf Gegenstände zu lenken, die sich an der der betreffenden Hemisphäre entgegengesetzten Seite befinden ([24], S. 289–291; [28], S. 466/67).

Bei dem Menschen ist diese Eigentümlichkeit in ähnlich ursprünglicher Form nur in der rechten Hemisphäre erhalten. Bei Schädigung der entsprechenden Scheitelgebiete der linken Hemisphäre ergibt sich die Unfähigkeit, rechts und links zu unterscheiden und die damit zusammenhängenden Bezeichnungen (Wörter mit der Bedeutung „rechts" und „links"). Ferner ist dann die Fähigkeit zum Erkennen der eigenen Finger verloren (Finger-Agnosie), und mit den Fingern verbundene alte kulturelle Gewohnheiten können nicht mehr ausgeführt werden: das Zählen (Akalkulie) und Schreiben (Agraphie). Diese Erscheinungen wurden früher unter der Bezeichnung Gerstmann-Syndrom zusammengefaßt (nach einem deutschen Neurologen, der 1930 die Möglichkeit ihres simultanen Auftretens festgestellt hatte). Aber jede einzelne kann auch getrennt von den anderen Erscheinungen auftreten und nur gelegentlich davon begleitet werden. Dem gesamten Gerstmann-Syndrom gemeinsam ist, daß alle diese Erscheinungen mit einer nur mittelbaren Wahrnehmung des Raumes verbunden sind – nämlich mittels Wörtern (Bezeichnungen für „links" und „rechts", Bezeichnungen der Finger und Zahlwörter, die in vielen Sprachen aus den Bezeichnungen der Finger abgeleitet sind). Die

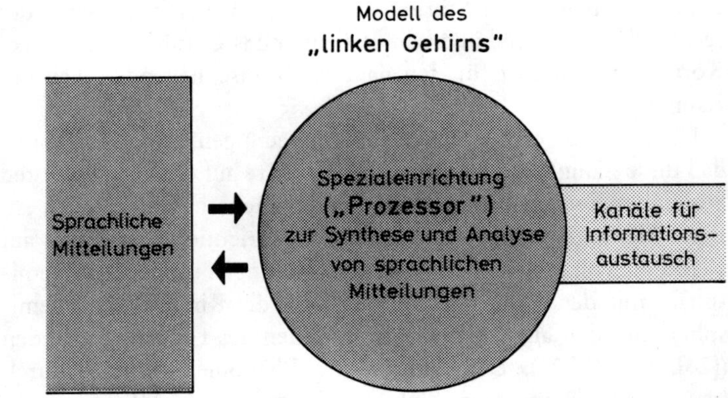

Abb. 12. Vorschlag für ein Schema eines Zweimaschinenkomplexes, der die

linke Hemisphäre benennt die linke und die rechte Seite des Raumes mit Wörtern, während die rechte sich unmittelbar in ihm orientiert.

Eine modellmäßige Nachbildung der Beziehungen zwischen rechter und linker Hemisphäre könnte man mit einem Gerätekomplex erzielen, bei dem ein Sprach-„Prozessor" (eine Spezialeinrichtung zur Verarbeitung gesprochener Information) mit einem funktional von ihm verschiedenen Automaten vereinigt ist. Dieser letztere müßte in Echtzeit arbeiten und in realer Raum-Zeit alle Prozesse lokalisieren, die in den sprachlichen Aussagen beschrieben werden (Abb. 12).

Die Struktur des Sprachen-„Prozessors" zeigt sich bei Störungen verschiedener Abschnitte der Rinde der linken (dominanten) Hemisphäre [33]. Solche Verletzungen führen entweder zu „motorischer Aphasie", das heißt Störungen der Prozesse der Sprachsynthese, die mit der Broca-Zone zusammenhängen (Abb. 13), mit weiteren Unterteilungen jener Abschnitte, welche verschiedene Untertypen der motorischen Aphasie hervorrufen, oder zu „sensorischer Aphasie", also einer Störung der Prozesse der Sprachanalyse, die mit der Wernicke-Zone zusammenhängen (Abb. 13).

Wenn die Prozesse der Sprachsynthese gestört sind, kann es sein, daß der Sinn der Wörter gewahrt bleibt; dagegen treten bei Störung der Prozesse der Sprachanalyse schwere Zerrüttungen der

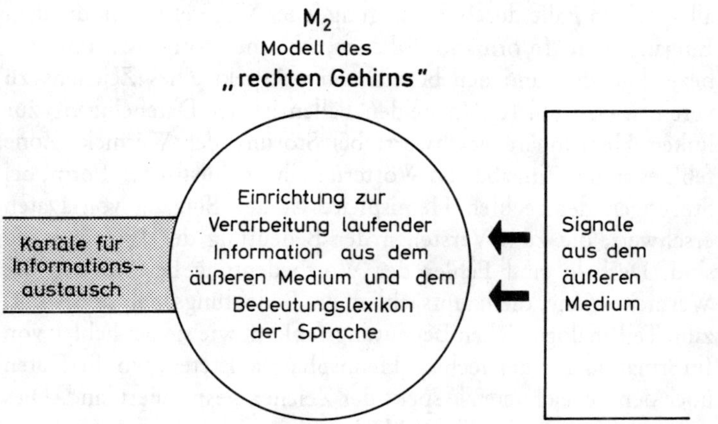

sprachlichen Funktionen der beiden Hemisphären nachbildet.

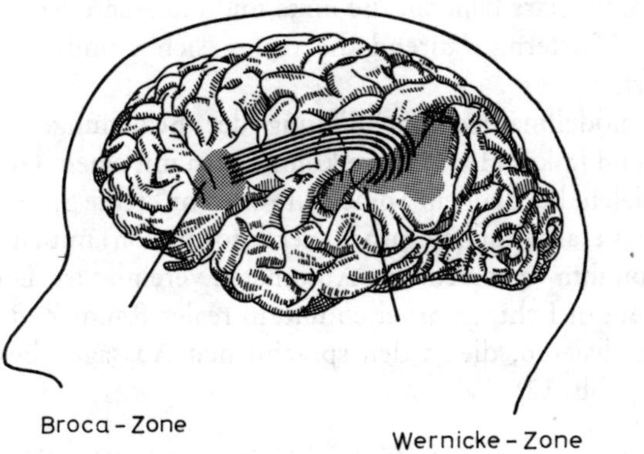

Abb. 13. Spezialeinrichtungen für Eingabe (Broca-Zone) und Ausgabe (Wernicke-Zone) mündlicher Sprache in der linken Hemisphäre.

Wortbedeutungen auf, obwohl die Rede grammatisch korrekt bleibt. Diese schon im vorigen Jahrhundert entdeckten Fakten (Broca, 1865; Wernicke, 1874), die dann in diesem Jahrhundert präzisiert wurden ([34], S. 834–843), zeigen, daß die Sprach-Hemisphäre ein recht kompliziertes System der Eingabe (Analyse, Wernicke-Zone) und Ausgabe (Synthese, Broca-Zone) von Sprachinformation enthält.

Störungen, die durch Zerrüttung der Eingabesysteme hervorgerufen sind, haben Züge, wie sie bei Funktionsstörungen der rechten, nichtsprachlichen Hemisphäre auftreten. Das kann man im allgemeinen Falle durch Schädigung jener Wege erklären, die dem Eingang von Information dienen, welche nötig ist, um den bezeichnenden und den bezeichneten Aspekt eines Zeichens zu vereinen (s. Abb. 10). In beiden Fällen ist der Dateneingang zur linken Hemisphäre erschwert: bei Störung der Wernicke-Zone fehlt es an der Eingabe von Wörtern in ihrer akustischen Form; bei Störungen der rechten Hemisphäre ist der Eingang von Daten erschwert, die zum Verstehen der Bedeutung der Wörter nötig sind. Deshalb sind Fehler der Wortbedeutung bei Störung der Wernicke-Zone, die hauptsächlich die Bedeutungsanalyse besorgt, zum Teil analog solchen Bedeutungsfehlern, wie sie bei Fehlen von Information aus der rechten Hemisphäre auftreten, wo die Daten über den bezeichneten Aspekt der Zeichen gespeichert sind. Dies zeigt, daß unterschiedliche Mechanismen zu äußerlich analogen Folgen führen können.

Bei der Erforschung der Aphasie wurde schon vor längerer Zeit eine Beobachtung gemacht, die für die Aufklärung des Verhältnisses der Funktionen von linker und rechter Hemisphäre ausnehmend wichtig ist. Mit der ihm eigentümlichen Brillanz hat Wygotskij diese Folgerung dargelegt: „In dem Frankfurter Institut wurden erstmals Fälle beschrieben, in denen ein Patient, der rechtsseitig gelähmt war, aber noch die Fähigkeit besaß, ihm vorgesprochene Wörter zu wiederholen, Rede zu verstehen und zu schreiben, nicht fähig war, den Satz zu wiederholen: ‚Ich kann mit meiner rechten Hand gut schreiben'. In diesem Satz ersetzte er das Wort ‚rechts' immer durch das Wort ‚links', weil er jetzt in Wirklichkeit nur mit der linken Hand zu schreiben vermochte, aber nicht mit der rechten. Es war für ihn unmöglich, einen Satz zu wiederholen, der etwas enthielt, was nicht mit seinem Zustand übereinstimmte" ([35], S. 341).

Der Zusammenhang von Vorstellung und Rede, der in diesen Beobachtungen Bleulers und seiner Schule entdeckt und durch die Analyse der Kinderpsychologie bestätigt wurde, ist vor allem deshalb wichtig, weil hier klar ein Unterschied zwischen der linken Sprachhemisphäre ohne Bindung an eine konkrete Situation und der rechten Hemisphäre zum Ausdruck kommt, die immer nur in Echtzeit operiert. Für die rechte Hemisphäre müssen alle ihre Aussagen wahr sein; falsch können nur Behauptungen der linken Hemisphäre sein.

Dieses Ergebnis ist überaus wichtig zur Klärung der Beziehungen zwischen der linken Hemisphäre und der Logik, speziell der zweiwertigen, die auf der Unterscheidung zwischen wahren und falschen Aussagen beruht. Logische Systeme gestatten es, auf Grund bestimmter Regeln festzustellen, ob eine (aus wahrer oder falscher Quelle) stammende Aussage wahr oder falsch ist. Es darf nicht bezweifelt werden, daß solche Regeln (wie auch die ganz kategorische Unterscheidung von Wahrheit und Lüge) gerade mit der linken Hemisphäre korreliert werden müssen. Das logische Kriterium Wahrheit/Lüge hat nichts gemein mit jener Adäquatheit für einige reale Situationen, die einen charakteristischen Zug für das Verhalten der rechten Hemisphäre im ganzen darstellt, welche nicht fähig ist, sich von der konkreten Spezifik einer gegebenen Situation freizumachen.

Deshalb kann man das kybernetische Gehirnmodell, welches M. Arbib unlängst vorgeschlagen hat, kaum als geglückt ansehen.

Arbib kritisierte das Verfahren, wonach Information gewöhnlich in sprachlicher Form in die Maschine eingegeben wird, und schlug ein wortfreies Modell vor, das unmittelbar mit Signalen aus dem Medium operiert. Aber Arbibs Maschine ist vom Gehirn des Menschen ebenso weit entfernt, wie vom Verhalten eines gewöhnlichen Menschen die Gelehrten Laputas in „Gullivers Reisen" von Swift entfernt sind, die beschlossen hatten, keine Wörter zu benutzen, sondern jedesmal auf das Ding zu deuten, von dem die Rede war.

Wenn ein Modell wesentliche Züge der allgemeinen Struktur des Gehirns reproduzieren soll, kann man dabei nicht darauf verzichten, ein wortloses „exekutives" Untersystem, das in Echtzeit arbeitet und in dieser Hinsicht der rechten Hemisphäre analog ist, mit einem planenden „legislativen" Untersystem zu vereinigen, das wesentlich mit der Konstruktion sprachlicher (und logischer) Aussagen beschäftigt ist. Die Funktionen eines solchen Untersystems wären bis zu einem gewissen Grade analog der Rolle der linken Hemisphäre.

1.3 Grammatik und Sinn

Grammatische Analyse und Synthese von Sätzen einerseits und die Bedeutungsanalyse und -synthese von sprachlichen Aussagen andererseits sind im Zentralnervensystem zwischen den beiden Hemisphären aufgeteilt. Die linke Hemisphäre analysiert und synthetisiert Sätze, wobei sie die ganze grammatische Information benutzt, von der Information über den Sinn der Wörter aber nur den verhältnismäßig kleinen Teil verwendet, der direkt mit der Grammatik zu tun hat. So hat der Unterschied zwischen den Präpositionen „über" und „unter" bei den Funktionen der linken Hemisphäre keine Beziehung zum konkreten Bild der Welt, sondern nur einen ganz allgemeinen Sinn, der auf beliebige Situationen paßt, in denen diese Wörter gebraucht werden können.

Konkrete Sinn-Information über die Außenwelt, wie sie in erklärenden Wörterbüchern der natürlichen Sprachen (und analogen „Thesauren" der Informationsmaschinen) enthalten ist, wird in der rechten Hemisphäre gespeichert und verarbeitet. Man kann eine angenäherte Abschätzung der Anzahl lexikalischer Einheiten in diesem Informationsmassiv zu erhalten suchen, wenn man Daten darüber zugrundelegt, daß das Wörterbuch der Ideogramme (oder Hieroglyphen: geschriebene Zeichen, die jeweils die Bedeutung eines Wortes ausdrücken) und der ihnen entsprechenden bildlichen Gesten (in der Taubstummensprache) in der rechten (nichtsprachlichen) Hemisphäre enthalten ist.

Wie die linguistische Statistik zeigt, kann man die Anzahl der Zeichen in solchen Wörterbüchern (beispielsweise in einem vollständigen Lexikon der chinesischen Schriftzeichen) auf $k \cdot 10^4$ schätzen (mit $1 \leqslant k \leqslant 10$), wo k ein Koeffizient ist, der bestimmt wird durch die Vielfalt der Anwendungssphären der Sprache oder die „Enzyklopädizität" der mit ihrer Hilfe übertragenen Mitteilungen. Die Größe $k \cdot 10^4$ entspricht ungefähr dem mittleren Ausmaß eines nichtspezialisierten Wörterbuchs einer natürlichen Sprache.

Der reale Umfang jener lexikalischen (Sinn enthaltenden) Information, die in der rechten Hemisphäre gespeichert wird, ist bedeutend größer, weil bei jedem Wort offenbar mit ihm assoziierte „Deutungen" oder „Erläuterungen" in die Erinnerung gerufen werden, besonders mit Hilfe entsprechender visueller (oder allgemein: räumlicher) und anderer Bilder. Ein beträchtlicher Teil dieser Information ist, anders als bei eigentlich sprachlicher Information, in der rechten Hemisphäre in nicht-wörtlicher Form codiert, was eine realistische quantitative Abschätzung einigermaßen erschwert. Es genügt nicht, lediglich die Länge (in Wörtern) der lexikalischen Erklärung – vom Typ: „Glas" ist ein „Behälter für Flüssigkeit" – abzuschätzen, weil außer dieser Information mit „Glas" in der rechten Hemisphäre auch konkrete Bilder verschiedener Gläser assoziiert sind, die der Mensch im Laufe seines Lebens gesehen oder gebraucht hat. (Das hier als Beispiel benutzte russische Wort „stakan" enthält nicht die zusätzliche Bedeutung von Glas als Material wie das deutsche Wort. A. d. Ü.) Außerdem kann eine große, wenn nicht gar die überwiegende Zahl der in der rechten Hemisphäre gespeicherten bildlichen und anderen konkreträumlichen Darstellungen nicht durch ein einziges Wort beschrieben werden, sondern durch zwei (zum Beispiel: Eisenbahn) oder durch ganze Sätze und sogar ausführliche Texte.

Man kann aber die Zahl der Größenordnung $k \cdot 10^4$ sehr näherungsweise durch die Verbindungen charakterisieren, die zwischen den beiden Hemisphären bestehen und das Lexikon der natürlichen Sprache betreffen. Jedes Wort dieses Lexikons, das in seiner vollen konkreten, sinnhaften, aber nicht eigentlichen sprachlichen Information in der rechten Hemisphäre gespeichert ist, muß in der linken repräsentiert sein. Dort werden die lautlichen und buchstäblichen (bei modernen Schriftsprachen, wo die Buchstaben mehr oder weniger genau den Lauten entsprechen) Formen dieser Wörter mit der entsprechenden grammatischen und abstrakten Sinn-Information aufbewahrt.

Daß gerade die linke Hemisphäre der Speicher für konkrete „Hüllen“ der Wörter ist, ist klar aus den neuesten Arbeiten ersichtlich, die sich mit den Funktionen des linken Stirnteils des Gehirns beschäftigen (zum Unterschied vom rechten, bei dem die Störung seiner Arbeit zum Verlust der Fähigkeit führt, beliebige willkürliche Figuren zu erfinden). Bei Störung des linken Stirnteils verliert der Kranke die Fähigkeit, Wörter einer bestimmten Länge hervorzubringen, die mit einem bestimmten Buchstaben beginnen ([28], S. 468). Die Fähigkeit, die zum Ausfüllen der Felder eines Kreuzworträtsels erforderlich ist, steckt in der linken Hemisphäre, während die rechte den Schlüssel für das Kreuzworträtsel enthält, nämlich Kenntnisse von der realen Welt.

Die Größenordnung $k \cdot 10^4$ charakterisiert somit den Bestand lexikalischer Entsprechungen zwischen linker und rechter Hemisphäre, obwohl durch diese Entsprechungen noch keineswegs die Information ausgeschöpft wird, die die beiden Hemisphären untereinander austauschen können. Besonders interessant ist die Frage nach der Form, in welcher Information von der einen Hemisphäre in die andere übertragen wird.

Auf Grund von Tierversuchen (hauptsächlich mit Affen und Katzen) wird die Hypothese geäußert, daß bei Vorhandensein eines „Balkens“ (Corpus callosum) die Information in der einen Hemisphäre aufgezeichnet (sprachliche in der linken – räumliche in der rechten) und über den Balken in die jeweils entgegengesetzte übermittelt wird ([24], S. 75–86). Einen partiellen Beweis dieser Hypothese gibt die Entdeckung Sperrys, der unlängst gezeigt hat, daß bei angeborenem Fehlen des Balkens die gleiche Sprachinformation in beiden Hemisphären aufgezeichnet wird [36].

Wenn Information durch Verbindungswege (Kommissuren) von der einen in die andere Hemisphäre übertragen wird, so beobachtet man die Erscheinung spiegelbildlicher Reproduktion. Ein anschauliches Beispiel ist die Spiegelschrift (besonders bei Linkshändern), bei der die rechte Hemisphäre eine spiegelbildliche Darstellung des Symbols (Buchstabens) liefert, das sich in der linken befindet [32].

Experimente an Affen haben gezeigt, daß ein epileptischer Fokus in einer Hemisphäre, durch Aluminiumpaste künstlich erzeugt, bei Vorhandensein eines Balkens in den spiegelsymmetrisch entsprechenden Teil der anderen Hemisphäre übertragen wird. Man nimmt an, die Ursache der Veränderungen in dieser könnte eine „videovariierte" Ribonukleinsäure sein ([37], S. 67), in der viele den Träger des Gedächtnisses sehen.

Das Gedächtnis des Menschen wird in vieler Hinsicht durch das Vorhandensein von Verbindungswegen zwischen der linken Hemisphäre, in der die Wörter in ihren phonetischen Hüllen aufbewahrt werden, und der rechten Hemisphäre mit ihrem Vorrat an bildlichen Darstellungen bestimmt. Anschaulich zeigt dies das erstaunliche Gedächtnis von S. W. Schereschewskij. Dieser sagte, um seine Fähigkeit zur Auffassung von Wörtern zu erklären, die es ihm erlaubte, vielfältige Kombinationen von ihnen im Gedächtnis zu behalten: „Wenn ich das Wort ‚grün' höre, erscheint ein grüner Blumentopf; bei ‚rot' sehe ich jemand mit einem roten Hemd darauf zugehen; bei ‚blau' winkt jemand mit einem blauen Fähnchen aus dem Fenster ..." ([38], S. 20).

Sehr feine Beobachter des menschlichen Seelenlebens – Schriftsteller, Denker, bildende Künstler – beschreiben dies als einen kontinuierlichen Strom von Bildern, der bei vielen Leuten an einen Kinofilm erinnert, den der Mensch ständig in seinem Innern anschaut. Nach der Vorstellung von der rechten Hemisphäre als dem Hauptsitze bildlicher Darstellungen muß eben dort auch dieser Film ablaufen. Dann könnte man sich vorstellen: Wenn der Mensch irgendeine verbale Aussage überdenkt, so wäre das die Herstellung von Entsprechungen zwischen dieser Aussage und einem bestimmten Ausschnitt dieses Films. In Analogie zu den Modellen, die für die Sprachübersetzung vorgeschlagen wurden ([39], S. 11/12), kann man die folgenden Bezeichnungen vorschlagen:

T_l = die Menge der verbalen Aussagen
T_r = die Menge der Fragmente des „inneren Kinofilms"
f_l = eine Funktion, die T_r auf T_l abbildet.

Für jedes Fragment t von T_r ($t \in T_r$) kann seine verbale Beschreibung t' derart hergestellt werden, daß $t' \in T_l$. Für die geistige Verarbeitung (das Überdenken) von Aussagen in natürlicher Sprache gilt auch das Umgekehrte: Jeder Aussage t' ($t' \in T_l$)

kann man ein t ($t \in T_r$) zuordnen. Es ist nicht erwiesen, daß die Übersetzung einer gedanklichen Aussage in ein Stück des Films und umgekehrt verbal erfolgen kann oder muß. Eher läßt sich annehmen, daß die Funktion f_l komplizierter ist.

Einige Hinweise auf den Charakter der Codierung von Bedeutungen in T_r lassen sich zum Beispiel aus der Struktur der Ideogramme in „hieroglyphischen“ Schriften gewinnen, wie der chinesischen. Dort können besondere Zeichen für die Wiedergabe von Verben auch fehlen; man kann sie durch die Kombination zweier Zeichen ersetzen, die einen Gegenstand und ein in der phonetischen Sprache entsprechendes Substantiv bezeichnen: Zeichen für „Ohr“ und „Tür“ können zusammen „hören“ bedeuten; „Wasser“ und „Auge“ ergibt „weinen“ usw. (Abb. 14). Ein solches Verfah-

Abb. 14. Zusammengesetzte Hieroglyphen (Ideogramme), die durch „Montage“ einfacher Zeichen gebildet werden, im Chinesischen.

ren zur Übermittlung von etwas nicht darstellbar Erscheinendem in hieroglyphischen Schriftsystemen hat S. M. Eisenstein (1898–1948) untersucht. Er war einer unserer bedeutendsten Kinoregisseure und -theoretiker. Nach seiner Auffassung kann eine solche Bildmontage eine beliebig komplizierte Idee wiedergeben und entspräche zugleich dem Gang der Denkassoziationen, in dem das Verbum aus dem Zusammentreffen zweier Resultate entsteht, des ursprünglichen und des abschließenden ([40], S. 153).

Der österreichische (später englische) Logiker Wittgenstein, der einen enormen Einfluß auf die moderne logische Analyse der Sprache ausgeübt hat, meinte, daß in jedem sprachlichen Bild der Welt die Verknüpfung zweier Dinge eine Beziehung zwischen ihnen ausdrückt (d. h. sinngemäß einem Verbum entspricht). Diese Hypothesen sind besonders interessant im Lichte neuester Daten, wonach die rechte Hemisphäre, die nicht „dominant“ ist, fast gar keine Verben versteht, im Gegensatz zu Substantiven. Visuelle und räumliche Muster, mit denen die rechte Hemisphäre zu tun hat, sind vor allem Abbilder von Gegenständen. Eigenschaften und Merkmale, aber auch Tätigkeiten, werden erst später bei der Analyse der Bilder des Dinge separiert.

Averbale (nominale) Sprache ist auch für einige Arten von Sprachstörung bei sensorischer Aphasie (Störungen der Eingabe) charakteristisch. Ein an derartiger Aphasie leidender Patient, der im Burdenko-Institut für Neurochirurgie untersucht wurde, berichtete, wie es ihm bei der Flotte ergangen war und konnte dabei ohne Vorsagen kein einziges Verbum gebrauchen: „Krieg – Seemann – Kreuzer – Leningrad – ein, zwei, drei Jahre – Schiff schon – großer Kreuzer – viele Jungens (im Sinne von Männern) – viel Volks." (Wiedergabe der vom Patienten zweimal wiederholten Geschichte nach zwei vor 15 Jahren von mir angefertigten Aufzeichnungen.)

Wenn auch in ähnlichen Sonderfällen der psychologische Mechanismus des Sprechens allein in Substantiven ohne Verben wegen der Krankheit besonders deutlich hervortritt, unterliegt es keinem Zweifel, daß auch bei gesunden Menschen im Normalfalle immer diese Möglichkeit besteht. Sonst wäre es schwer einzusehen, warum ein nominaler (averbaler) Stil zur Wiedergabe eines inneren Ganges von Assoziationen möglich ist. So gibt Dostojewskij das verworrene Selbstgespräch eines Witwers in „Krotkaja", dessen Frau gerade Selbstmord begangen hat, zu Ende der Geschichte durch eine Folge averbaler Nominalsätze wieder: „Nur diese eine ‚kleine Handvoll' Blut. Dessertlöffelchen, d. h.: innere Erschütterung." Interessanterweise sah gerade Eisenstein in solchen Stellen von „Krotkaja" die größte Annäherung an jenen inneren Ablauf von Assoziationen, die er selbst (nach dem „Ulysses" von Joyce) in seiner Kinokunst ausdrücken wollte ([40], S. 120/21).

In der Poesie des 20. Jahrhunderts, sowohl der russischen wie der westeuropäischen [41], wurde der nominale Stil für eine Reihe sehr bedeutender lyrischer Dichter bezeichnend. Obwohl man ihn schon bei so großen Lyrikern des 19. Jahrhunderts bemerkt hatte wie Fet (Afanasij Scheschin, 1820–1892) (es genügt, zu erinnern an sein: „Flüstern, Scheues Atmen...", „Dieser Morgen, Freude diese"), ist die Verbreitung dieses Stils mit der späteren Schaffensperiode Bloks verknüpft. Der nominale Stil kommt in solchen Gedichten, Strophen und Zeilen zum Ausdruck, wo der Dichter seine Empfindungen etwa folgendermaßen aufzeichnet:

Nacht. Straße. Scheinwerfer. Apotheke.
Unsinniges und trübes Licht.

W. B. Schklowskij erwähnt, daß Blok gesagt habe, beim Schreiben von Versen würde er an das Übersetzen eines Textes aus seiner eigenen Sprache in die gewöhnliche Sprache erinnert, wobei er die Übersetzung bisweilen gar nicht zu Ende geführt hätte. Man darf annehmen, daß im Nominalstil zumeist individuell-lyrische Fragmente abgefaßt wurden, in denen gewissermaßen die Struktur des ursprünglichen Textes erhalten geblieben ist.

In der modernen russischen Sprache werden Nominalsätze immer im Zuge des Präsens angewandt. Man kann darin eine konkrete raumzeitliche Lokalisierung der Rede sehen, was durch die häufige Mitverwendung des Demonstrativpronomens „dieser" unterstrichen wird. Darum erscheint vom rein linguistischen Gesichtspunkt aus die Hypothese wahrscheinlich, daß im Nominalstil charakteristische Züge der Bezeichnungen zum Ausdruck kommen können, die der rechten Hemisphäre zugeordnet sind, die mit der Orientierung in der realen Raum-Zeit zu tun hat.

Der bekannte französische Mathematiker R. Thom, der sich mit der Konstruktion eines topologischen Sprachmodells beschäftigt, hat eine Hypothese ausgesprochen, wonach die sogenannte „Tiefenstruktur" der Sprache (der grundlegende sinnhafte Bau einer Phrase) unsere gefühlsmäßige Wahrnehmung der Außenwelt wäre, die „Oberflächenstruktur" (wie sie sich in den realen grammatischen Formen widerspiegelt) aber der eigentlichen Sprache angehören soll ([42], S. 121). Diese Hypothese ist unter dem Gesichtspunkt der Struktur des Gehirns der Annahme äquivalent, daß visuelle und andere anschauliche Wahrnehmungen, die den in der rechten Hemisphäre gezeigten „Film" bilden, mittels der phonetischen Sprache in der linken Hemisphäre inventarisiert werden.

1.4 Die Grammatik der linken Hemisphäre

Dank der in der linken Hemisphäre bewahrten grammatischen Information kann diese mit Wörtern manipulieren, indem sie sie auf überaus vielfältige Weise kombiniert. In der natürlichen Sprache sind grammatisch korrekte Wortverbindungen keineswegs immer sinnvoll. Das wurde besonders deutlich in der modernen mathematischen Theorie der Grammatiken, wo deshalb streng unterschieden wird zwischen grammatischer Richtigkeit und Sinnhaftigkeit. Es genügt, an das Chrestomathie-Beispiel von N. Chomsky zu erinneren: „Grüne Ideen schlafen wütend". Die mathematische Theorie der Grammatiken wird gänzlich auf Beschreibungen grammatisch richtiger Sätze errichtet, die aber auch bewußt sinnlos sein können.

Die mathematische Theorie der Grammatiken hat besonders weite Anwendung in der Theorie von Programmiersprachen für Rechenmaschinen gefunden [39]. Wesentliche Idee der Theorie ist die strenge Unterscheidung nichtterminaler (Hilfs- oder intermediärer, eigentlich grammatischer) Symbole einerseits, die die entsprechenden grammatischen Kategorien (Satz, Subjektgruppe, Objektgruppe, Substantiv, Verbum) enthalten, und terminaler Symbole andererseits, die den konkreten Wörtern der Sprache entsprechen. Die Herleitung des Satzes beginnt in der generativen Grammatik mit den abstraktesten nichtterminalen Symbolen. Zum Beispiel kann ein Symbol für den Inhalt des Satzes (*S*) durch eine Kombination der Symbole *GrN* (Gruppe des Nomens, Subjekts) und *GrO* (Gruppe des Objekts) ersetzt werden. Am Ende der Herleitung muß sich eine Kette terminaler Symbole mit zugeordneten konkreten Wörtern ergeben (Abb. 15).

Der raschen Entwicklung der mathematischen Theorie der Grammatiken kam zu Hilfe, daß, wie zu Ende der fünfziger Jahre unseres Jahrhunderts N. Chomsky entdeckt hat, der damals schon

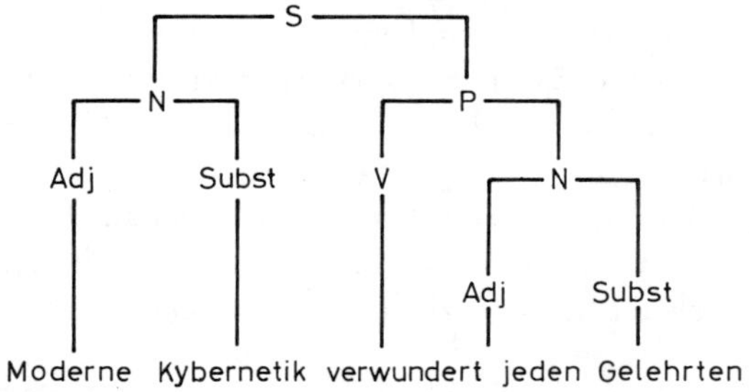

Abb. 15. Zerlegung eines Satzes („Baum" der generativen Grammatik). – Nichtterminale Symbole: S Satz; N Nominalgruppe; P Prädikatgruppe; V Verbum; Adj Adjektiv; Subst Substantiv. – Terminale Symbole: moderne, Kybernetik, verwundert, jeden, Gelehrten. (Vgl. das Schema in: Hans Hörmann, Einführung in die Psycholinguistik, Darmstadt 1981, S. 15; A. d. Ü.)

gut ausgebaute Apparat der mathematischen Logik den Forderungen der Theorie der Grammatiken entspricht. Eine für die Grammatiken wesentlich neue Idee war die Betrachtung richtig gebauter Ketten (unabhängig von ihrer Sinnhaftigkeit) und der Regeln ihrer Bildung als Hauptgegenstand der Linguistik. Auf diesem Wege kam die Linguistik nicht nur der Logik näher, sondern auch anderen Wissenschaften von den Zeichen, die den Text als Hauptforschungsobjekt ansahen. Als Beispiel kann man auf die Regeln des Aufbaus folkloristischer Texte verweisen, wie sie nach W. J. Propp von vielen Forschern ausgearbeitet wurden.

In ihrer mathematischen Theorie werden die Grammatiken als logischen Maschinen (Automaten bestimmter Typen) äquivalent angesehen, und Automaten als den Grammatiken äquivalent [43, 44]. Dieser Zugang zur Theorie der generativen Grammatik führt zur Konstruktion einer Automatengrammatik, welche die Synthese der Phrasen einer Sprache als Arbeit einer bestimmten logischen Apparatur darstellt. Die Analyse einer Sprache hingegen ist für Programmiersprachen höchst wichtig und wird auf Grund der Erkenntnis gelöst, daß die Unterscheidung oder Analyse ein der Synthese entgegengesetzter Prozeß ist.

Dieses Herangehen an die Grammatiken begründete im wesentlichen die mathematische Theorie der Beziehungen zwischen Sprache und Maschine, woran weithin die noch bedeutend allgemeineren Ideen A. N. Kolmogorows (und Neumanns) über den Zusammenhang zwischen einem Programm und dem Objekt, welches dieses schafft, anschließen. Die Theorie der Grammatiken in ihren Beziehungen zu den Automaten, die sich in den letzten zwanzig Jahren stürmisch entwickelt hat, nachdem 1956 die ersten Aufsätze Chomskys erschienen waren, kann deshalb also auch für die Konstruktion eines Sprach-„Prozessors“ sehr wichtig werden, der die Arbeit der linken (sprachlichen) Hemisphäre nachbildet. Nichtsdestoweniger wurde sie bis jetzt im wesentlichen nur auf künstliche Maschinensprachen angewandt, besonders auf Programmiersprachen, nicht aber auf natürliche Sprachen. Die Theorie der Grammatiken ist fast gänzlich von Mathematikern entwickelt worden.

Man kann die Situation mit jener vergleichen, die einmal in der mathematischen Logik herrschte. Mit Leibniz angefangen, haben sehr bedeutende Denker die Probleme dieser Wissenschaft gewissermaßen „auf Vorrat“ gelöst. Erst in den vierziger Jahren unseres Jahrhunderts zeigte sich, daß damit auch die Grundlagen für die

Konstruktion der modernen Rechenanlagen geschaffen waren. Genau so kann die abstrakte mathematische Theorie der Grammatiken in ihrer weiteren Entwicklung sich als ein mächtiges Instrument erweisen, um auf einheitlicher Basis die verschiedenen Formen von Aktivität zu beschreiben, die man der Arbeit der linken Hemisphäre zuordnen kann: logischer Schluß, Konstruktion grammatisch richtiger Phrasen und Lösung von Rechenaufgaben. Auf unterschiedlichem Niveau wird schon jetzt jeder dieser Aspekte durch Rechenmaschinen modellmäßig dargestellt, die ein Analogon zur linken Hemisphäre des Gehirns sind.

Die experimentelle Psychologie zeigt, daß der Mensch im Kurzzeitgedächtnis nicht mehr als 7 ± 2 einzelne diskrete Einheiten, etwa Wörter, speichern kann. Im Kiplings Roman „Kim" wird ein Verfahren zum Gedächtnistraining beschrieben, bei dem man einem Menschen für einen Moment einige Steinchen zeigt und er sich dann daran erinnern soll, wieviele es waren. Bei aller Übung gelingt es dem operativen Gedächtnis eines Menschen niemals, auf einen „Takt" mehr als fünf bis neun Steinchen in Erinnerung zu behalten.

Wie W. Yngve und N. Chomsky vorgeschlagen haben, werden in der Grammatik natürlicher Sprachen (besonders der englischen) dieselben dem Stammbaum des Satzes auferlegten Einschränkungen beobachtet, wie man sie erwarten konnte, wenn man von diesem Modell ausging, das mit Berücksichtigung der Daten der experimentellen Psychologie erstellt wurde. Insbesondere kann ein und dasselbe nichtterminale Symbol (zum Beispiel *V* = Verbum) nur in einer eingeschränkten Anzahl von Fällen durch eine Kombination ersetzt werden, die schon dieses gleiche Symbol (*V*) mit enthält: Das Verbum „gehen" kann von dem Verbum „wünschen" abhängen (zu gehen wünschen); aber von dem Verbum „gehen" kann kein weiteres Verbum abhängen. Aber für viele Sprachen ist das noch nicht streng bewiesen (s. [44], S. 242, 280).

Man darf annehmen, daß es bei weiterer Untersuchung der Probleme des Zusammenhangs zwischen dem Volumen des menschlichen Gedächtnisses und der zulässigen Form der Satzstammbäume nötig sein wird, auch die den beiden Hemisphären zugeordnete Unterscheidung von zwei Arten des Gedächtnisses zu Hilfe zu nehmen. Die linke (genauer: dominante) Hemisphäre, die hauptsächlich mit der Konstruktion sprachlicher Aussagen beschäftigt ist, erinnert sich offenbar in bedeutend höherem Maße an Strukturschemata als an die konkreten Wortkombinationen selbst, welche diese Strukturen bilden. Im Unterschied davon erinnert sich die rechte Hemisphäre an ganzheitliche (globale) Einheiten, die in ihr nicht in ihre Bestandteile zerlegt werden.

Vor etwa fünfzehn Jahren hat der Autor einen Patienten mit Störung der rechten Hemisphäre beschrieben, der die Besonderheiten seiner Rede selbst sehr exakt formulierte: „Ich kann nicht nach Buchstaben, ich kann nur nach Wörtern“ [19]. Kranke mit funktionsunfähiger linker Hemisphäre können keine einzelnen Buchstaben schreiben, wohl aber ihren Namen als Ganzes [45], ebenso, wie sie oft keine neuen Sätze bilden können, aber eine Wortkombination, ein Klischee, auszusprechen vermögen.

Wenn man die Eigentümlichkeiten von Gedankenverbindungen bei Patienten während kurzzeitiger Ausschaltung der linken Hemisphäre untersucht, zeigt sich, daß die meisten derartigen Assoziationen Standardklischees bilden. Auf das Wort „blau“ antwortet der Patient mit: „blaues Himmelsgewölbe, blauer Himmel“; auf „hungrig“ mit: „Hungerjahr“; auf „Angst“ mit: „unerklärliche Angst“. Dagegen sind bei Ausschaltung der rechten Hemisphäre Antworten typisch, bei denen die Bedeutung des Wortes erhalten bleibt und durch ein Synonym wiedergegeben wird: blau – hell; hungrig – nicht satt; Angst – Furcht. Die moderne linguistische Semantik, welche mit Erfolg mögliche Regeln der Konstruktion von standardisierten Wortkombinationsklischees vom Typ „unerklärliche Angst“ untersucht, ist der Beschreibung einer wichtigen sprachlichen Funktion der rechten Hemisphäre sehr nahe gekommen.

Den Unterschied zwischen rechter und linker Hemisphäre kann man in diesem Sinn mit dem Unterschied zwischen den grammatischen Regeln zur Konstruktion von Aussagen vergleichen und einem Lexikon, in dem einige Aussagen als ganze Einheiten gespeichert sind.

Die Frage nach dem Verhältnis zwischen einer Grammatik und dem Automaten, der sie benutzt, führt schon in der Gegenwart zu interessanten Resultaten für die Theorie der Grammatiken. Speziell untersucht sind die Beziehungen zwischen der Kompliziertheit einer Grammatik (Länge der Regeln und Anzahl der nichtterminalen Hilfssymbole) und der Konzentriertheit der Ableitung einer Kette daraus. Verkürzung („Kompression“ oder „Beschleunigung“) der Kettenableitung führt zu einem Ansteigen der Kompliziertheit der Regeln ([44], S. 66–70).

Die Untersuchung der Beziehungen zwischen Grammatiken und Automaten bildet schon jetzt einen der am weitesten entwickelten Teile der Theorie künstlicher Programmiersprachen [39]. Einige der dabei erhaltenen Resultate haben auch mit Versuchen zur maschinellen Verarbeitung von Texten in natürlicher Sprache zu tun. Insbesondere war die Entwicklung der Theorie von Automaten mit Magazinspeicher unmittelbar mit der Vervollkommnung eines Modells zur Textverarbeitung verknüpft, nach dem Prinzip: „Das zuletzt Geschriebene wird zuerst gelesen". Dieses Prinzip ist auch für die Psychologie der Aufnahme eines Textes durch den Menschen interessant.

Die gegenwärtig in Gebrauch befindlichen Rechenmaschinen unterscheiden sich so wesentlich von dem „Doppelmaschinen"-Komplex des menschlichen Gehirns, daß es mühsam wäre, darauf zu warten, daß alle spezifischen Besonderheiten des menschlichen Verstehens eines sprachlichen Textes mit diesen Maschinen befriedigend modellmäßig nachgebildet sind. Aber der prinzipiell diskrete Charakter der Operationen, die die linke Hemisphäre mit Sprachen (sowohl natürlichen als auch künstlichen oder logischen) ausführt, läßt schon jetzt die Möglichkeit völlig real erscheinen, daß man Programme erstellt, die einige Prozesse der Sprachanalyse und -synthese in der linken Hemisphäre reproduzieren könnten. Zu diesen Prozessen gehört die Verarbeitung sowohl der grammatischen Information wie auch jener, die die Bedeutung betrifft und unmittelbar mit der grammatischen verbunden ist.

In manchen Sprachen werden viele Bedeutungskategorien durch eine entsprechende grammatische Form ausgedrückt, in anderen dagegen sind sie in den lexikalischen Bedeutungen der Wörter und Wortverbindungen versteckt. Wenn man etwa im Russischen sagen will: „jemanden dazu veranlassen, daß er sich setzt" (etwa auf einen Stuhl), so gibt es dafür eine besondere Ableitung des Verbums für „sitzen": sest' – usadit'. In anderen Sprachen kann man für die Wiedergabe eines solchen Sinns eine ganze Kombination von Wörtern benötigen. Der Begriff „etwas haben" wird nicht nur in vielen natürlichen Sprachen (wie im Russischen „u menja est'" = „bei mir ist"), sondern auch in logischen mit dem Verbum „sein" verknüpft (bei Cantor durch die Partikularisation $\exists$).

Nach einer sehr wahrscheinlichen Hypothese kann für all diese Sinnverhältnisse und möglicherweise sogar alle abstrakten Verbumbedeutungen (vom Typ „geben"), für die R. Thom topologische Modelle vorgeschlagen hat [42, 46], die linke Hemisphäre führend sein, weil sie die sprachinterne Grammatik der Bedeutung enthält (wir erinnern daran, daß die rechte Hemisphäre große Schwierigkeiten hat, Verben aufzufassen). Genauso macht der logisierte Charakter von Verhältnissen wie „auf" – „unter" („oben" – „unten") eine Beziehung der entsprechenden Wörter und ihrer Bedeutungen zur Kompetenz der linken Hemisphäre wahrscheinlich. Es ist aber mühsam, eine klare Grenze zwischen solchen sprachinternen Bedeutungen, die man innerhalb dieser Grammatik bestimmen kann, und Bedeutungen, die eine Hinwendung zum äußeren Medium verlangen, zu ziehen.

Bei einem die rechte Hemisphäre ausschaltenden Elektroschock treten bei vielen Kranken zahlreiche charakteristische Sinnassoziationen auf, die ein Wort durch ein anderes ersetzen, das ihm der Bedeutung nach gleich oder entgegengesetzt ist, wie: „satt", „vollgegessen", „hungrig".

Solche Patienten zählen leicht den ganzen Bestand an Merkmalen eines Gegenstandes auf: „Wohnung", „mehrstöckig", „aus Holz", „aus Stein"; bisweilen vertauschen sie Sinnassoziationen mit rein grammatischen, indem sie zum Beispiel auf „Sorge" antworten: „sich um einen anderen sorgen", oder auf „Bosheit": „Jemand ist jemandem böse".

1.5 Die semantische Information der rechten Hemisphäre

L. Wittgenstein ist in seinen späten Arbeiten auf den Gedanken gekommen, daß die Grammatik der Sprache abstrakte Räume der Eigenschaften oder Qualitäten eines bestimmten Typs festlegt, wie etwa den Raum der Farben, zu denen rot, blau, grün zählen, den Raum der phonetischen Zeichen und dergleichen. Nach der Interpretation dieses Wittgensteinschen Gedankens durch Russell kann man von irgendeinem Teil einer Wand sagen, sie sei rot oder blau oder grün, oder sie habe eine beliebige Farbe. Diese letztere Behauptung wäre falsch, aber nicht sinnlos im Unterschied zu der Behauptung, die Wand wäre laut. Der Raum der Farben zielt auf die linke Hemisphäre.

Als „Raum" bezeichnet man die Gesamtheit aller möglichen Bedeutungsmerkmale (zum Beispiel: von Farben). Daten der äußeren Erfahrung (in der Terminologie des Zweimaschinenkomplexes: von der rechten Hemisphäre empfangene) sind nötig, um die wirkliche Farbe der Wand zu bestimmen (rot, nicht blau), während die Sprache einen Bestand an Möglichkeiten bereithält, aus denen der Mensch nicht nur eine denkbare, sondern die wahre auswählt ([49], S. 199/200). Unter gewissen Bedingungen kann es genügen, wenn nur versichert wird, daß die Oberfläche irgendeine Farbe aufweist ([50], S. 191). In der spezialisierten Sprache der linguistischen Semantik kann man das die Erscheinung der Neutralisation sinnhafter Gegensätze nennen, die in dem gegebenen Fall aufgehoben sind.

R. Thom gelangt in seinem topologischen Modell zu einem sehr nahen Verständnis der semantischen Organisation der Sprache. Er nimmt an, daß sich über dem gewöhnlichen Raum-Zeit-Bereich unserer Wahrnehmung (in dem geschilderten Modell charakteristisch für die rechte Hemisphäre) verschiedene sprachliche Räume befinden („semantische Felder", in dem Modell für die linke Hemisphäre charakteristisch). Es handle sich um solche sekundären konkreteren Merkmale wie Farben, um Räume von Eigenschaften, die auf Grund des euklidischen (gewöhnlichen) Raumes gebildet sind (Kraft, Geschwindigkeit usw.), und schließlich um Räume von Eigenschaften, die mit der menschlichen Aktivität (Mut, Vorsicht usw.) zu tun haben ([42], S. 118).

Die Formalisierung eines Modells, das zum Teil den Gedanken Wittgenstens ähnlich ist, liegt der Theorie der semantischen Information von Bar-Hillel und Carnap zu Grunde [43]. Bar-Hillel erklärt die Grundidee dieser Theorie so: „Als Inhalt der Aussage gilt die Klasse aller möglichen Zustände der Welt, die mit dieser Aussage unvereinbar sind" ([51], S. 35). Zum Beispiel schließt die Behauptung: „Diese Wand ist rot" die Behauptung aus: „Diese Wand ist nicht rot". Mit anderen Worten: In der Theorie der semantischen Information wird der Gedanke der alten Logiker entwickelt, die gelehrt haben: „In jeder Behauptung steckt eine Negation."

Bar-Hillel und Carnap führen in ihrer Arbeit eine logische Sprache ein, die aus einer endlichen Zahl von n Aussagen und π Prädikaten besteht, welche sich gegenseitig ausschließen oder miteinander unvereinbar sein sollen. Die Beschreibung eines Zustandes Z stellt eine Konjunktion von n einfachen Aussagen vom Typ $P(a)$ dar („a hat die Eigenschaft P"). Zu jedem Prädikat gibt es seine Negation $\neg P(a)$ („a hat nicht die Eigenschaft P"). Daher gibt es immer 2^n mögliche Beschreibungen des Zustandes. Für jede Zustandsbeschreibung von Z gibt es ein Maß *m (Z)* derart, daß

$$0 \leq m\,(Z) \leq 1\,.$$

Carnap versteht die Funktion des Maßes als absolute logische Wahrscheinlichkeit. Für eine nicht falsche logische Aussage *i* ist der Bereich *R* (*i*) die Gesamtheit aller Beschreibungen eines Zustandes, für die *i* gültig bleibt. Dann wird *m* (*i*) definiert als Summe *m* (Z) über alle Z, die in *R* (*i*) enthalten sind.

Ein Maß der semantischen Information *cont* (*i*) wird definiert als:

$$cont\,(i) = m\,(\neg\, i) = 1 - m\,(i)\,.$$

Bar-Hillel erläutert diese Definition: „Je größer die logische Wahrscheinlichkeit einer Behauptung ist, desto kleiner ist das Maß ihres Inhaltes ... Die einfachste mathematische Beziehung, die dieser Forderung genügt, ist die Ergänzung zu 1" ([51], S. 38).

Offenbar stellen Konstruktionen dieser Art eine gewisse Formalisierung semantischer Aussagen über die Wirklichkeit dar, wie sie in der Theorie Wittgensteins enthalten sind.

Besondere Schwierigkeit bereitet die Abgrenzung jener logischen Merkmale, die man als innersprachlich ansehen kann, von den konkreten Merkmalen, deren Definition unmöglich ist, ohne daß man den ganzen Reichtum der Kenntnisse von der Außenwelt in Betracht zieht, die in der rechten Hemisphäre gespeichert sind (und als „Film" vorgeführt werden). Eine einigermaßen klare Orientierung über das Problem der Beziehungen zwischen sprachlicher Grammatik und nichtsprachlichen Kenntnissen können offensichtlich Versuche geben, in denen alle bekannten natürlichen und künstlichen Sprachen miteinander verglichen werden, wodurch die den meisten Grammatiken innewohnenden Universalien geklärt werden dürften.

Wenn ein solches Universale (Allgemeinbegriff), wie etwa „Zeit", in irgendeiner Sprache nicht grammatisch, sondern durch ein besonderes Wort ausgedrückt wird, kann man es am ehesten dem Einflußbereich der linken Hemisphäre zuordnen. Umwandlungen des Sinns („Transformationen" nach Chomsky) vom Typ „Cäsar starb" → „Cäsar wurde ermordet" kann man vorwiegend dem Zuständigkeitsgebiet der linken Hemisphäre zuweisen; aber Abänderungen, die Kenntnisse der Außenwelt mit einbeziehen, etwa so, wie viele Wörter in erläuternden Lexika durch die Benennungen konkreter Gegenstände erklärt werden, werden in der rechten Hemisphäre aufbewahrt.

Ein reizvolles Problem ist es, in welchem Maße synonymische Umwandlungen ganzer Sätze, mit denen sich die moderne lexikalische Semantik viel befaßt, mit Information in Beziehung stehen können, die von der einen (rechten) in die andere (linke) Hemisphäre übertragen wird und umgekehrt. Ein und dasselbe Bild (zum Beispiel ein Fernsehfilm über ein sportliches Ereignis) kann mit verschiedenen verbalen Mitteln beschrieben werden, die einander in bestimmtem Sinne äquivalent (synonym) sind.

Synonyme Beziehung von identischer Bedeutung zwischen Zeichen, die in verschiedenen Hemisphären gespeichert sind, kann man für die schriftliche Sprache in solchen Fällen vermuten, wo ein identischer Sinn entweder durch eine Hieroglyphe (ein Ideogramm, wie beispielsweise die arabische oder römische Ziffer 3 bzw. III) wiedergegeben wird, oder durch eine Kombination von Buchstaben, die einer Lautfolge („drei") entsprechen. Nach den bei Elektroschock erhaltenen Daten wird die Identität des Sinnes zwischen verschiedenen hieroglyphischen Bezeichnungen ein und derselben Zahl (mit arabischen oder mit römischen Ziffern) durch die linke Hemisphäre festgestellt. Die rechte Hemisphäre faßt zu einer einzigen Gruppe die Hieroglyphen gleichen Typs zusammen (zum Beispiel römische Ziffern) und unterscheidet sie damit von Hieroglyphen eines anderen Typs ([52], S. 109, 111).

Das physikalische Symbol *v* wird als Hieroglyphe benutzt; aber das ihm entsprechende Wort der gesprochenen Sprache „Geschwindigkeit" hat nicht immer genau dieselbe Bedeutung, wie die Zeile Mandelstams zeigt: „Das Licht der im Strahl zermahlenen Geschwindigkeiten". Eine solche bildliche Bedeutungsveränderung mathematischer und anderer wissenschaftlicher Fachausdrücke kommt nicht nur in der Kunst vor, sondern auch in manchen wissenschaftlichen Texten.

In der linken Hemisphäre ist die grammatische Information in einer Form gespeichert, die verschiedenen Sprachen gemeinsam ist – wohl dank der Existenz einiger genetisch übertragbarer Formen der Registrierung dieser Information. Wie Chomsky, dessen Meinung auch die bedeutendsten Spezialisten auf dem Gebiet der Molekularbiologie teilen [53], vorgeschlagen hat, gibt es für alle Menschen (den Homo sapiens als Art) angeborene Prämissen für die Aneignung von Sprache.

Nur dadurch könnte man auch die Geschwindigkeit erklären, mit der ein zweijähriges Kind jede beliebige Sprache erlernt, wenn es sich in der entsprechenden Umgebung befindet, sowie die Möglichkeit, sich rasch die Grammatik einer neuen Sprache anzueignen, wenn man einmal die Muttersprache gelernt hat. Es muß aber betont werden, daß die Leichtigkeit und Geschwindigkeit des Erlernens ausdrücklich für die Grammatik der Sprache gilt (mit Einschluß einiger Wörter allgemeinsten Charakters), die in der linken Hemisphäre gespeichert ist, nicht aber für alle Schattierungen der Wortbedeutungen, die zur rechten Hemisphäre gehören.

Im Gegenteil ist der Prozeß des Erlernens der Wörter überaus langwierig und währt in gewissem Maße das ganze Menschenleben. Wie die Experimente von L. S. Wygotskij und anderer Psychologen überzeugend ergeben haben, sind die frühen Etappen des Erlernens einer Sprache durch Zusammenfassung der verschiedenen Bedeutungen eines Wortes in einem Komplex charakterisiert, wovon die Spuren auch danach noch recht lange erhalten bleiben.

Besonders deutlich zeigt sich dies beim kindlichen Lallen. Darin klingen einige Lautkombinationen (noch vor Erlernen der Muttersprache) wie eine vertraute Bezeichnung für einen ganzen Komplex von Gegenständen, denen ein zufälliges Merkmal gemeinsam ist. So hat der einjährige Kostja mit der Lautkombination *chj* eine heiße Kasserole, eine heiße Lampe, eine Wärmflasche (auch wenn sie leer war) und den Radiator der Zentralheizung (auch im Sommer, wenn er kalt war) bezeichnet.

Bei dem nordamerikanischen Indianerstamm der Komantschen haben die Kinder im Alter von etwa einem bis zu drei Jahren (solange sie die allgemeine Stammessprache noch nicht völlig beherrschten) mit den Erwachsenen in einer besonderen Kindersprache geredet – mit sehr kleinem Wortschatz (der Größenordnung von $40 = 2^2 \cdot 10$ Wörtern) und vereinfachtem Lautbestand. Jedes der Wörter (und zugleich Sätze) war durch eine weite Komplexität der Bedeutungen gekennzeichnet. So konnte das eine Wort *?uma:?* (wo das Fragezeichen einen in unseren Schriftsprachen nicht vorkommenden Laut wiedergibt) bedeuten: schön!, gut!, prima!, los – ich kämme dich!, los – ich ziehe dich an! (Mutter zum Kind), was für ein schönes Kleid!, was für ein schönes Spielzeug!, überhaupt jedes bunte Ding, an dem das Kind Spaß hat, „rot", „gelb", „blau" ([54], S. 245/46).

Namen, die zu verschiedenartigen Gegenständen gehören, sind auch viele Wörter in Nichtschriftsprachen bei sogenannten primitiven Stämmen. In der australischen Aranta-Sprache bezeichnet das eine Wort *ngu* die unter der Wasseroberfläche verborgene Wurzel einer Wasserlilie, schlafende Menschen und Schlaf ebenso wie die Knochen des Menschen (die unsichtbar sind wie die Wurzeln unter Wasser) und ein Fragepronomen, das sich auf einen Menschen bezieht, den der Sprecher nicht sieht.

Die Vermutung, daß die Vereinigung vermeintlich homogener (unter dem streng logischen Aspekt, der in der linken Hemisphäre gilt) Dinge in einem Komplex gerade für die rechte Hemisphäre typisch sei, kann experimentell bestätigt werden. Unter einem zeitweilig die linke Hemisphäre ausschaltenden Elektroschock erläutert der Patient nicht selten die Bedeutung von Wörtern, indem er alle Elemente eines solchen Komplexes aufzählt: das Wort *Wasser* löst bei ihm den Komplex aus: Sommer – baden – Wettbewerb – Schwimmen – heiß; das Wort *baden* löst aus: Handtuch – im Wasser sein – Angeln.

Wie in der Entwicklung der Sprache des einzelnen Kindes in der frühen Jugend, so findet sich in der Entwicklung jeder natürlichen Sprache eine Stufenentwicklung in Richtung auf Wörter, die eindeutige Bezeichnungen sein könnten. Auf einer frühen Stufe der Sprachaneignung kennt das Kind noch nicht die Bedeutungen der allermeisten Wörter, erlernt aber rasch deren freie grammatische Verbindung. Ein solches nur halb sinnvolles Kindergeplapper kann als gute Übung gelten für solche Möglichkeiten, die beim Erwachsenen in der linken Hemisphäre lokalisiert sind.

Ähnliche, grammatisch richtige, aber sinnlose Texte tauchen unter dem Einfluß der kindlichen Sprache auch in der Literatur für Kinder auf (z. B.: Alice im Wunderland). Auch Aussprüche bei gewissen Formen der Schizophrenie sind ähnlich, was sich mit der bekannten Hypothese in Verbindung bringen läßt, daß bei dieser Krankheit eine Regression zu psychischen Zügen auftritt, die der frühen Kindheit eigentümlich sind. Ähnliche Texte werden auch bei Verletzungen der stirnseitigen Teile des Gehirns hervorgebracht ([33], S. 54).

Die Präzisierung der Bedeutung der Wörter, die Kinder benutzen, erfolgt laut Wygotski etwa im schulpflichtigen Alter, wenn das Kind, nachdem es schreiben gelernt hat, Wörter gebrauchen kann, die nicht zu einem Komplex inhomogener Gegenstände gehören, sondern zu einem bestimmten Begriff. Die Entwicklung vom komplexbezogenen Denken zu einem logisierten, begriffsorientierten wird in den Termini des Zweimaschinenmodells beschrieben als Entwicklung von einem Typ, der für die rechte Hemisphäre charakteristisch ist, zu einem Typ nach Art der linken. Wenn unter Elektroschock die linke Hemisphäre ausgeschaltet ist, verliert der Patient die Fähigkeit, abstrakte Begriffe zu verstehen wie Gesundheit, Bosheit, Freude, Religion usw., wobei aber das Verständnis konkreter Gegenstände völlig erhalten bleibt.

Die Entwicklung von komplexbezogenen zu begriffsorientierten Bezeichnungen berührt nur einige Wörter der Sprache, und bei verschiedenen Sprechern in unterschiedlichem Maße. Diese Entwicklung führt letzten Endes zu künstlichen logischen Sprachen mit äußerster Eindeutigkeit. Aber die schon in Paradoxa entdeckten und im Theorem Hegels verdeutlichten [55] Beschränkungen, die solchen eindeutigen Systemen auferlegt sind, lassen erwarten, daß das Bemühen um Eindeutigkeit keine endgültigen Resultate erbringen wird, weder bei natürlichen Sprachen noch bei künstlichen.

Die Bedeutung eines Wortes ist in der natürlichen Sprache nicht scharf von den Bedeutungen aller übrigen Wörter abgegrenzt. Die Sprache verhindert eine Vermischung der Bedeutungen verschiedener Wörter nur innerhalb der Schranken jeweils einer einzigen Sinnsphäre: Das Wort „Hund“ kann man nicht mit dem Wort „Katze“ verwechseln; aber doch läßt es sich ganz leicht auf einen Menschen (in scherzhafter Bedeutung) oder einen Krieger (als Lobpreisung in vielen alten Sprachen) anwenden. Dank dieser Freiheit in der Verwendung von Wörtern verstehen sich alle Gesprächspartner bei Unterschieden im Alter in Kenntnissen und Anschauungen. Ein gegenseitiges Nichtverstehen etwa bei wissenschaftlichen Diskussionen entsteht gerade dann, wenn man die Wörter scharf abgrenzen will.

Niels Bohr hat im Laufe seines ganzen Lebens viel über die Struktur der Sprache nachgedacht. Er meinte, daß die Schlüsselwörter der natürlichen Sprache, die sich auf die psychische Tätigkeit des Menschen beziehen, immer sogar in zwei, wenn nicht mehr, verschiedenen Bedeutungen gebraucht werden. So bedeutet *volja* im Russischen sowohl „Verlangen, Entschlossenheit“, wie „Freiheit, etwas zu tun“ (ein deutsches Analogon wäre etwa: *Vorstellung* – einerseits als „Begriff“, andererseits als „Aufführung“; A. d. Ü.). Bohr nahm an, daß jedes derartige Wort gewissermaßen auf zwei verschiedene „Ebenen“ der Realität oder Aktivität bezogen ist. Als Modell für die Wortbedeutungen schwebte ihm die Riemannsche Fläche der Funktionentheorie vor [56].

Ohne Zweifel wird die Mehrdeutigkeit prinzipiell in der dichterischen Sprache ausgenutzt. Laut Kolmogorow besteht deren Besonderheit in der Beziehung $\beta \leqslant \gamma$, wo γ das Maß aller synonymen Umwandlungen in der betreffenden Sprache ist und β ein Koeffizient, der die Einschränkungen kennzeichnet, die dem Text durch die poetische Form auferlegt sind. Die Entropie der Sprache ist $H = \gamma + h$, wo h das Informationsvolumen bezeichnet – als Maß für die Sinninformation. Wenn die Ungleichung nicht erfüllt ist, so ist das ein Zeichen für die Unmöglichkeit, die gegebenen Gedanken in der gegebenen poetischen Form auszudrücken.

Wenn β wesentlich größer wird, wie das für bestimmte Perioden der Literaturgeschichte gilt, wird die Ungleichung nur bei wesentlicher Vergrößerung der Mehrdeutigkeit der Wörter mittels ihrer bildlichen Anwendungen, die gerade für die dichterische Sprache typisch sind, erfüllt. Deshalb bedingt die Kompliziertheit der Strophik (und Rhythmik) in Dantes Göttlicher Komödie in bestimmtem Maße schon den raffinierten Charakter der bildlichen Sprache des Dichtwerks. Solche bildlichen Anwendungen ermöglichen eine parallele „Übersetzung“ mehrerer Bedeutungen eines Wortes und erhöhen damit die Größe γ. Eine Abschätzung derselben für die gewöhnliche Sprache kann innerhalb einer bestimmten Sprache dadurch geschehen, daß man verschiedene sprachliche Beschreibungen ein und derselben Situation (ein und desselben Filmabschnitts) vergleicht, oder indem man verschiedene Übersetzungen ein und desselben fremdsprachlichen Textes vergleicht. Obwohl die Übersetzung im Prinzip innerhalb rein sprachlicher Grenzen erfolgt, können die dafür notwendigen Sinnidentifikationen nicht umhin, außersprachliche Information hinzuzuziehen.

Nach der Hypothese von der Arbeit des Gehirns als eines Doppelmaschinenkomplexes kann man annehmen, daß das dichterische Schaffen (wie überhaupt jede überlegte Anwendung der natürlichen Sprache) durch beide Hemisphären zustandekommt. Alle eigentlich sprachlichen (im weitesten Sinne grammatischen) Operationen an dem poetischen Text führt die linke Hemisphäre aus, während die nichtsprachliche Seite poetischer Bilder, die mit der poetischen Schau der Welt zusammenhängt, zur rechten Hemisphäre gehört. Höchstwahrscheinlich ist mit ihr auch das musikalische Operieren mit den Sprachlauten verbunden als mit nichtsprachlichen gesamthaften Kombinationen (unmittelbar aufeinander folgenden Lauten in einem ganzen – in gewissem Sinne „kontinuierlichen“ – Texte, wie es häufig und am geläufigsten in

Form von Lautwiederholungen vorkommt), obwohl die Herstellung von Lautassoziationen zwischen individuellen Wortpaaren zum Regime der linken Hemisphäre gehört.

1.6 Von der Geste zum Wort

Im Laufe der Erforschung der Beziehungen zwischen den Funktionen der linken und der rechten Hemisphäre wurde festgestellt, daß in der individuellen Entwicklung jedes Kindes (wie in der Geschichte der ganzen Menschheit als Art) dieses Verhältnis sich erst nach und nach konsolidiert.

Der heutige Mensch ist genetisch dafür prädisponiert, daß die linke Hemisphäre die Sprachfunktion übernimmt. Diejenigen Teile der linken Hemisphäre, die beim Erwachsenen spezialisierte Einrichtungen für die Bearbeitung sprachlicher Information darstellen, sind größer als die entsprechenden Teile der rechten Hemisphäre bei der überwältigenden Mehrzahl der Menschen (Abb. 16 a). Bei der Untersuchung von menschlichen Gehirnen wurde bei 65 von 100 normalen Menschen eine überwiegende Größe dieser Gebiete gefunden, bei 24 ungefähr gleiche Größe (Abb. 16 b), und, entgegengesetzt, ein Überwiegen der rechten Hemisphäre (genetisch vorbestimmte Tendenz, einer sprachlich dominenten rechten Hemisphäre bei Linkshändern) in 11 Fällen [57, 153].

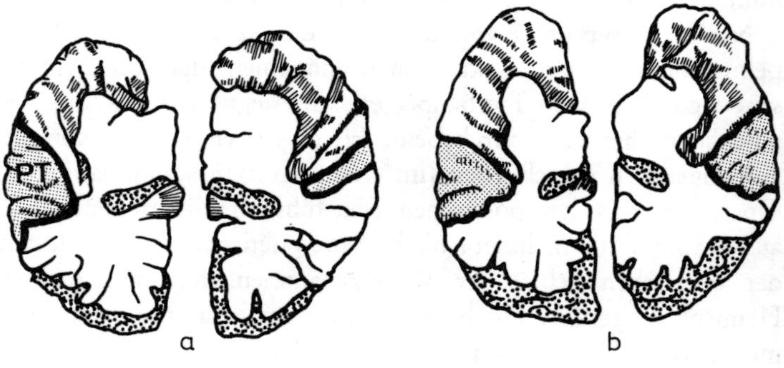

Abb. 16. Die morphologische Asymmetrie der beiden Hemisphären. – *a.* Gehirn mit Übergewicht der Sprechzonen (PT, Planum Temporale) der linken Hemisphäre. – *b.* Symmetrische Entwicklung beider Hemisphären. (Nach Geschwind.)

Eine Zahl der Größenordnung von 90% für genetisch vorgegebenes Überwiegen der sprachlichen Funktionen der linken Hemisphäre haben auch andere Daten ergeben [58]. Die Anzahl der Linkshänder schwankt in verschiedenen Gesellschaften um etwa 15%; aber nur bei 25 bis 50% der Linkshänder ist nicht nur die linke Hand dominierend, sondern auch die rechte Hemisphäre für die Sprache zuständig. Besonders wichtig ist, daß sich schon bei unmittelbar nach der Geburt verstorbenen Kindern diese Asymmetrie der Hemisphären findet, was ihre genetische Prädisposition bestätigt. Schon im Kindesalter reagiert die linke Hemisphäre ausdrücklich auf sprachliche Laute.

Aber diese Möglichkeit wird beim Kind nicht sofort realisiert. In der frühesten Stufe des Sprechenlernens sind an diesem Prozeß beide Hemisphären beteiligt. Bei rechtshändigen Kindern kann bis zu fünf Jahren eine Störung der rechten Hemisphäre zu Sprachhemmung (Aphasie) führen. Wenn umgekehrt in diesem frühen Alter die linke Hemisphäre durch Verletzung oder Krankheit geschädigt wird, kann die rechte Hemisphäre deren Funktion übernehmen und damit zur sprachlichen werden.

Experimente der letzten Zeit haben gezeigt, daß man durch die Stellung der Hand beim Schreiben leicht einen Linkshänder mit rechter sprachlicher Hemisphäre von einem solchen unterscheiden kann, bei dem, wie auch bei Rechtshändern, die linke Hemisphäre die Sprache beherrscht ([34], S. 816) (Abb. 17).

Im Alter von zwei bis fünf Jahren lernen Kinder die Sprache so, daß die Grammatik der Muttersprache in der linken Hemisphäre für das ganze Leben fixiert wird. Wenn in diesem Alter das Kind nicht die Möglichkeit erhält zu sprechen, so wird es die Fähigkeit der Rede überhaupt nicht gewinnen. Nach Art des in Kiplings „Dschungelbuch" beschriebenen Mowglie können „Wolfskinder", die nicht unter Menschen, sondern im Walde aufgewachsen sind, danach, wenn sie sich in menschlicher Gesellschaft befinden, im ganzen nur ein paar Wörter lernen. Insgesamt sind einige Dutzend solcher Fälle bekannt. Am besten beschrieben ist der Fall eines Knaben, der zur Zeit Napoleons in Südfrankreich im Wald gefunden wurde. Der glänzend begabte Arzt Itard, der den Jungen das Sprechen zu lehren versuchte, hat ein genaue Beschreibung seiner Versuche gegeben (nach dem kürzlich in Frankreich neu aufgelegten Buche Itards wurde von Truffaut der Film „Der Wolfsjunge" gedreht, in dem Truffaut selbst die Rolle Itards spielte). Ungeachtet aller Bemühungen Itards lernte der Knabe, der damals das Alter

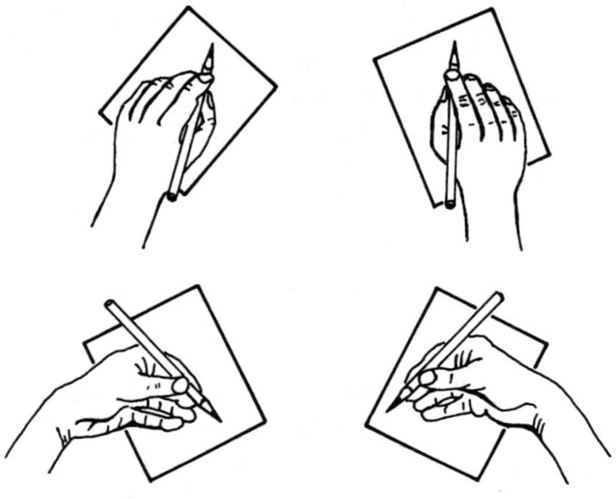

Abb. 17. Handhaltung beim Schreiben in Abhängigkeit von der Funktion der beiden Hemisphären bei Linkshändern (*a*) und Rechtshändern (*b*). Bei den oberen Darstellungen fällt die dominante Hemisphäre mit derjenigen zusammen, die die Hand steuert; bei den unteren fällt sie nicht zusammen (invertierte Handhaltung).

des Sprechenlernens schon weit überschritten hatte, nur eine geringe Zahl von Wörtern – nicht mehr als zwanzig. Offenbar arbeitet der hieroglyphische (und auch biochemische) Mechanismus, der die Registrierung der Muttersprache in der linken Hemisphäre ermöglicht, nach einem Alter von fünf Jahren bereits nicht mehr.

Alle übrigen Sprachen erlernt der Mensch später durch die Wechselbeziehung mit jenen universellen sprachlichen Regeln, die auch am Beispiel dieser Grammatik in seiner sprachlichen Hemisphäre realisiert sind. Schereschewskij, der die Wörter seiner Muttersprache oder einer anderen ihm bekannten Sprache mittels visueller Assoziationen in Erinnerung behielt, prägte sich Wörter einer unbekannten Sprache und sogar sinnlose Wortkombinationen durch Lautassoziationen mit ihm bereits bekannten Wörtern anderer Sprachen ein, sowie auch durch visuelle Hilfsassoziationen ([38], S. 31). Solche Fakten führen auf den Gedanken, daß für das Behalten von Wörtern und Formen neuer Sprachen Assoziationen zwischen ihnen und schon bekannten Sprachen, vor allem der Muttersprache, dienen.

Besonders interessant sind Daten, die die Beherrschung einer neuen Sprache mit der nichtdominanten (normalerweise rechten) Hemisphäre in Verbindung bringen [59], in der verschiedene assoziative Operationen verwirklicht werden. Aber diese Operationen mit der neuen Sprache sind nur auf der Basis einer bereits erlernten Sprache möglich.

Wenn auch die universellen Sprachregeln, wie auch die Prädisposition der linken Hemisphäre zu Sprachfunktionen, genetisch übermittelt werden, so folgt daraus doch nicht, daß damit auch das sprachliche Verhalten vererbt wird. Wie es unser großer Biologe Sewertsow allgemein formuliert hat, wird nicht das Verhalten, sondern nur die Fähigkeit zum Verhalten vererbt. Diese Fähigkeit zum Sprechen kann aber nur realisiert werden, wenn es Menschen gibt, die mit dem Kind sprechen. Genetisch programmiert ist auch das kritische Alter, nach dem man keine Sprache mehr lernt.

Wenn dann das Kind sich die Grammatik der Muttersprache schon angeeignet hat, so usurpiert die linke Hemisphäre allmählich immer mehr und mehr die mit Rede in der Muttersprache zusammenhängenden Funktionen. Dieser Prozeß des allmählichen Anwachsens der Asymmetrie der beiden Hemisphären zieht sich überaus lange hin – fast über die ganze Dauer des menschlichen Lebens. Während dieser ganzen Zeit erhöht die rechte Hemisphäre unablässig ihren Schatz an Kenntnissen von der Welt, welche das System der Wortbedeutungen erweitern. Dies wird begleitet von einem allmählichen Abbremsen (im Normalfalle) jener Funktionen der rechten Hemisphäre, die anfänglich mit der Rede zu tun hatten. Bei solchen Rechtshändern (zumeist Frauen), wo die Asymmetrie der Funktionen der Hemisphären weniger ausgeprägt ist, kann die dort auch noch mit der rechten Hemisphäre zusammenhängende Sprache die Ausführung räumlich-visueller Aufgaben behindern, die für die betreffende Hemisphäre typisch sind. Im Prinzip ist aus Tierversuchen bekannt, daß die einzelnen Hemisphären weniger effektiv arbeiten, wenn sie ihre Arbeit gegenseitig doublieren.

Es ist auch ein Fall bekannt, in dem eine anormale Entwicklung der rechten Hemisphäre, die gezwungen war, sich im Alter von zwei bis zu fünf Jahren nicht um „ihre eigene Angelegenheit" (räumlich-visuelle Wahrnehmungen) zu kümmern, das Erlernen der Muttersprache gehemmt hat ([19], S. 79/80). Bei einem amerikanischen Knaben dieses Alters bemerkte man eine seltsame Besonderheit: er sprach überhaupt nicht, begann aber zu schreiben, besonders die Bezeichnungen von Fernsehprogrammen und Reklametexte. In seiner frühen Kindheit hatten die Eltern ihn im Laufstall vor dem eingeschalteten Fernsehgerät alleingelassen und waren fortgegangen zur Arbeit.

Die Menge der im Verlaufe eines verhältnismäßig kleinen Zeitraums durch das Fernsehgerät übertragenen visuellen Information ist ungeheuer; sie ist dem Informationsgehalt eines ganzen Buches vergleichbar. Darum waren beide Hemisphären des kindlichen Gehirns, für den das laufende Fernsehgerät in früher Kindheit der Hauptgesprächspartner war, von dieser kolossal vielfältigen Information, insonderheit den kommerziellen Reklamen, die alle Sendungen unterbrachen, vollgestopft. Als der Junge zu sprechen begann, war seine Rede typisch für das „rechte Gehirn"; er sprach die Namen verschiedener Automarken aus, bildete aber keine ganzen Sätze. Die Ärzte diagnostizierten bei ihm „infantile Schizophrenie".

So aufgeblasen dieser Fachausdruck klingen mag, die Krankheitsgeschichte des Knaben paßt doch zu der Hypothese, wonach man als Schizophrenie meistens Störungen bezeichnet, die mit Beeinträchtigungen der normalen Beziehungen zwischen den beiden Hemisphären zusammenhängen, bisweilen (wie im vorliegenden Falle) unter Überwiegen der rechten Hemisphäre. Die Geschichte dieses Jungen, der nicht sprechen konnte, ist auch insofern lehrreich, weil sie zeigt, wie ernst und wichtig es ist, sich in unserem Jahrhundert mit den Problemen der Kommunikation in solchen Kollektiven (im kybernetischen Sinne) zu befassen, wie Fernseher – „rechtes Gehirn" – „linkes Gehirn" (Abb. 18). Das Bestehen dieses „Dreiecks" hat in früher Kindheit dazu geführt, daß die Entwicklung der linken Gehirnseite durch die rechte gehemmt wurde.

Relative Autonomie der rechten Hemisphäre gegenüber der linken zeigt sich in solchen Fällen, wo beim Erwachsenen die linke Hemisphäre in ihrer Vorherrschaft auf dem Gebiete sprachlicher Operationen geschwächt wird. Das geschieht bei traumatischen Verletzungen und Erkrankungen der linken Hemisphäre und entsprechendem chirurgischem Eingriff mit Entfernung der Sprachzonen (Broca und Wernicke). In diesem Falle, wie auch bei Durchtrennung des Balkens und anderer Verbindungen, bleibt das „rechte Gehirn" nicht mehr (wie es beim Erwachsenen normal wäre) stumm und wird mitunter zu so einfachen Operationen fähig wie

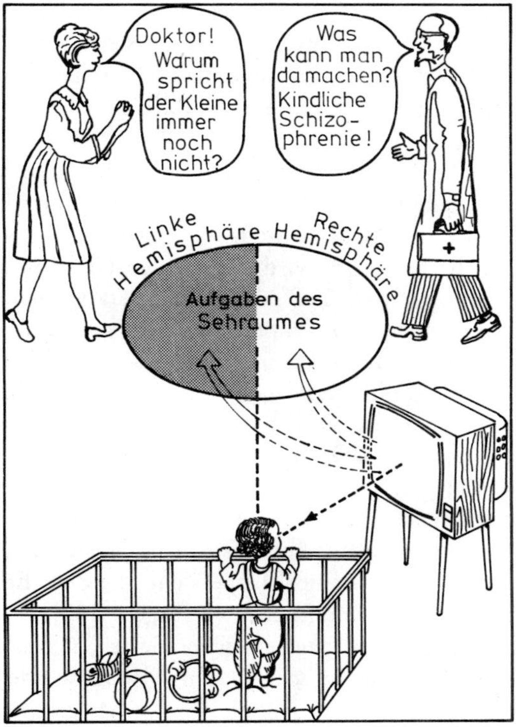

Abb. 18. Der Fernseher hindert das Kleinkind, sprechen zu lernen.

der Benennung gezeigter Gegenstände und automatisierter Rede. Also wird ein Teil der in früher Kindheit erlernten sprachlichen Gewohnheiten in der rechten Seite aufbewahrt, wenn auch in gebremster (unterdrückter) Form; er kann aber partiell wiederbelebt werden.

Neueste Arbeiten zeigen, daß die eine Hemisphäre gegenüber der anderen die Rolle einer Dämpfungseinrichtung spielt. Bei Ausschaltung der linken, sprachlichen Hemisphäre unterscheidet die rechte Hemisphäre besser Musik und andere nichtsprachliche Laute; bei Ausschaltung der rechten Hemisphäre kommt die linke besser mit Sprachlauten zurecht [25].

Nach Untersuchungen aus neuerer Zeit, die die Hypothesen L. S. Wygotskijs bestätigen, beginnt das Kind, bevor es die Muttersprache beherrscht, Systeme sehr einfacher Gesten zu erlernen, die es ihm ermöglichen, sich durch Bewegungen des eigenen Körpers in Raum-Zeit zu orientieren. Eine Handbewegung, die bedeutet „gib her!", kommt viel früher, als das Kind „Gib!" zu sprechen lernt, oder eine Lautkombination derselben Bedeutung in seiner Babysprache, noch ehe es die Muttersprache gelernt hat.

Das Erlernen der Sprache folgt beim Kleinkind auf die Periode der ersten eineinhalb bis zwei Lebensjahre, die der hochberühmte schweizerische Kinderpsychologe J. Piaget „sensomotorisch" genannt hat. In dieser Zeit wird jeder Gegenstand von dem Kinde in Entsprechung mit solchen Aktionsschemata verstanden, die es mit diesem Gegenstand ausführen kann. Man kann ein Ding anfassen, daran saugen oder kratzen: Jeder dieser Möglichkeiten entspricht eine Geste, die, wenn auch noch so verkürzt, das Aktionsschema wiedergibt. Solche bedingten Aktionsschemata im Alter von vier bis acht Monaten (in der dritten Entwicklungsphase des Kindes nach Piaget) werden zu einer Art konventioneller Bezeichnungen des Gegenstandes. Man kann nur R. Brown zustimmen, der kürzlich in einem Buch über die Kindersprache in diesen gestikulären Bezeichnungen eine Etappe sieht, die dem Erlernen der phonetischen Sprache unmittelbar vorausgeht ([60], S. 198–201).

Die Bedeutung solcher ganz einfacher Gesten, aus denen sich die ursprüngliche Gebärdensprache zusammensetzt, wurde besonders klar in den Arbeiten von I. A. Sokoljanskij herausgestellt. Dieser beachtliche Gelehrte, dem ein angesehener Platz gebührt in der Geschichte der Wissenschaft von den menschlichen Mitteln zur Informationsübertragung und der noch wichtigeren „Geschichte der Menschenliebe", hat sein Leben in aufopfernder Weise der Rehabilitierung taubstummblinder Kinder zu einer normalen Existenz gewidmet. Schon als Instrukteur des Volksbildungskommissariats in der Ukraine während der Jahre nach dem Bürgerkrieg suchte und fand er in den Dörfen taubstummblinde Kinder. Er nahm sie auf, zunächst in seine eigene Familie, wo ihm in selbstloser Weise seine Frau half, danach in ein spezielles Internat, das er in Charkow gegründet hatte.

Als Charkow von den Faschisten besetzt wurde, wurde das Internat vernichtet; aber Sokoljanskij und seine Zöglinge konnten sich retten. Sokoljanskij setzte seine Arbeit in Moskau (anfangs unter den noch sehr schwierigen Bedingungen der Nachkriegszeit) fort und erlebte noch den Tag, da eine seiner Schülerinnen, Skorochodowa, als Kandidatendissertation (d. h. Doktorarbeit in westeuropäischer Terminologie; A. d. Ü.) ihr ungemein interessantes

Buch verteidigte: „Wie ich die Umwelt wahrnehme, mir vorstelle und verstehe“. Ich werde nie die Erschütterung vergessen, die ich erlebte, als ich bei dieser Disputation die taubstummblinde Frau sah und hörte, die ihre Eröffnungsrede selbst vortragen konnte. Sie mußte nur die Hand an den Hals legen, um die Schwingungen der Stimmbänder zu fühlen und die für die Rede unerläßliche Rückkopplung mit den Sprechorganen herzustellen.

Nach dem Tode Sokoljanskijs setzte sein Schüler A. I. Meschtscherjakow die Ausbildung taubstummblinder Kinder und ihre Erforschung in einem Spezialinternat fort, das nach dem Muster des Charkower Instituts bei Moskau gegründet worden war. Erst 1975, nachdem nicht nur Sokoljanskij, sondern auch Meschtscherjakow bereits gestorben waren, erschien in der Zeitschrift „Fragen der Philosophie“ eine ganze Reihe von Aufsätzen über ihre Arbeiten, die dort zu Recht als sehr bedeutende Errungenschaft unserer Wissenschaft gewürdigt wurden. Den besten Aufsatz davon schrieb S. A. Sirotkin, ein Schüler des Internats bei Moskau, der inzwischen schon die philosophische Fakultät der Moskauer Universität absolviert hatte.

Wie gelang es Sokoljanskij, solche Mittel für die Rehabilitation taubstummblinder Kinder zu entwickeln, die ihn später sogar zu einem Gelehrten machten, der Aufsätze und Bücher schrieb, die für die Wissenschaft wichtig waren?

Sokoljanskij erzählte aus der Zeit, wo er in der Ukraine seine künftigen Pflegekinder suchte, daß diese sich oft mehr wie kleine wilde Tiere benahmen denn wie menschliche Kinder. Ein Junge biß ihn sogar in den Finger, als er zum ersten Mal zu ihm kam. Ohne die Entdeckung Sokoljanskijs wären sie zu rein animalischer Existenz verurteilt gewesen. Die Hauptsache bei seinem System war, daß das Kind in engem Kontakt mit den Eltern aufwachsen muß oder mit Menschen, die ihm die Eltern ersetzen (wie Sokoljanskij selbst und seine Frau in Charkow). Das Kind muß sich an der Hand oder dem Rocksaum der Mutter festhalten, sie begleiten, wenn sie einfache Tätigkeiten ausübt, die Dinge betasten, mit denen sie umgeht, wenn sie in der Küche arbeitet oder das Haus putzt. Durch Gesten handgreiflich erarbeitete Bilder dieser Gegenstände und die Gesten des Umgangs mit ihnen bilden die erste und grundlegende Sprache, in welcher der Taubstummblinde durch Betasten unterwiesen wird.

Voraussetzung für eine solche Unterweisung ist, daß keine sogenannte „zentrale angeborene Blindheit“ vorliegt, das heißt eine

Störung der Teile des zentralen Nervensystems, die die anschauliche Wahrnahme der Außenwelt bestimmen. L. S. Wygotskij, der sich besonders mit diesem Problem beschäftigt hat, konnte zeigen, daß ein Kind mit zentraler angeborener Blindheit ein Idiot bleiben muß ([35], S. 380) und offenbar in keiner Weise lebenstüchtig ist (es hat keine Möglichkeit, andere, genetisch ererbte Fähigkeiten des Gehirns zu realisieren, weil der „Eingang“ in dieses System der Empfang von Signalen von außen ist).

Bei angeborener zentraler Blindheit sind auch ertastbare (taktile) Muster verzerrt ([28], S. 466). Wenn dagegen die fundamentalen Teile des Zentralnervensystems erhalten sind, ist es möglich, auch mit einer so schweren Behinderung fertig zu werden, wie Taubstummblindheit sie darstellt*. Gerade der Umstand, daß diese Teile des Gehirns erhalten sind, gibt die Möglichkeit, ein Kind durch taktile Zeigegesten und Aktionsgesten zu unterrichten.

Die Sprache der Aktionsgesten, insbesondere der Zeigegesten, gehört bei normalen Menschen zum klaren Einflußbereich der rechten Hemisphäre. Aber es war eine geniale Entdeckung Sokoljanskijs, daß man Taubstummblinde nach Erlernen dieses Systems von Gesten, die zur rechten Hemisphäre gehören, ein anderes Zeichensystem lehren kann, das den Wörtern der natürlichen Sprache entspricht, die aus Buchstaben oder Lauten besteht. Wenn ein taubstummblindes Kind erst einmal die Tastzeichen in Form taktiler Gesten (die den Hieroglyphen vergleichbar sind) gelernt hat, kann es danach auch zusammengesetzte Zeichen lernen, die aus „Buchstaben“gesten eines taktilen (Finger-) Alphabets bestehen, vergleichbar dem visuellen Fingeralphabet, mit dem sich Taubstumme zu unterhalten pflegen, die es wie die Kunst des Lesens und Schreibens im Kindergarten oder in der Schule gelernt haben, nachdem sie in früher Kindheit visuelle hieroglyphische Zeigegesten erlernt hatten).

* Die Erhaltung der Hinterhauptslappen der Hirnrinde, die für die visuelle Wahrnehmung besonders wichtig sind, wirft die Frage auf, ob man eine Prothese für Blinde schaffen könnte dadurch, daß bei elektrischer Reizung dieser Gehirnabschnitte ein Eindruck von leuchtenden Punkten hervorgerufen wird [61].

In der Wortsprache der Taubstummblinden (und Taubstummen) wird jedes Wort, zum Beispiel *koromyslo* (russ.: Schulterjoch zum Tragen von zwei Wassereimern – vgl. die Hummel-Figur des althamburger Originals –, dann auch Waagebalken usw.; A. d. Ü.) nach und nach durch taktile (bei Taubstummen: visuelle) Gesten übermittelt, die jeden Buchstaben einzeln darstellen. Ehe es diese Sprache lernte, hatte das taubstummblinde Kind schon die Gegenstände durch hieroglyphische Gesten bezeichnen können. Zum Beispiel drückte es *koromyslo* durch ein Zeichen aus, das die Bewegung der Mutter nachahmt, wenn sie sich den Tragebalken samt Eimern auf die Schultern lädt. Der Pädagoge erklärte durch Tastgesten dem Kinde, daß dieses Zeichen dasselbe Zeichen ist wie ein anderes, mit dem man das Schulterjoch durch das Fingeralphabet bezeichnen kann. Das Wichtigste ist in dieser Zeit das Erlernen der Geste, die die Bedeutungsgleichheit zweier Zeichen ausdrückt. Im Unterrichtssystem von I. A. Sokoljanskij war das die Geste zweier ausgestreckter Handflächen, die Seite an Seite gehalten wurden und damit das Gleichheitszeichen (=) nachbildeten.

Wenn die Kinder an einigen konkreten Beispielen das Zeichen für Bedeutungsgleichheit gelernt haben, lernen sie danach rasch viele Wörter, die im Fingeralphabet codiert sind und eignen sich eben dadurch auch deren Elemente (Buchstaben) an. Damit beginnt das lawinenartig sich beschleunigende Erlernen der Grammatik der natürlichen Sprache durch das Kind (dazu werden zwei bis drei Jahre gebraucht, was mit der Norm „von zwei bis fünf" übereinstimmt) und all der Information, die damit übermittelt werden kann (Skorochodowa beschreibt in ihrem Buche sogar, wie sie gelernt hat, die Verse Pasternaks zu verstehen). Sokoljanskij gelang es sogar, den Kindern die phonetische Sprache beizubringen. Dazu brauchte man nur mit jeder Geste des Fingeralphabets diejenigen Bewegungen der Sprechorgane zu korrelieren, die für die Erzeugung des Lautes nötig sind (das einzige, was die Rede stören konnte, war, daß die Kinder sich vor Beginn des Unterrichts die Stimme durch unartikulierte Schreie ruinieren konnten, wie sie das „rechte Gehirn" produzieren kann).

Wenn die Identität der Hieroglyphenzeichen und der Zeichen des Fingeralphabets hergestellt ist, führt das zu einer lawinenartigen Entwicklung der Intelligenz des taubstummblinden Kindes, weil damit eine Beziehung hergestellt wird zwischen dem primären System der hieroglyphischen Gesten, das die rechte Hemisphäre schon gelernt hat, und dem genetisch prädisponierten spezifischen

Mechanismus des Erlernens der natürlichen Sprache in der linken Hemisphäre. Es drängt sich daher der Schluß auf, daß es für einen genetisch vorherbestimmten Mechanismus in gewissem Grade nicht so wichtig ist, ob es sich um Zeichen handelt, die akustisch codiert sind (Laute), oder um optisch codierte (Buchstaben). Wenn man erst ein solches System erlernt hat, wo die Wörter aus diskreten Elementen bestehen, dann ist es leicht, davon zu einem anderen analogen System überzugehen, bei dem nur die physikalischen Signale anders sind, durch die diese Elemente codiert werden.

Bei einem normalen Kind wird zuerst die Lautsprache erlernt, danach die der Buchstaben; bei einem Taubstummblinden kommt erst die Buchstabensprache (das Fingeralphabet) und dann die phonetische. Die Geschwindigkeit, mit der der Übergang von dem einen Code zum anderen möglich ist, zeigt, daß für die linke Hemisphäre nicht nur die physikalische Natur der Codesignale wesentlich ist, sondern viel mehr noch der diskrete Charakter der einzelnen Elemente (Buchstaben oder Laute). An sich bedeuten diese gar nichts; aber ihre Kombination bildet Wort-Zeichen, die ihrer Bedeutung nach ungegliederten Hieroglyphen-Zeichen äquivalent sind. Durch Identifikation hieroglyphischer Zeichen mit solchen, die aus den Elementen des Finger- oder Buchstabenalphabets bestehen, werden Beziehungen hergestellt zwischen der im Laufe früherer Unterweisung von der rechten Hemisphäre erhaltenen Information und der genetisch in der linken Hemisphäre deponierten Information, welche es gestatten, mit unerhörter Schnelligkeit Ketten aus gegebenen Sequenzen zu bilden (Abb. 19). Die Identifikation von Zeichen, die während der Unterweisung in der rechten Hemisphäre gespeichert wurden, mit solchen Zeichen, die in der linken Hemisphäre aufgebaut werden, setzt den genetisch prädisponierten Mechanismus in Gang, der zu überaus raschem Lerntempo führt.

I. A. Sokoljanskij hatte schon ausgezeichnet begriffen, daß die Beobachtungen an Kindern, denen zu dienen sein ganzer Lebenszweck war, überaus wertvoll sind für das kybernetische Verständnis der menschlichen Zeichensysteme. Kurz vor seinem Tode erhielt ich von ihm einen langen Brief (datiert vom 19. Februar 1960), der ganz diesem Problem gewidmet war. Indem er das Resümee seiner 52jährigen Arbeit auf diesem Gebiet zog, schrieb er darin: „Taubstummblindheit ist ein unwiederholbares und einzigartiges Modell in der Natur für die sich entfaltende (richtiger:

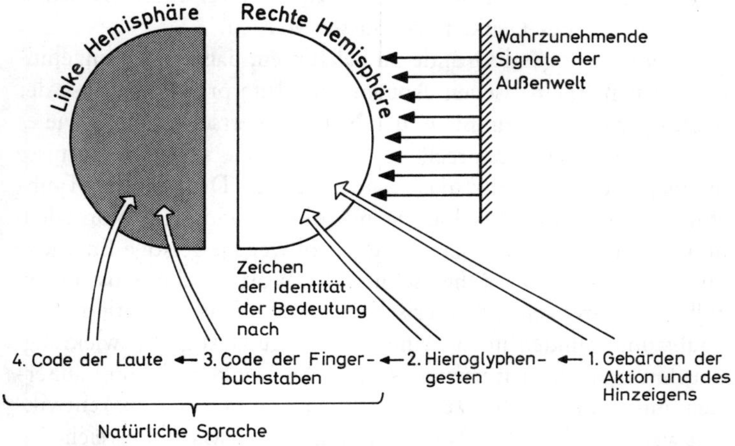

Abb. 19. Schema der Reihenfolge, in der taubstummblinde Kinder Zeichensysteme erlernen.

die entfaltete, gebildete) menschliche Persönlichkeit. An Affenweibchen kann man viel lernen, aber nichts, was mit dem sozialen Verhalten des Menschen zu tun hätte. Es ist gänzlich unmöglich, einige (sogar die wichtigsten!) Besonderheiten des menschlichen Verhaltens mit einer solchen, fast extremen Genauigkeit zu studieren wie bei dem sich herausbildenden Verhalten des Taubstummblinden ... . Ich führe ein, wie mir scheint, interessantes Beispiel an. Um einem taubstummblinden Kinde die grammatische Struktur der verbalen Sprache beizubringen, sind unter normalen Bedingungen zwei, höchstens drei Jahre erforderlich ... . Genauso erscheint auch die Heranbildung mathematischen Denkens bei Taubstummblinden nicht rätselhaft. Dieses letztere möchte ich sehr gern praktisch beweisen, sofern mein Alter und die Verhältnisse es gestatten ... ."

In dem gleichen Brief erläuterte Sokoljanskij diese seine Absicht, zu deren Verwirklichung ihm keine Zeit mehr blieb, wie folgt: „... des Sprechens nicht Fähige (Taubstummblinde) sind auch in anderer Hinsicht interessant. Die Wortsprache, so gut sie auch die Sprechunfähigen lernen mögen, kann an und für sich in keinem Falle dem Taubstummblinden eine vollwertige geistige Entwicklung in solchem Maße garantieren, daß er die Umwelt (so) reflektieren könnte, ... wie es einem normalen Menschen erreichbar ist.

Ein wahres Bild der physischen Umwelt kann nur durch mathematisch entwickeltes Denken erschlossen werden.“

„Es gibt genügend Gründe zu behaupten, daß er frei, ungehindert, den mathematischen Apparat zur Interpretation selbst der ‚verborgensten Geheimnisse‘ der Natur beherrschen kann, wie es einem Normalen entsprechend dem Niveau seiner Kenntnisse möglich ist. Man muß das mathematische Denken des Taubstummblinden auf denselben Stand bringen wie beim Normalen, und nur in diesem Falle kann er eine vollwertige geistige Entwicklungen erlangen. Die Beherrschung der Wortsprache selbst innerhalb der Grenzen künstlerischen Empfindens garantiert dem Taubstummblinden noch keine vollwertige geistige Entwicklung. Bei ihm muß das naturwissenschaftliche Denken bis zum äußersten (innerhalb der Grenzen des zeitgenössischen Wissens) entwikkelt werden. Aber ohne Mathematik läßt sich das nicht erreichen.“

So beschloß also der große Gelehrte am Ende seines Lebens, nachdem er die Aufgabe, Taubstummblinden zu helfen, der er sich geweiht hatte, gelöst hatte, an die Behandlung des Problems heranzugehen, wie man künstliche Sprachen für ein in äußerst schwerer Lage befindliches menschliches Gehirn schaffen könnte. Unter solchen Bedingungen erweist sich die natürliche Sprache in höherem Grade als bei anderen bekannten Fällen als ungeeignet für eine vollständige Wahrnehmung und Erkenntnis der Umwelt. Das Problem der Beziehung zwischen Apparatur (Gehirn) und dafür am besten geeigneter Sprache stellt sich besonders scharf.

Wie Sokoljanskij bemerkte, besteht der Unterschied zwischen den nach seinem System unterrichteten Taubstummblinden und (nur) Taubstummen darin, daß die letzteren, weil sie sehen können, von früher Kindheit an selbst (ohne Pädagogen) gewöhnlich die Sprache der Hieroglyphengesten (mimisch-gestikulatorische Rede) erfassen.

Der Übergang von dieser, für die rechte Hemisphäre charakteristischen hieroglyphischen Sprache zur Wortsprache (die durch ein visuelles Fingeralphabet codiert ist) geschieht im Grunde nach den gleichen Gesetzmäßigkeiten, obwohl die Geschwindigkeit dieses Überganges nicht wenig durch das Fehlen eines so klaren Systems behindert wird, wie Sokoljanskij es für die Unterweisung Taubstummblinder ausgearbeitet hat. Einen nachteiligen Einfluß auf den Unterricht hat nicht selten besonders ein früheres Verbot, die Sprache der Hieroglyphengesten anzuwenden, deren völlige Beherrschung (wie auch bei Taubstummblinden) dem Übergang zur natürlichen Sprache vorausgehen sollte, wodurch auch die Schnelligkeit dieses Überganges gewährleistet wäre. Darauf hat Sokoljanskij verwiesen, indem er die bestehenden Methoden des Taubstummenunterrichts kritisierte, die den Prozeß eines solchen Überganges bremsten und ihn auf zwölf Jahre ausdehnten – gegenüber zwei bis drei Jahren bei Taubstummblinden.

Die Lösung dieser Frage auf Grund des Zweimaschinenschemas des Gehirns ist praktisch wichtig angesichts der Bedeutung, die die Anzahl Taubstummer in jedem Kollektiv hat. Die Beziehung der Sprache der Hieroglyphengesten („mimisch-gestikulatorischen Rede") zur rechten Hemisphäre und die des Fingeralphabets zur linken Hemisphäre kann erhärtet werden durch den Fall, daß die Sprache der hieroglyphischen Gesten erhalten bleibt bei Schädigung der linken Hemisphäre, die den Verlust des Fingeralphabets zur Folge hat.

Aphatiker, deren Sprechvermögen durch Schädigung der linken Hemisphäre gelitten hat, behalten die der rechten Hemisphäre zugeordnete Sprache symbolischer Gesten, womit sie die Schwierigkeit bei der Benutzung der mündlichen Sprache wettmachen können.

Für das Verständnis der Funktionen der beiden Hemisphären des Gehirns und der Art der zwischen ihnen bestehenden Beziehungen hat das Verhältnis verschiedener Arten von Texten (hieroglyphisch und im Fingeralphabet) und der ihnen entsprechenden Arten der Schrift (durch Hieroglyphen oder durch Buchstaben) eine besondere Bedeutung. Besonderes Interesse verdient die volle Unmöglichkeit zu lesen bei tiefer Schädigung der Verbindungswege (in der weißen Gehirnsubstanz unter der Rinde), durch welche die visuelle Information aus der rechten in die linke Hemisphäre transportiert wird (Abb. 20) und gleichzeitiger Schädigung des linken Hinterhauptslappens. Bei einer solchen Verletzung kann der Patient vollkommen sprechen und auch schreiben, ist aber absolut nicht fähig, Buchstabenschrift zu lesen, da die visuelle Information nicht in diejenige Zone der linken Hemisphäre gelangt, die mit der Analyse und Synthese von Buchstaben zu tun hat [62].

Eine andere Art von Lesebehinderung, die mit einer Störung nur dieser Zone der linken Hemisphäre verknüpft ist (ohne Störung der Verbindungen zwischen den Hemisphären), zeichnet sich dadurch aus, daß man durch lautes Aussprechen der Buchstaben zum Lesen verhelfen kann. Wie aber aus einem Vergleich von

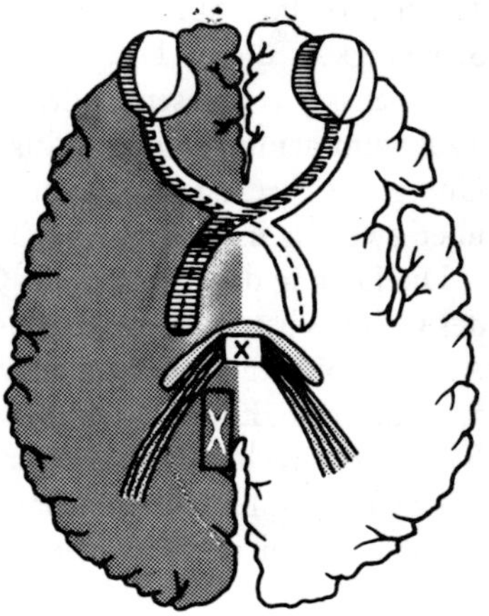

Abb. 20. Zerstörung der Verbindungswege zwischen den beiden Hemisphären bewirkt vollen Verlust des Lesevermögens. – x Zerstörung der Verbindungen zwischen den Hemisphären und gleichzeitiger Schädigung des linken Hinterhauptlappens bei totaler Alexie (Unfähigkeit zu lesen, obwohl die Augen intakt sind; nach Déjerine).– Nicht die Augen, sondern nur eine Hälfte eines jeden Auges, genauer einer jeden Netzhaut, ist einer Hemisphäre zugeordnet. – Wenn keine gleichzeitige Beeinträchtigung des linken Hinterhauptlappens (d. h. des visuellen Gebietes der linken Hirnhälfte) vorliegt, kommt es lediglich zu einer gesichtsfeldabhängigen Alexie: Nur das, was im linken Gesichtsfeld dargeboten wird, also zur rechten Sehregion gelangt, kann nicht gelesen werden. Das, was im rechten Gesichtsfeld dargeboten wird, gelangt in die linke Sehregion und kann gelesen werden, da es nicht auf die interhemisphärische Verbindungen angewiesen ist, um zur Sprachregion in der linken Hemisphäre zu gelangen.

Störungen in der Anwendung des japanischen Silbenalphabets bei Erkrankung der linken Hemisphäre und der Fähigkeit zur Benutzung von Hieroglyphik hervorgeht, welche die rechte Hemisphäre bestimmt, kann umgekehrt das Lesen von Hieroglyphen nicht durch lautes Aussprechen der Wörter gefördert werden ([26]; [62], S. 70–72). In dieser Hinsicht steht die hieroglyphische Schrift den hieroglyphischen Gesten sehr nahe.

Die Sprache hieroglyphischer Gesten bei Taubstummen ist deshalb ein besonders reizvolles Untersuchungsobjekt, weil sie diese Sprache in früher Kindheit ohne Wissen eines Pädagogen (der gewöhnlich verbietet, sie zu benutzen, etwa in Kindergärten) erlernen. Im wesentlichen ist diese Sprache eine Fortsetzung der Gebärdensprache, die jedes Kind bis zu zwei Jahren lernt. Während aber ein normales Kind sehr früh zu kindlichem Geplapper übergeht und danach zur natürlichen Sprache, findet das Gehirn der Taubstummen einen Ausweg aus der Situation, daß es die Tonsprache nicht verwenden kann, indem es ein komplizierteres System hieroglyphischer Gesten entwickelt, das allmählich in der rechten Hemisphäre aufgebaut wird. Deshalb ist es schädlich, wenn der Pädagoge diesen Prozeß unter- oder abbricht, wie auch Sokoljanskij bemerkt hat.

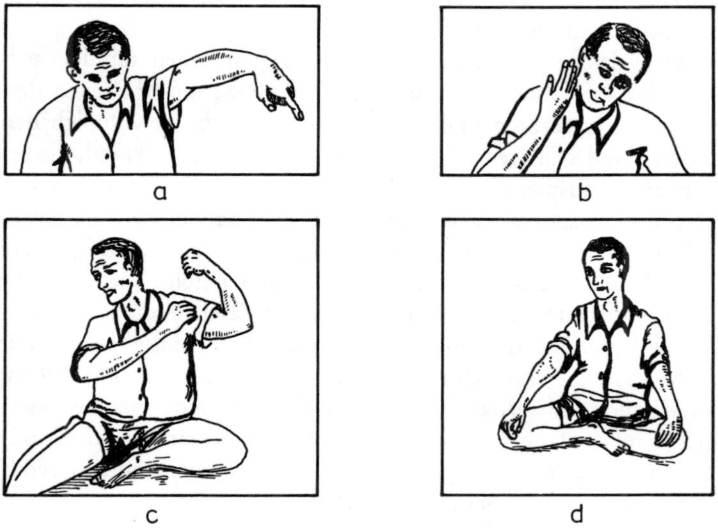

Abb. 21. Gebärden, die der taubstumme Polynesier Kagobai erfunden hat. – Oben: „Vergangenheit" = a („die von mir weit entfernte Zeit") + b („als man Leute umbrachte"). Unten: „Junger Mann" = c („starker Mann") + d („mit sich zufrieden").

Unlängst wurde eine Gebärdensprache beschrieben, die der taubstumme Polynesier Kagobai auf einer Salomonen-Insel entwickelt hat. Kagobai war der einzige Taubstumme auf der Insel. Von Kindheit an konnte er weder sprechen noch fremde Rede hören. Er hat selbst eine eigene Gebärdensprache erfunden, die nicht weniger als einige hundert Zeichen umfaßt und welche auch die anderen Bewohner der Insel verstehen, die sich gern mit ihm unterhalten. Eines der seine Sprache auszeichnenden Merkmale ist, daß jedes Zeichen gewissermaßen aus mehreren Einzelbildern bestehen kann (Abb. 21). Das Zeichen für „junger Mann" umfaßt ein Bild, das einen kräftigen Menschen darstellt, der mit der rechten Hand eine schwere Last auf die linke Schulter lädt, und ein zweites Bild, das einen selbstzufrieden dasitzenden Menschen zeigt ([63], S. 166/67). Das Zeichen für „Vergangenheit" besteht aus einem ersten Bilde, in dem die linke Hand nach vorn weist (in der Sprache dieser Inseln werden die Vorfahren als „vordere Generation" bezeichnet), und einem zweiten, das zeigt, wie mit der rechten Hand der Kopf abgeschlagen wird. Die Montage dieser

„Bilder“ besagt: Die Vergangenheit ist die Zeit, in der Menschen ermordet wurden ([63], S. 121/22).

Viele Zeichen, die sich auf den Fischfang beziehen, mit dem sich Kagobai erfolgreich beschäftigt, stellen ganze kleine Szenen dar, die von der rechten Hand gespielt werden, die gewöhnlich den Fischer und sein Gerät darstellt, und von der linken Hand, die bei diesem Schauspiel die Beute des Fischers vorstellt. Die zum zweiten Beruf Kagobais, dem Gartenbau, gehörenden Zeichen bestehen aus einer Folge von „Bildern“, deren jedes eine wichtige Stufe beim Pflanzen dieses oder jenes Gewächses darstellt. Die Anschaulichkeit der überwältigenden Mehrheit der Zeichen, die dem alltäglichen Leben der Insulaner gelten, erklärt die Leichtigkeit, mit der sich Kagobai und seine Gesprächspartner verstehen. Obwohl diese, anders als er, auch die gewöhnliche Sprache sprechen können, sind sie doch einmal durch die Stufe des Gebrauchs der kindlichen Gestensprache gegangen, deren Spuren, wenn auch in reduzierter Form, auch bei den Erwachsenen erhalten bleiben.

Jene Periode des Übergangs von der sinnvollen Gebärde zum Wort, die in der Entwicklung jedes einzelnen Menschen zum Vorschein kommt, kann man auch für die Vorgeschichte der ganzen Art Homo sapiens annehmen. Viele sogenannte primitive Stämme haben bis ins vergangene und dieses Jahrhundert hinein, als die moderne Wissenschaft sie zu studieren begann, Spuren der viel bedeutenderen Rolle bewahrt, welche die Sprache der hieroglyphischen Gesten gespielt hat. Für den hohen Entwicklungsstand dieser Sprache bei jenen Stämmen spricht, daß es bei den Aranda (und anderen Ureinwohnern Australiens) in bestimmten Abschnitten des Lebens des einzelnen oder des ganzen Stammes (während einer Trauerzeit oder im Verlaufe der vielen Monate, in denen die Jünglinge in Geheimnisse eingeweiht wurden – in der Funktion unseren Examina entsprechend) verboten war, sich der Lautsprache zu bedienen, sondern vielmehr nur die Gebärdensprache erlaubt war. Nach dem Ende der Trauerzeit blieben einige Witwen für ihr ganzes Leben “sprachlos“ und benutzten nur die Gebärdensprache. Eine solche Sprache war allen Stammesangehörigen geläufig, so daß sie leicht auf sie übergehen konnten, wenn es aus irgendeinem Grunde gefordert wurde [64].

Diese Sprache war besonders als „internationale“ Sprache zur Verständigung zwischen den Stämmen bei den Indianern sehr weit verbreitet. Die Forscher zählen nicht weniger als 3000 Zeichen in dieser Sprache auf. Gegen Ende des vorigen Jahrhunderts hat sie der bedeutende amerikanische Ethnologe Cushing außerordentlich gründlich untersucht. Cushing fühlte sich schon als Kind stark von den Indianern angezogen und lernte es, Gegenstände nach Art derer herzustellen, die sie selbst anfertigten. Nachdem er ein Wissenschaftler geworden war und sich der Indianerforschung widmete, siedelte sich Cushing inmitten des Zuni-Stammes an und wurde ein vollberechtigter Angehöriger desselben. Er wurde in seine Mysterien eingeweiht und selbst Priester und Ratsmitglied des Stammes. Nachdem Cushing viereinhalb Jahre unter den Indianern verbracht hatte, konnte er völlig im Stammesleben eintauchen. Er bemerkte, daß die Indianer nicht nur große Meister in der Anfertigung von Gegenständen sind; das hatte er schon in seiner Kindheit gelernt. Sie können auch mit den Händen denken, so wie der moderne Mensch manchmal laut denken kann.

Cushing gelang ein erstaunliches Experiment, indem er sich in dieses Denken mittels „manueller Begriffe" versenkte. Bei diesem Versuch, den ein anderer bedeutender Ethnologe – Levy-Bruhl – „nur einem Genie möglich" nannte, half Cushing ohne Zweifel seine langjährige Übung in allerkonkretesten Tätigkeiten, die die Indianer mit ihren Händen auszuüben verstanden. Nach seinen eigenen Worten führte Cushing „seine Hände zu ihren urtümlichen Funktionen zurück, indem er sie alles ausführen ließ, was sie in vorgeschichtlicher Zeit getan hatten, mit denselben Materialien und unter denselben Bedingungen, welche die Epoche kennzeichneten, in der die Hände so mit dem Intellekt verbunden waren, daß sie wirklich einen Teil von ihm bildeten" [65]. Diese Worte liest man mit besonderem Interesse heute (nach fast einem Jahrhundert), wo die Arbeiten über künstliche Intelligenz mit Versuchen begonnen haben, die künstlichen Hände von Robotern zu steuern.

Ein Aufsatz Cushings, der noch zu Ende des vorigen Jahrhunderts erschienen war, beeinflußte Levy-Bruhl und durch ihn viele andere Kulturforscher, darunter S. M. Eisenstein. Nachdem er in der Universitätsbibliothek den Artikel Cushings gefunden hatte, der fast ein halbes Jahrhundert lang nicht einmal aufgeschnitten* war, versuchte Eisenstein dessen Versuch zu wiederholen. Als sich der Autor nach einem weiteren halben Jahrhundert (in den siebziger Jahren) im Archiv Eisensteins betätigte, fand er dessen Auf-

* In der UdSSR werden die meisten Bücher und Zeitschriften unbeschnitten geliefert.

zeichnungen über seine Eindrücke zur Zeit jenes Experiments, wonach „der Bewegungsakt zugleich ein Akt des Denkens ist, und der Gedanke zugleich eine räumliche Aktion“ ([40], S. 31).

Als Eisenstein die Tänze der Eingeborenen der Insel Bali sah, geriet er in Entzücken darüber, wie nahe sie dem von ihm angestellten Versuch des Denkens „durch manuelle Begriffe“ kamen, wenn „der Strom der Gedanken als Tanz abläuft“ ([40], S. 31). (Interessanterweise schrieb gerade um jene Zeit der französische Theaterkritiker und Dramenautor Artaud über die Gebärden des balinesischen Volkstheaters als eine besondere Hieroglyphensprache.)

Für die psychophysiologische Würdigung dieses Experiments Eisensteins muß man betonen, daß er selbst sich am freiesten mittels solcher Zeichensysteme ausdrückte, die zur Einflußsphäre der rechten Hemisphäre gehören. Am unmittelbarsten artikulierte er sich mit Hilfe seiner Skizzen (Abb. 22), die er ständig anfertigte (wie die Eskimos, bei denen Skizzen der Gesprächspartner jede Unterhaltung begleiten und danach vernichtet werden). Sein Weltruhm gründet sich auf seine Leistungen in der Ausnutzung der Sprache des Stummfilms, zu dessen Begründern und Theoretikern er gehörte, und des Musikfilms (dem Genre nach der Oper verwandt; nicht umsonst hat er gleichzeitig mit der Arbeit an einem Film dieser Art im Bolschoj-Theater die „Walküre“ inszeniert).

Abb. 22. Eine Skizze Eisensteins.

Seine verbalen Texte sind dagegen durch äußerst komplizierte Struktur ausgezeichnet. Größtenteils stellen seine pesönlichen Aufzeichnungen, die zum Teil veröffentlicht worden sind [40], ein Gemisch aus Wörtern und Teilen von Phrasen in vier (bisweilen sogar fünf) Sprachen dar.

Eisenstein zeichnete sich durch eine außerordentliche Kraft aus, in sein eigenes Seelenleben einzudringen. Nach seinem Selbstzeugnis stellte er sich visuell überaus scharf das vor, worüber er nachdachte: „Selbst jetzt, während ich schreibe, ‚umreiße ich mit der Hand' gewissermaßen eigentlich Konturen von Zeichnungen dessen, was als ununterbrochenes Band visueller Bilder und Vorgänge vor mir vorbeizieht ... . Musik, besonders die von Prokofieff und Wagner, gehört im Zeichen dieser Nomenklatur auch in die visuelle Abteilung – oder sollte man richtiger sagen: ‚die gefühlsmäßige'? ... . Das Wort und der Untertext bleiben bei mir oft außerhalb dessen, worauf ich meine Aufmerksamkeit konzentriere" ([66], S. 509/10). In den angeführten Worten (wie in vielen anderen analogen Selbstbekenntnissen Eisensteins) ist ungewöhnlich klar der Unterschied formuliert zwischen den Funktionen (kontinuierlicher Film visueller Muster, Musik), die für ihn zu den grundlegenden gehörten, und der verbalen Tätigkeit, die für ihn weniger organisch war. In der Fachsprache des Zweimaschinenmodells des Gehirns könnte man sagen, daß Eisenstein, der Rechtshänder war (obwohl er sich darüber beklagte und seiner Erziehung die Schuld gab, die bei ihm – seiner Ansicht nach – die Neigung zur Linkshändigkeit unterdrückt hatte), überwiegend auf die Funktionen der rechten Hemisphäre ausgerichtet war, (womit auch die Abfassung von Text in verschiedenen Sprachen zusammenhängen kann).

Hier kann ich mich nicht einer kleinen Abschweifung über die Geschichte dieses kleinen Buches enthalten. Als der Abschnitt über die psychophysiologische Grundlage von Eisensteins Experiment mit „visuellen Begriffen" schon geschrieben war, unterhielt ich mich über das Problem der Funktionen der beiden Hemisphären mit unserem bedeutendsten Spezialisten für Neurolinguistik, Alexander Romanowitsch Lurija (einem früheren Freund Eisensteins, der sich zusammen mit ihm und Wygotskij in den dreißiger Jahren bemüht hatte, in die Tiefen der urtümlichen Psyche einzudringen). Alexander Romanowitsch unterbrach mich und fragte, ob ich etwas über die Asymmetrie von Eisensteins Gehirn wüßte. Ich antwortete verneinend; und da holte mein Gesprächspartner aus einem Aktendeckel „Eisenstein" eine Photographie vom

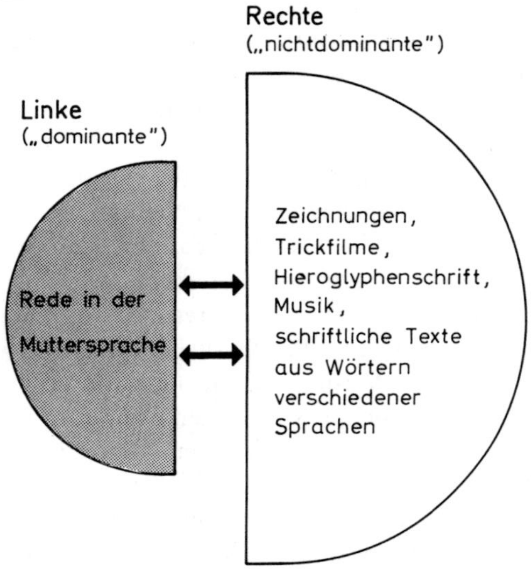

Abb. 23. Funktionsschema eines asymmetrischen Gehirns mit entwickelter „nichtdominanter" rechter Hemisphäre.

Gehirn des Filmregisseurs heraus, die nach der Sektion gemacht worden war. Die gewaltige rechte Hemisphäre stand im Gegensatz zur linken, die verhältnismäßig klein war. Ich war erstaunt, daß man in der angeführten Äußerung Eisensteins gewissermaßen eine Projektion dieser Asymmetrie auf die verschiedenen Aspekte seiner Tätigkeit sehen konnte (Abb. 23). Jene Auffassung, wonach die rechte Hemisphäre mit ungegliederten globalen Ganzheiten zu tun hat, könnte eine indirekte Bestätigung darin finden, wie Eisenstein seine Vorliebe für die kontinuierliche Linie (darunter auch in der analytischen Geometrie, die ihn in der Jugend gereizt hatte) mehrfach beschrieben hat.

1.7 Die Vorgeschichte der Mathematik

Eine allgemein menschliche Zählweise besteht in Gesten der Hand, die Zahlen bezeichnen (Abb. 24). Das Zählen mit den Fingern geht bei allen primitiven Völkern den Zahlwörtern der verbalen Sprache

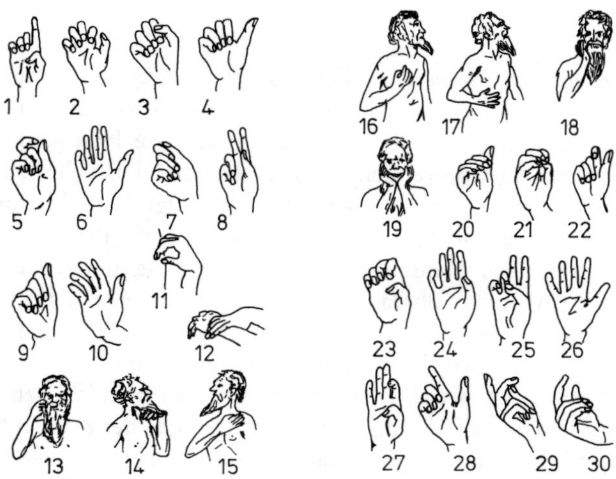

Abb. 24. Zählgesten von 1 bis 30 der australischen Aranda.

voraus, was auch in der Entstehung der Zahlwörter selbst zum Ausdruck kommt. In vielen Sprachen, zum Beispiel den afrikanischen (Zulu und anderen Bantusprachen), bezeichnen die Zahlwörter nur Aktionen mit den Fingern. Die Sprachen können nur in konkreten Zähloperationen differieren: „sieben“ kann man ausdrücken durch „beuge zwei Finger!“ (der rechten Hand): $7 = 5 + 2$; oder „beuge drei Finger in die entgegengesetzte Richtung“: $7 = 10–3$. Durch Erforschung der Zahlwörter kann man in jene Vorgeschichte der Kultur eindringen, in der „manuelle Begriffe“ selbst für die primitive Arithmetik bei allen Völkern unerläßlich waren.

L. S. Wygotskij hat im Verhalten (auch dem unbewußten) des modernen Menschen „versteinerte“ Überbleibsel alter Zeichensysteme untersucht und führt als ein besonders klares Beispiel die „rudimentäre Form kultureller Arithmetik: das Zählen an den Fingern“ an, das man besonders im Verhalten des Kindes entdeckt ([35], S. 105–107). In seiner modernen Form ist das Zählen mit den Fingern der linken Hemisphäre zugewiesen. Damit erklärt sich, daß bei ein und denselben Störungen dieser Hemisphäre sowohl Zählbehinderungen auftreten wie das Nichterkennen der eigenen Finger ([67], S. 186/87), das zu dem sogenannten Gerstmann-Syndrom gehört.

Die früheste Erwähnung des Zählens mit den Fingern in magischer Bedeutung ist in altägyptischen Beschwörungen zu Erlangung der Überfahrt enthalten. Der tote Pharao redet dem Fährmann (dem griechischen Charon vergleichbar) zu, ihn auf die östliche Seite des Kanals im Jenseits überzuholen. Daraufhin sagt der Fährmann zu ihm: „Der erhabene Gott am anderen Ufer sagt: ‚Bringst du mir nicht etwa einen Menschen, der nicht fähig ist, seine Finger zu zählen?'" Aber der Pharao zitiert als Antwort ein Gedicht, von dem jede Strophe einem Finger entspricht, angeordnet gemäß der ägyptischen Zählweise (s. Tabelle) [68]. Wenn die magische Zählung beendet ist, werden die Hände mit den Handflächen nach oben gehalten; die Zählung wurde vom Daumen der rechten Hand bis zum Daumen der linken Hand durchgeführt (s. Tabelle). Einzelne Gesten dieser Art trifft man auch auf ägyptischen Darstellungen an (Abb. 25).

Tab. Die Fingerzählung im alten Ägypten

Finger	linke Hand	rechte Hand
Daumen	1	10
Zeigefinger	2	9
Mittelfinger	3	8
Ringfinger	4	7
Kleiner Finger	5	6

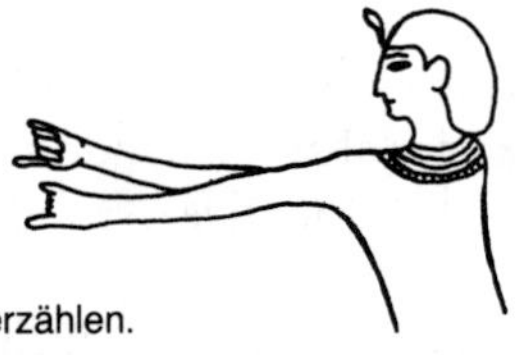

Abb. 25. Altägyptisches Fingerzählen.

In den altorientalischen Kulturen sind auch schon anderweitig die allgemeinmenschlichen Bemühungen erkennbar, Zahlen durch Hieroglyphen zu bezeichnen. In solchen Schriftarten wie der hethitischen Keilschrift war es möglich, Zahlen entweder durch Zahlwörter zu bezeichnen, die (wie viele andere Wörter) mit phonetischen Silbenzeichen geschrieben wurden, oder durch hieroglyphische Zeichen. Dabei wurde fast immer die zweite Methode vorgezogen.

So ähnlich, wie das Zählen mit den Fingern lange als Relikt „manueller Begriffe“ in Kombination mit phonetischer Sprache erhalten blieb, so blieb die Bezeichnung der Zahlen durch schriftliche Hieroglyphenzeichen neben ihrer phonetischen Aufzeichnung durch die Zahlwörter der natürlichen Sprache als Überbleibsel in den modernen europäischen Schriftsprachen erhalten. Ihre Erhaltung wird unzweifelhaft auch durch die praktische Annehmlichkeit der abgekürzten (mittels Hieroglyphen) Aufzeichnung sich häufig wiederholender langer Zahlwortkombinationen unterstützt. Wenn wir „drei“ als 3 oder III schreiben, kommt der besondere Charakter der Zahlbezeichnungen zum Ausdruck, die zu den Hieroglyphen tendieren und damit zugleich zum Einflußbereich der rechten Hemisphäre; auf sie haben sich wahrscheinlich einmal auch die Gesten bezogen, aus denen sich später das Fingerzählen entwickelte, das zu solchen Operationen überging, die der linken Hemisphäre unterstehen.

Es gibt Gründe, frühe Spuren des Fingerzählens auch in der allerersten hieroglyphischen „Schrift“ des Menschen zu sehen – den Zeichnungen und Einkerbungen der Steinzeit. Eine detaillierte Analyse solcher Zeichen des Paläolithikums, die B. A. Frolow unlängst unternommen hat, führte zu dem Schluß, daß dabei gewöhnlich Gruppen von 5 bis 10 Zeichen abgeteilt sind, so daß der Mensch wohl mittels solcher Kerben die Ergebnisse von Zählungen an den Fingern fixiert hat ([69], S. 116). Deshalb haben sich jene Mathematikhistoriker geirrt, die nach der Entdeckung der ersten derartigen Kerben voreilig gemeint haben, daß das Zählen durch Kerben dem Fingerzählen vorausgegangen wäre ([70], S. 23/24).

Chronologisch liegt das Auftauchen des Zählens unter Benutzung uralter graphischer Zeichen der Altsteinzeit weit vor der Bekanntschaft der europäischen Wissenschaft mit den Ureinwohnern Australiens, die nur an den Fingern zählen (ohne Kerbmarken). Aber man darf die kulturelle Entwicklung der Menschheit nicht zu einer geraden Linie eines ununterbrochenen Prozesses ausrichten. Die Wissenschaft des Mittelalters kann man in diesem Sinne einem Aphatiker vergleichen, der sich aufs neue dem Fingerzählen zuwendet, nachdem er fortschrittlichere Zählmethoden eingebüßt hat. Im europäischen Mittelalter benutzte man zur Berechnung der Vollmonde (in diesem Zusammenhang wurde nach Meinung einiger Forschung schon im Paläolithikum ein Zählsystem entwickelt) wieder das Zählen mit den Fingern ([71], S. 24/25). Damit steht aber nicht im Widerspruch, daß es vorher die großen Errungenschaften der griechischen Mathematik gegeben hat, sowie noch viel ältere Entdeckungen. Die eingehende Erforschung der Graphik der Altsteinzeit widerlegt nicht, sondern bestätigt vielmehr das außergewöhnliche Alter des Fingerzählens, das in die Vorgeschichte des Homo sapiens zurückgeht.

Das Zählen mit den Fingern kann in seiner primitiven Form, die dem Auftauchen der Zahlwörter vorausging, ebenso wie alle Systeme von hieroglyphischen Gesten der rechten Hemisphäre des Gehirns zugeordnet werden. Dafür sprechen Zeugnisse über das Fingerzählen bei den australischen Stämmen, in deren Lautsprache es keine Zahlwörter über „zwei" hinaus gab; bis vier zählte man durch Wiederholung der Wörter „eins" und „zwei", und noch weiter zählte man nur mit den Fingern. Ein Mitglied eines solchen australischen Stammes wurde in eine Schule europäischen Typs geschickt und lernte, bis 20 zu zählen; aber seine Stammesgenossen hatten an dieser Entdeckung keinen Anteil, da es dafür durchaus keine praktischen Anwendungen gab. Darauf dachte auch der junge Australier nach: „Wozu wäre es gut auszurechnen, daß 8 + 9 =17 ist, wenn ich gar nicht soviele Finger besitze?" ([69], S. 151).

Ein solches Beharren auf der momentanen Realität, das allgemein typisch ist für das „rechte Gehirn", das im Echtzeitbetrieb arbeitet, ist leicht erklärlich gemäß der Beziehung zu Erscheinungen, zu deren Bezeichnung nur hieroglyphische Zeichen existieren, die das rechte Gehirn beherrscht. Aber selbst bei nordamerikanischen Indianern, in deren Wortsprachen es Zahlwörter bis achtzig gibt, ist noch ein ähnliches Moment erhalten. Einer dieser Indianer zählte auf Bitten der Forscher nur bis 10 und meinte dann, danach „gäbe es nichts mehr". Er war es gewohnt, nur etwas Reales und Greifbares zu zählen ([69], S. 151). Folglich wird auch da, wo die Zahlen mit Wörtern der natürlichen Sprache bezeichnet werden können, im Verhältnis zu ihnen ein Zustand beibehalten, der für das rechte Gehirn charakteristisch ist und nicht für das linke.

Die frühesten Stufen eines Verhältnisses zur Zahl bei primitiven Stämmen ist dadurch gekennzeichnet, daß Wilde mit den Augen unglaublich schnell und genau die Anzahl großer Gruppen von Gegenständen bestimmen. Für kleine Kinder ist eine ebensolche

Zahlauffassung charakteristisch, wenn sie (nach Piaget, der diesem Problem eine eigene Monographie gewidmet hat) „eine gesamthafte Form“ bilden, „das heißt eine gemeinsame Oberfläche, die mehr oder weniger unklar die wahrgenommene strukturelle Ähnlichkeit kommentiert (ohne Analyse der Details)“ ([72], S. 325).

Die Idee einer konkreten, abgeschlossenen Menge war für die Bezeichnung der Zahlen schon in der altägyptischen Sprache grundlegend und in einer ganzen Reihe anderer alter Sprachen, wie E. Benveniste und S. D. Kantselson festgestellt haben ([73], S. 136–139). Daraus erklärt sich übrigens auch das überaus komplizierte System für die Bezeichnung von Brüchen, das im alten Ägypten gebräuchlich war, wo es besondere Bruchtabellen gab, nach Art unserer Logarithmentafeln ([71], S. 84–89; [70], S. 37/38). Die Benennungen der Brüche selbst hingen mit der Idee der ganzen Zahl zusammen: „zwei Teile“ bedeutete im Ägyptischen zwei Drittel, „der dritte Teil“ jenen Teil, der mit „zwei Teilen“ ein Ganzes bildete, also ein Drittel ([74], S. 25). Ägyptische Tabellen für die Zerlegung von Brüchen mit dem Zähler 2 in Stammbrüche (mit dem Zähler 1) nach der Art:

$$\frac{2}{99} = \frac{1}{66} + \frac{1}{198},$$

die auch der Hauptgegenstand der ägyptischen Rechnungen mit Brüchen waren, sind dadurch interessant, daß darin Beobachtungen über die Zusammensetzung ganzer Zahlen zum Vorschein kommen ([75], S. 22).

Um die Ursachen zu klären, warum sich die Tradition des Operierens mit Zahlen als konkreten ganzheitlichen Formen lange halten konnte, muß man daran erinnern, daß in der modernen Mathematik und Logik zur Kennzeichnung des Wesens der Zahl gesagt wird: „Jede ganze Zahl unterscheidet sich von einer anderen ganzen Zahl durch charakteristische individuelle Eigenschaften – ähnlich, wie sich die Menschen von einander unterscheiden“ ([76], S. 241). Das 20. Jahrhundert hat noch den letzten bedeutenden Repräsentanten der alten indischen Tradition des Verhältnisses zu den Zahlen wie zu unterschiedlichen Individualitäten erlebt. Der außergewöhnlich begabte Mathematiker Ramanudschan, der überhaupt keine systematische Ausbildung empfangen hatte und vor seiner Reise nach Europa nur ein einziges Mathematikbuch studiert hatte, kannte jede Zahl (auch wenn sie sehr groß war), an die er dachte, wie eine persönliche Bekannte. Er kannte die Eigenschaften der Zahlen so, wie die Leute die Besonderheiten ihrer Freunde kennen.

Als Ramanudschan in London schwer erkrankte und dort in einem Krankenhaus lag, besuchte ihn einmal sein Freund und Koautor, der große englische Mathematiker Hardy. Hardy sagte, das Taxi, mit dem er hergefahren wäre, hätte eine langweilige Nummer gehabt: $1729 = 7 \cdot 13 \cdot 19$. Darauf entgegnete Ramanudschan: „Nein, Hardy, das ist eine sehr interessante Zahl. Es ist nämlich die kleinste Zahl, die man als Summe von dritten Potenzen auf zwei verschiedene Weisen zusammensetzen kann: $9^3 + 10^3 = 1^3 + 12^3 = 1729$“.

Wie Hardy in seinen Vorlesungen über Ramanudschan bemerkt hat, ging dieser in sehr viel höherem Maße als die zeitgenössischen europäischen Mathematiker von konkreten numerischen Beispielen aus. Das kam besonders deutlich in seinen Arbeiten über das Problem der Zerlegung von Zahlen zum Ausdruck. Auf diesem Gebiet erzielte Ramanudschan eine Reihe beachtlicher Resultate bei $p(n)$, der Anzahl der Zerlegungen einer natürlichen Zahl n. Bei der Suche nach einer Formel, die für beliebiges n einen Wert für $p(n)$ mit endlichem Fehler geben sollte, setzte Ramanudschan Hardy und einen anderen, mit ihm zusammenarbeitenden englischen Mathematiker, Littlewood, in Erstaunen. Ramanudschan kam auf den Einfall, in den Schlüsselausdruck für diese Formel $\frac{1}{24}$ einzufügen. Nach den Worten Littlewoods „kann eine solche Vermutung nicht anders als genial genannt werden. Darin liegt etwas Übernatürliches“ ([77], S. 45). Im Verlaufe seiner kurzen, durch den frühen Tod jäh beendeten mathematischen Tätigkeit hat Ramanudschan mehrfach Näherungsausdrücke für sehr komplizierte Funktionen mit endlichem Fehler erraten.

Die besondere mathematische Begabung Ramanudschans zeigte sich auch darin, daß er bei von ihm gefundenen Formeln für unendliche Reihen ([77], S. 36) keine allgemeinen Glieder der Reihe aufschrieb. Da er schon eine Reihe glänzender Ergebnisse besaß, konnte Ramanudschan sich nicht vorstellen, was ein Beweis ist. Der konkrete Charakter der numerischen Intuition Ramanudschans unterliegt keinem Zweifel. Man darf die Behauptung wagen, daß in einigen seiner mathematischen Leistungen ein Aufschwung und eine Vollendung jener Möglichkeiten zu sehen ist, die man hinter den ägyptischen Operationen mit Brüchen vermutet, welche für moderne Mathematiker so schwer verständlich sind. Das kann auch für die Klärung einiger spezieller Probleme der Geschichte der Mathematik interessant sein. Es ist nicht ausgeschlossen, daß die exakten mathematischen Beziehungen, die in der Struktur der Gruft der Cheopspyramide vermutet werden, nicht durch die Entwicklung der Geometrie in Ägypten zu erklären sind ([78] z.B. S. 74), sondern durch konkrete numerische Intuition.

Man kann auch das Beispiel eines Nichtmathematikers, aber außerordentlich begabten Menschen anführen, der ebenfalls die Zahlen „persönlich" kannte und deshalb sein ganzes Leben lang riesige Folgen davon behalten konnte: S. W. Schereschewskij. Er sagte: „Für mich sind 2, 4, 6, 5, nicht einfach Ziffern. Sie haben eine Form... 1 ist eine spitze Zahl, unabhängig von ihrer graphischen Darstellung, sie ist etwas Abgeschlossenes, Festes. 2 ist eher flach, viereckig, weißlich, ein bißchen grau... 3 ist ein spitzer Abschnitt und dreht sich. 4 ist wieder quadratisch, stumpf, ähnlich der 2, aber viel bedeutsamer, dick... 5 ist eine volle Vollkommenheit wie ein Kegel oder Turm, fundamental. 6 ist die erste nach ‚5', weißlich. 8 ist unschuldig, bläulich-milchig, ähnlich wie Kalkstein" ([38], S. 18).

Es ist unschwer zu sehen, daß einige der in diesem Selbstzeugnis sich wiederholenden konkreten Merkmale für Zahlen solche zusammenbringen, die auch die Arithmetik als gesetzmäßig mit einander verbunden ansieht – die kleinsten ungeraden Zahlen: 1 (spitz) und $3 = 1 + 2$ (zugespitzt); 2 (viereckig) und $4 = 2^2$ (wieder quadratisch, ähnlich 2, aber dicker). In dieser Klassifikation, die, wie auch die Klassifikationssysteme unzivilisierter Völker, nach einigen sich überschneidenden Merkmalen aufgebaut ist, gehört 2 auch in eine andere Gruppe: $2 \cdot 1$ (weißlich); $2 \cdot 3 = 6$ (weißlich) und $2 \cdot 4 = 8$ (bläulich-milchig, wie Kalk). Es werden auch 1 und 5 zusammengenommen: $5 = 1 + 4$ (zugespitzt). Interessant ist dabei, daß dabei, wie beim Fingerzählen und in der Graphik des Paläolithikums, auch für Schereschewskij (bei dem auch noch andere psychische Züge bemerkt wurden, die der Sinnesart des Kleinkindes oder des Primitiven ähnlich sind) die 5 „Fundamentalzahl" war und die 6 als „erste nach der 5" definiert wurde.

Es ist verständlich, daß sich die Zahlen, wenn sie so als konkrete Individuen verstanden werden, unter der Herrschaft der rechten Hemisphäre befinden müssen; denn gerade diese kann „auf Vorrat" beliebig viele neue Gesichter behalten (innerhalb der Grenzen ihrer gewaltigen Möglichkeiten). Es muß angemerkt werden, daß das Gedächtnis Ramanudschans (wie auch das Schereschewskijs) alle Bekannten in Erstaunen gesetzt hat. So kannte er zum Beispiel alle Wurzeln der Verben und alle davon abgeleiteten Genera verbi des Sanskrit auswendig (das für ihn die Sprache seiner Kaste war, aber nicht Muttersprache, vergleichbar etwa mit der Rolle des Französischen bei den russischen Adligen). Die Rolle des erstaunlichen Gedächtnisses Ramanudschans und seines Umgangs mit Zahlen könnte man durch Vergleich damit erklären, wie Wygotskij die Bedeutung des Gedächtnisses im Verhalten des primitiven Menschen verdeutlicht hat. Es erfüllte jene Funktionen, die später vom Gedächtnis abgetrennt wurden ([35], S. 452). Wenn man weiß, wie man mit Zahlen operieren muß, hat man es nicht mehr nötig, sie im Gedächtnis zu behalten. Im Gegensatz zur rechten Hemisphäre, die eine Hieroglyphe nicht in ihre Bestandteile zerlegen kann, konstruiert und analysiert die linke Hemisphäre die in ihr gespeicherten und entstehenden Zeichen der Sprachen (ihrer Reihenfolge nach) wie kleine Ketten, wie bei einem Vergleich von Kranken mit Schäden der linken und der rechten Hemisphäre ersichtlich ist. In der linken Hemisphäre werden logische Operationen mit sprachlichen Zeichen ausgeführt, wie auch mit Zahlen.

Die Auffassung der Zahlen als sprachlicher Objekte, mit denen man solche Operationen ausführen und die man in Ketten entsprechend aufreihen kann, hat auch zu vielen Erfolgen der Mathematik in der Neuzeit geführt. Mit einem solchen Verständnis der mathematischen Objekte hingen auch mathematische Errungenschaften zusammen, besonders die, welche die Schaffung von Rechenmaschinen ermöglicht haben. Als Vorläufer dieser Richtung gilt mit Recht Leibniz, für den universelle Mathematik die „Logik der Einbildungskraft“ war ([79], S. 31). Ein solcher Gesichtspunkt kann als genau entgegengesetzt gelten zu dem jenes Indianers, für den es nach zehn „nichts gab“.

Es wäre aber ein Fehler anzunehmen, daß die umgekehrte Auffassung von der Mathematik im ganzen (nicht nur der kontinuierlichen) als eines Tätigkeitsgebietes, das – im angegebenen Sinne – anderen Manifestationen des „rechten Gehirns“ ähnlich wäre, in jüngster Zeit verschwindet. Im Gegenteil, sie feiert ihre Auferstehung in überaus moderner Form im mathematischen Intuitionismus. Es genügt, daran zu erinnern, daß Brouwer einen Zusammenhang von Mathematik und Sprache (darunter auch mit der logischen Sprache, die letztlich durch die natürliche interpretiert wird) völlig abgestritten und gefordert hat, das mathematische Denken zu untersuchen, aber nicht die mathematische Sprache ([76], S. 256). Für den Intuitionismus ist charakteristisch die Entwicklung des schon traditionellen Vergleichs von Mathematik und Musik ([76], S. 240, Anm. 3, und S. 257). In den musikalischen Neigungen solcher Mathematiker wie Brouwer und Weyl könnte man einen psychophysiologischen Ausdruck der tiefen Beziehungen sehen, die durch die Annäherung von Intuitionismus und Musik aufgedeckt werden.

Interessanterweise berührt die intuitionistische Kritik der traditionellen Mathematik nicht die Vorstellungen von abgeschlossenen endlichen Gesamtheiten, was als eine Rückwendung (auf neuer Etappe) zu jener ganz alten Mathematik abgeschlossener Mengen verstanden werden könnte, die dem Aufkommen der neuzeitlichen Mathematik vorausging. Bei dem vorgeschlagenen Vergleich kommt es nicht auf eine weitere Kritik des intuitionistischen Weges zur Mathematik an, sondern im Gegenteil auf die Klärung einiger Gründe für das Entstehen eines solchen Mathematikbegriffes, der schon recht früh entstanden ist. Brauwer wird nicht herabgesetzt, wenn man ihn mit dem jungen Australier vergleicht, für den Zahlen größer als zehn „Lappalien des weißen Mannes" waren; ähnlich, wie für Brauwer die traditionelle Betrachtung unendlicher Mengen unzulässig war. In dem Maße, wie sich das mathematische Denken auch als Resultat der Tätigkeit der rechten Hemisphäre darstellt, erweist sich die Bekräftigung der Unumgänglichkeit des intuitionistischen Zugangs als völlig natürlich.

Unter dem gleichen Gesichtspunkt kann auch die oben zitierte Hypothese von I. A. Sokoljanskij interessant sein, der prüfen wollte, ob nicht gerade das mathematische Denken der adäquateste Weg zur Beschreibung der Außenwelt wäre für Menschen, deren Zeichensysteme sich ursprünglich mit dem „rechten Gehirn" als Rückhalt entwickelt haben. Mit der Struktur von Eisensteins Gehirn paßt es zusammen, daß zum Kreis seiner lebenslänglichen Neigungen nicht nur Musik und visuelle Künste gehörten, sondern auch die analytische Geometrie.

Ein Rechengerät, das im Zweimaschinenkomplex die Arbeit der rechten (nichtdominanten) Hemisphäre nachbilden sollte, müßte vor allem mit solchen Objekten operieren, deren Natur prizipiell von den Symbolketten verschieden ist, mit denen es die logische und „grammatische" (sprachliche, „dominante") linke Hemisphäre zu tun hat und die gewöhnlichen Rechen- und logischen Maschinen, die deren Arbeit nachbilden. Nach den Worten J. von Neumanns „müssen sich im Zentralnervensystem Logik und Mathematik, als Sprachen betrachtet, strukturell in wesentlicher Weise von solchen Sprachen unterscheiden, die uns gewöhnlich in unserer Erfahrung begegnen" ([80], S. 50).

Unter dem Gesichtspunkt der Idee des Gehirns als eines Komplexes aus zwei Maschinen kann man die folgende Weiterentwicklung des Gedankens von Neumanns vorschlagen: In diesem Komplex ist die eine Maschine (entsprechend der linken Hemisphäre) durch logische Sprache gekennzeichnet, die im Grunde den Sprachen der mathematischen Logik verwandt ist, während für die zweite Maschine mathematische Sprachen prinzipiell anderer Typen (oder logische Sprachen, welche diese Sprachen modellmäßig darstellen) erforderlich wären.

Auf Neuronenniveau (vielleicht auch auf anderen „unteren" Ebenen) kann Information auch in der nichtdominanten Hemisphäre diskret codiert werden. Aber in ihren Hauptfunktionen ist diese die Hemisphäre gesamthafter („topologisch zusammenhängender") Einheiten. Deshalb operiert sie mit gesamthaften visuellen und räumlichen Mustern, Gegenständen, Hieroglyphen, Gebärden, musikalischen Melodien und ritualisierten Phrasen und Namen von Dingen, die in dieser ganzen Hemisphäre nicht in Einheiten („Buchstaben") zergliedert werden. Aber jedem gesamthaften Muster der rechten Hemisphäre kann seine Darstellung in Form einer Folge diskreter Symbole der linken Hemisphäre entsprechen.

Man kann sich zwei miteinander verbundene Maschinen M_1 und M_2 vorstellen (Abb. 26). Aus M_2 können nach M_1 durch Informationskanäle besonders einige Adressen übermittelt werden, deren jede in M_2 ein gesamthaftes Muster entspricht (es könnte auch durch ein Ensemble diskreter Einheiten codiert sein). In M_1 ist mit dieser Adresse eine kleine Kette sich voneinander unterscheidender Symbole verknüpft. Dann entspricht M_1 der dominanten Hemisphäre, die jene Namen in Bestandteile zerlegt, welche die andere Hemisphäre (durch die Maschine M_2 modelliert) mit den gesamthaften Mustern (oder: Bildern) der Gegenstände korreliert. Eine Zahl, die in der rechten Hemisphäre als ein Ganzes, ein besonderes Individuum auftritt, erscheint in der linken als Element der Reihe natürlicher Zahlen oder als Resultat irgendwelcher Rechenoperationen.

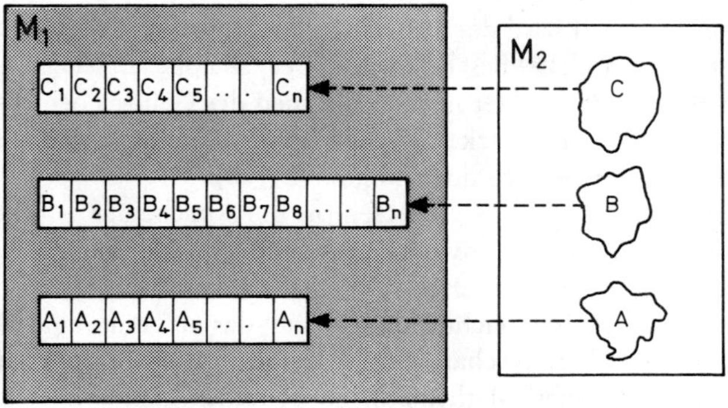

Abb. 26. Schema der Beziehungen zwischen den Teilen eines Komplexes aus zwei Maschinen. – $M_{1,2}$ Teile des Komplexes. – A, B, C Zusammenhängende Gebiete in M_2. – A_1, A_2, ... A_n, $B_{1...}$, $C_{1...}$ Sequenzen diskreter Einheiten in M_1.

Wenn die vorgelegten (noch höchst vorläufigen) Hypothesen richtig sind, dann kann bei der künftigen Entwicklung der modellmäßigen Darstellung von Gehirnfunktionen eine ansehnliche Rolle solchen neuen Richtungen zukommen, wie der mathematischen Theorie der Katastrophen von R. Thom. Mit Hilfe dieser Theorie kann man insbesondere die Grenzen („Katastrophen") erforschen, die das Gehirn (offensichtlich seine rechte Hemisphäre) zwischen den einzelnen gesamthaften, zusammenhängenden Bildern der Gegenstände zieht [42].

Zur Lösung der Aufgabe einer Beschreibung davon, wie die nichtsprachliche Hemisphäre mit abrupten (im Thomschen Sinne: „katastrophischen") Kombinationen kontinuierlicher (zusammenhängender) Bilder operiert, kann man fordern, daß jene Teile des Apparates der modernen Mathematik benutzt werden, die in sehr geringem Maße zur Untersuchung des Gehirns herangezogen wurden, das häufiger mit Hilfe logischer Schemata modelliert wurde. Die große Adäquatheit von Kontinuumsmodellen für die Beschreibung biologischer Systeme hat man schon auf viel früheren Entwicklungsstufen der Kybernetik bemerkt – bei Modellen kontinuierlicher Medien, die im Zusammenhang mit der Erforschung der Herztätigkeit aufgestellt wurden ([7], S. 183, 190).

Ohne Zweifel führen auch einige neue physiologische Arbeiten über Gehirnsprachen, in denen nicht umsonst der Einfluß von Thoms Ideen zu bemerken ist, zu ähnlichen Schlußfolgerungen

([37], S. 421). Bei so pathologischen Bedingungen wie einem epileptischen Anfall wird das System der Neuronen im ganzen durch Kontinuumsmodelle beschrieben. Aber analoge Erscheinungen können sich auch bei der normalen Arbeit des Gehirns bemerkbar machen, dessen Teilstücke als Gewebe mit spontan aktiven Elementen beschrieben werden ([37], S. 92–100).

Wenn man in Modellen des Gehirns die Sprache der Topologie und anderer Methoden anwendet, die für die Beschreibung zusammenhängender gesamthafter Objekte, die durch Kontinuität gekennzeichnet sind, wichtig sind, so gibt das nicht nur eine Möglichkeit, in der Wissenschaft vom Menschen weiter fortentwickelte Teile der modernen Mathematik zu benutzen, sondern es kann auch zur Stellung von Aufgaben führen, welche die Ausarbeitung eines prinzipiell neuen mathematischen Apparates erfordern. In dieser Hinsicht können die neusten Arbeiten auf dem Gebiete der Hirnmodelle sich für die Entwicklung sowohl der Mathematik wie der Kybernetik als sehr anregend erweisen.

A. N. Kolmogorow bemerkte einmal: „Bedingte Reflexe sind allen Wirbeltieren eigentümlich, aber das logische Denken ist erst auf der letzten Stufe der Entwicklung zum Menschen entstanden. Alle dem formalen logischen Denken vorausgegangenen Arten synthetischer Tätigkeit des menschlichen Bewußtseins, die den Rahmen einfachster bedingter Reflexe überschreiten, sind bisher noch nicht in der Sprache der Kybernetik beschrieben worden" ([81], S. 54).

Die Lösung der Aufgabe, wie man diese „vorlogischen" Formen des Bewußtseins beschreibt, um die sich so hochbedeutende Kunsttheoretiker bei uns bemüht haben wie Eisenstein ([40], S. 62–137), ist für alle Formen von Zeichensystemen äußerst interessant, die sich strukturell von den logischen Sprachen unterscheiden. In der frühen Kunst können der rechten Hemisphäre zuzuordnende gesamthafte Muster überwiegen, die später mit logischen Begriffen in Wechselwirkung treten.

N. A. Bernstein hat sehr klar in der modernen kybernetischen Sprache auf den (in der Physiologie schon früher bemerkten) Unterschied hingewiesen zwischen dem „vorlogischen" Typ der Arbeit des Nervengewebes und jenen neueren Neuronensystemen, die nach dem Grundsatz „alles oder nichts" arbeiten und für die Kybernetiker vor allem interessant waren. Von solchen „kanalisierten" Formen der Übertragung von Nervensignalen unterschied Bernstein paläokinetische, die sich auch quer durch Nervenfasern und dielektrische Hüllen ausbreiten können, welche für paläokinetische Signale kein Hindernis darstellen ([18], S. 294/95).

Ein prinzipiell ähnlicher Gesichtspunkt, der die Rolle langsamer Potentiale in der Arbeit des Gehirns (dargestellt durch ein holographisches Modell) ins Spiel brachte, wurde unlängst mit großem experimentellem Material in einem eigenen Buch von K. Pribram begründet [37].

Besonderes Interesse bietet die Frage, ob nicht der „holographische" („paläokinetische") Typ in der Arbeit des Nervengewebes der rechten Hemisphäre vorherrscht – im Unterschied zur linken. Das würde zu der wahrscheinlichen Annahme passen, daß in der Tätigkeit dieser Hemisphäre Züge reflektiert werden, die charakteristisch sind für das Zentralnervensystem vor dem Aufkommen der Lautsprache. Man muß aber betonen, daß alle angeführten Hypothesen noch sorgfältiger experimenteller Nachprüfung bedürfen.

1.8 Wie früh entstand die Lautsprache?

Unser bekannter Anthropologe W. W. Bunak hat schon vor 25 Jahren vorgeschlagen, daß die Konsolidierung der Funktion zur Steuerung der Lautsprache in der linken Hemisphäre schon vor dem oberen Paläolithikum (mehr als 30 000 Jahre v. u. Z.) erfolgt sei ([82], S. 241, 242). Diese Datierung beruhte auf von ihm entdeckten morphologischen Spuren einer Asymmetrie der Funktionen der beiden Hemisphären bei alten ausgegrabenen Schädeln von Menschen jener Zeit. Entwickeltere Sprechzonen der linken Hemisphäre (s. Abb. 16 a) hinterlassen am Schädel eine Spur.

Zur damaligen Zeit fand dieser Beweis (wie auch analoge Gedanken, die vorher von anderen Anthropologen geäußert worden waren) nicht die verdiente Beachtung, da die hierfür wesentlichen Daten über die morphologische Asymmetrie der Hemisphären bei heutigen Menschen erst in den letzten Jahren nachgeprüft wurden. Der Gesichtspunkt von einer Asymmetrie der Spuren der mittleren Meningialarterie am Endocranium, der inneren Seite des Schädels des heutigen Menschen, wurde kürzlich endgültig bestätigt ([83], S. 20 und 45; [34], S. 331; [24], S. 503–516). Die Hypothese W. W. Bunaks, wonach es schon zur Zeit des oberen Paläolithikums die Sprache gegeben hätte, wurde durch eine genaue Untersuchung der vorzeitig verstorbenen W. I. Kotschetkowa bestätigt – einer derer, die die Paläoneurologie, die neue Wissenschaft vom Zentralnervensystem fossiler Menschen, geschaffen haben [83], S. 155).

Kotschetkowa untersuchte aufmerksam Schädelabgüsse der Vorfahren des Menschen, besonders von Neandertalern, aus zehn Funden der Moustierzeit (etwa 50 000 bis 40 000 Jahre v. u. Z.) und kam zu dem Schluß, daß schon damals (noch vor dem Auftreten des Homo sapiens im oberen Paläolithikum) eine Entwicklung der Sprachzone von Broca und der Wernicke-Zone zu bemerken ist. Erst nach dem Tode W. I. Kotschetkowas wurde die Annahme von der Existenz der morphologischen Asymmetrie des Gehirns beim Neandertaler (zum Unterschied etwa vom Pithecanthropus) an einem umfangreichen Material bestätigt ([84]; vgl. [34], S. 361; [153]).

In den letzten Jahren geht die Diskussion darum, ob bei den Neandertalern eine phonetische Sprache möglich gewesen sein könnte, welche den für den heutigen erwachsenen Menschen spezifischen Charakter einer ausgedehnten Rachenhöhle oberhalb des Kehldeckels unbedingt voraussetzt, die beim Neugeborenen und den ältesten Vorläufern des Menschen fehlt. Auf Grund eines Neandertalerschädels wurden Berechnungen angestellt, die auch für diesen eine negative Antwort gaben; aber sie sind nicht unumstritten ([40], S. 25/26; [34], S. 624). In dem Fall, daß sich diese Hypothese bewahrheiten sollte, scheint es, daß der Neandertaler (als zeitlich letzter Vorgänger des Homo sapiens) bereits über die (offenbar durch Mutationen entstandenen) Voraussetzungen für spezialisierte Einrichtungen der Eingabe und Ausgabe verfügt hat. Diese wurden aber nicht zur Entwicklung phonetischer Sprachinformation benutzt, sondern zur Zergliederung der Zeichen der Gebärdensprache in Elemente (die prinzipielle Möglichkeit dafür zeigt sich in der Verwendung des Fingeralphabets durch Taubstumme und Taubstummblinde).

Nach einer Hypothese von N. Geschwind [85] spielte in der Entwicklung der Lautsprache eine grundlegende Rolle die Entwicklung der unteren Abschnitte des Scheitellappens im Gehirn, die die Verbindung zwischen den Einrichtungen zur Verarbeitung von Information verschiedener Art gewährleisten, insbesondere der phonetischen und visuellen. Die entsprechenden Gebiete fehlen bei Affen fast gänzlich. Aber bei der ursprünglichen Entwicklung dieser Gehirnabschnitte konnten sie vor allem für die Verbindungen zwischen visuellen und taktilen Einrichtungen behilflich sein. Charakteristisch ist, daß diese Abschnitte in der rechten Hemisphäre stark entwickelt sind, worin man bisweilen einen Widerspruch zur Idee Geschwinds sieht ([24], S. 511). Erst danach konnte die Lautsprache an die Stelle des frühen Fingeralphabets (jener uralten Elemente, in die man bei Erweiterung des Wörterbuchs der Gebärdensprache die Gesten zu zerlegen begann) treten. In dieser Hinsicht ist die vorgeschlagene Geschichte des Zählens mit den Fingern bezeichnend. Die Zeichen dieses Systems werden aus hieroglyphischen Gesten (welche die rechte Hemisphäre beherrschten) Äquivalente von Zahlworten, die zur Sphäre der linken Hirnhälfte gehören. Deshalb kann man hinsichtlich solcher Vorfahren des Menschen wie des Sinanthropus neben der Hypothese, daß sich bei ihnen die Vorläufer der Sprachzone des Gehirns entwickelten ([83], S. 146), auch erwägen, daß jene Gehirnteile wuchsen, die sich danach mit der Lautsprache beschäftigen konnten, ursprünglich aber die Sprache der elementaren Gebärden „bedienten".

Die Entwicklung von Zonen, die spezialisierten Ein- und Ausgabevorrichtungen entsprechen, konnte zu jener Zeit noch nicht von Asymmetrie des Gehirns begleitet werden, wie dies bisweilen (in einer kleinen Anzahl von Fällen, s. Abb. 16 b) auch bei heutigen Menschen der Fall ist. Genauere Schlüsse lassen sich ziehen bezüglich der Zeit, wann die rechte Hand die Hauptrolle bei der Ausführung fundamentaler Operationen mit Arbeitsgerät übernahm. Für die Antwort auf diese Frage ist die Wissenschaft unserem Historiker S. A. Semjonow verpflichtet, dem Begründer der experimentellen Archäologie, einer wissenschaftlichen Disziplin, die die Hypothese über den Charakter der Anwendung alter Werkzeuge durch Reproduktion analoger technologischer Prozesse nachprüft. Ihm gelang es festzustellen, daß nach Spuren zu urteilen, die an Arbeitsgerät entdeckt wurden, die Neandertaler hauptsächlich mit der rechten Hand gearbeitet haben [86].

Hiermit kann man hypothetisch auch einen merkwürdigen Fund aus dem Moustérien im Irak in der Schanidar-Höhle (nach der C^{14}-Methode wurde das Alter des Fundes auf 46 900 ± 1500 Jahre bestimmt) in Verbindung bringen. Dort wurde das Skelett eines fünfzigjährigen Neandertalers gefunden, der die rechte Hand verloren hatte und danach noch lange gelebt hatte. Dabei trug er irgendwelche Gegenstände in den Zähnen, wodurch diese nach innen abgeschrägt wurden.

Unter den Glaubensvorstellungen der späteren Zeit trifft man nicht selten den Kult einer Gottheit mit einer Hand, wobei an dem heiligen Wesen oft die linke Hand verehrt wird, gewissermaßen als spiegelbildliche Reflexion der Haupthand des gewöhnlichen Menschen. Bisweilen kommt in Verbindung damit auch der Brauch vor, eine Hand oder deren Finger abzuschneiden; so werden auch entsprechende Darstellungen in der Kunst des oberen Paläolithikums gedeutet. Deshalb ist es wahrscheinlich, daß das Skelett aus der Schanidar-Höhle eine erste Spur davon ist, daß in der primitiven Religion schon die Verehrung einer der beiden Hände, deren funktionale Asymmetrie, einen Widerhall gefunden hat.

Überlegungen allgemeiner Art lassen möglich, wenn auch nicht unumgänglich, erscheinen, daß diese funktionale Asymmetrie der Hände in der Arbeit (und Religion) des urtümlichen Menschen (Neandertalers) schon eher zustandekommen konnte, als sich bei ihm die morphologische Asymmetrie der Hemisphären herausbildete, die die Hände steuerten.

In diesem Zusammenhang muß man betonen, daß in der modernen Gesellschaft die rechte Hemisphäre bei weniger als der Hälfte der Linkshänder dominant erscheint, daß, mit anderen Worten, diese beiden Merkmale nicht streng korreliert sind, was auch durch Daten über solche Rechtshänder bestätigt wird, die zum Beispiel mit unterschiedlichen Händen schreiben und den Ball werfen (s. Abb. 17).

Außer beim Menschen wurde eine morphologische Asymmetrie des Zentralnervensystems auch bei Singvögeln entdeckt, denen ein intensives akustisches Signalwesen eigentümlich ist ([24], S. 23–44). Offensichtlich ist die Notwendigkeit einer Abtrennung spezieller Teile des Zentralnervensystems erforderlich angesichts des beträchtlichen Umfangs spezialisierter Prozesse, die schwer mit der Durchführung anderer Aufgaben vereinbar sind. Außer bei den Walen (und Delphinen), bei denen eine Asymmetrie des Schall aussendenden Apparates beobachtet wird, gibt es auch bei einigen anderen Säugetieren, besonders Mäusen, Katzen und Affen [24], die Tendenz zu einer solchen Asymmetrie, die aber oft nur ein individuelles Charakteristikum einzelner Tiere ist. Bei Anthropoiden (Menschenaffen) ist eine Asymmetrie der Gehirnhemisphären nur bei einer Gorilla-Art [87] unbestritten; für die anderen Anthropoiden wird sie nach noch nicht endgültigen Daten lediglich angenommen ([34], S. 361–363; [24], S. 512/13). Aber diese Asymmetrie stellt sich nirgends so deutlich heraus wie beim Menschen, für den (offenbar unmittelbar nach dem Moustérien beim Übergang zum oberen Paläolithikum) ein immer konsequenteres Hervortreten der erblichen Differenzierung zwischen rechts und links charakteristisch ist, verbunden mit dem Vorhandensein einer Lautsprache.

Die Lautsprache wurde offensichtlich erst recht spät im Zuge der Herausbildung des heutigen Menschen zum Hauptinstrument der Mitteilung – etwa 50 000 bis 30 000 Jahre vor unserer Zeitrechnung (bei einer Gesamtdauer der Entwicklung zum Menschen von schätzungsweise drei bis vier Millionen Jahren im Lichte der neuesten Entdeckungen in Afrika). Aber ihre Ursprünge wurzeln in der akustischen Signalweise der Affen.

Die durchschnittliche Anzahl unterschiedlicher Signale (von 20 bis 30) in verschiedenen akustischen Signalsystemen der Affen, die sich nicht wesentlich von der Anzahl der Signale in den Mitteilungssystemen anderer Wirbeltiere unterscheidet ([40], S. 19), entspricht annähernd der mittleren Anzahl der Phoneme (akustischer Basiseinheiten der natürlichen Sprache). Das könnte man dadurch erklären, daß jene Charakteristiken des Zentralnervensystems (besonders das Ausmaß des operativen Gedächtnisses), die diese Zahl festlegen, im Zuge der Menschwerdung sich verhältnismäßig wenig geändert haben (obwohl die entsprechenden Daten über die Entstehung des Gedächtnisses noch nicht ausreichen).

In der Konstanz der Signalzahl aller Wirbeltiere bis hin zur Anzahl der Phoneme könnte man eine Bestätigung des Prinzips sehen, nach dem der genetische Mechanismus bis zu 2^6 Signale registriert ([18], S. 318). Die Entwicklung der Sprache verlief nicht auf dem Wege einer Vergrößerung der Anzahl der ursprünglichen Signale, sondern in Richtung auf deren Umwandlung aus nicht in Teile zerlegbaren sinnvollen Gebärdenmitteilungen zu Elementen, aus deren Ketten andere Teilchen konstruiert werden – entsprechend einem Übergang von einer Sprache des rechten Gehirns zu einer Sprache des linken.

Die Zeichen (Schallsignale) der Affen sind nicht in Teile oder Silben zu zergliedern; man kann daraus keine Ketten bilden. Jedes der zwanzig bis vierzig Schallsignale, die die Affen aussenden, stellt einen unteilbaren akustischen Komplex dar, der eine bestimmte Standardsituation bezeichnet, ähnlich dem Signal „Fliegeralarm“ in den menschlichen Gesellschaften. Versuche, bei denen unter Reizung des Gehirns mit Elektroden künstlich Schallsignale hervorgerufen wurden, ergaben einen wesentlichen Unterschied in der Lokalisierung der Erzeugung der Töne; bei dem Menschen war dies hauptsächlich die Hirnrinde, bei den Affen tiefere Gebiete unterhalb der Hirnrinde.

Ein sehr wichtiger Unterschied zwischen Menschenaffen und Menschen (genauer: zwischen dem Gehirn des Affen und dem „linken Gehirn" des Menschen) besteht anerkanntermaßen darin, daß die Affen zu Tieren des visuellen Typs gehören. Der Schimpanse vermag nur dann intellektuelle Aufgaben zu lösen, wenn alle Gegenstände und Werkzeuge, die dafür nötig sind, unmittelbar in seinem Gesichtsfeld vorhanden sind. Das kann man mit der für das „rechte Gehirn" des Menschen charakteristischen Einstellung auf eine gegebene konkrete Situation vergleichen.

Davon ausgehend hat L. S. Wygotskij schon zu Beginn der dreißiger Jahre vorgeschlagen, den Versuch zu machen, Affen die Gebärdensprache beizubringen, die von Taubstummen benutzt wird; dabei wies er darauf hin, daß eine gewisse Ähnlichkeit besteht zwischen Affen und Menschen, die an Aphasie leiden (mit anderen Worten: zwischen dem Gehirn der Affen und dem „rechten Gehirn" eines Menschen, dessen linkes Gehirn durch Aphasie geschädigt ist). Leider wurde dieser Versuch erst vierzig Jahre später von dem berühmten Zoopsychologen-Ehepaar Gardner (die von Wygotskijs Anregung nichts wußten) verwirklicht, indem sie der Äffin Washoe eine recht komplizierte hieroglyphische Gebärdensprache beibrachten. Die Resultate ihrer Experimente wurden auch durch Versuche von Premack bestätigt, der die Schimpansin Sarah lehrte, ein System vereinbarter Zeichen zu benutzen, aus denen sie eine Sequenz bilden konnte (Abb. 27) ([37], S. 371).

Weitere Fortführungen dieser Versuche mit anderen Schimpansen [88], dabei unter Benutzung einer Rechenmaschine als „Lehrer" eines Affen ([34], S. 562–578), sowie in letzter Zeit auch mit einem Gorilla bestätigen die weitgehende Ähnlichkeit der Möglichkeiten des Gehirns beim Affen und des „rechten Gehirns" des Menschen. Besonders bemerkenswert ist, daß Washoe fähig war, synonyme Umwandlungen einer Kombination von Gestenzeichen in genau dem Sinne auszuführen, der für die rechte Hemisphäre des Menschen charakteristisch ist, wo das erklärende Sprachlexikon gespeichert ist. Das Ehepaar Gardner, das sich mit Washoe durch Gebärden verständigte, bezeichnete als „Kühlschrank" die

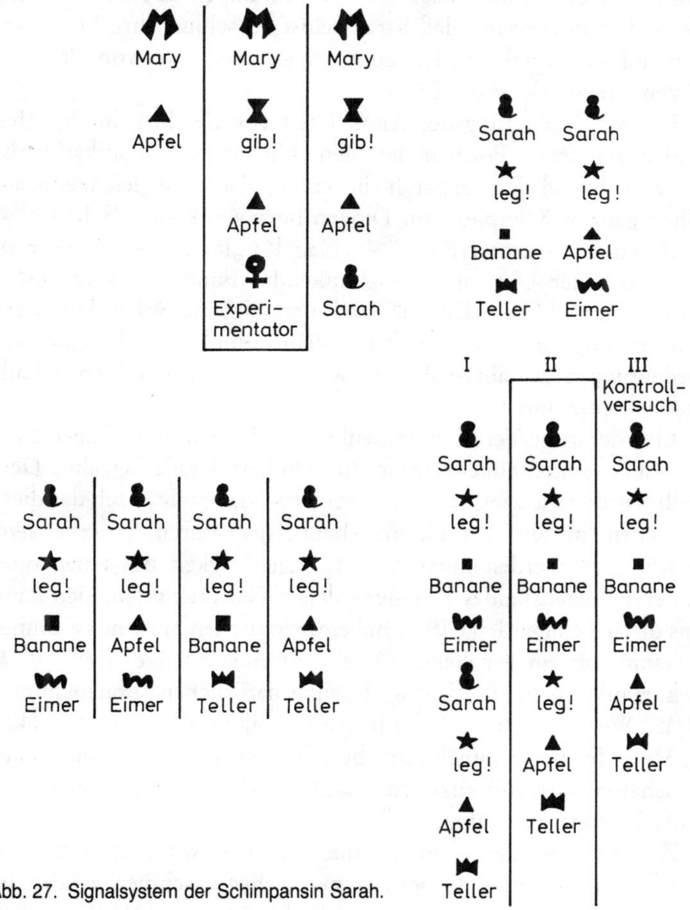

Abb. 27. Signalsystem der Schimpansin Sarah.

Kombination der hieroglyphischen Gebärden „kalt" + „Kasten". Washoe dachte sich dafür selber die Gestenkombination „öffne!" + „Nahrung" + „Getränk" aus [89]. Die logische Bezeichnung, die nach dem Typ einer logischen Aussage konstruiert ist: „kalt sein" (vom „Kasten") $P(a)$ ersetzte der Affe durch eine Verbindung der Bezeichnung der für ihn nötigen Aktion mit der Bezeichnung der benötigten Dinge.

Für einen Vergleich mit der für das „rechte Gehirn" des Menschen charakteristischen Sprache der Hieroglyphen (Ideogramme) vom Typ der chinesischen ist bei den Experimenten Premacks besonders interessant, daß Sarah selbst vorschlug, ihre Mitteilungen auf der Tafel vertikal zu machen, was auch von Premack akzeptiert wurde (Abb. 27).

Für die Bestätigung der Ähnlichkeit von Zeichen durch Affen und durch frühe Formen der menschlichen Kommunikation ist wesentlich, daß sich bei Sarah eine einzige Gebärde gleichzeitig auf einen ganzen Komplex von Dingen beziehen kann: „Schaden“ – „Schramme“ – „roter Fleck“ – „Nabel“; „hören“ – „Wecker“ – „zerbrochener Uhrzeiger“ – „blinkendes Fünkchen“; „Blüte“ – „Tabaksgeruch“ – „Küche“ und dergleichen. Solch komplexe Anwendung von Gesten fällt mit dem komplexen Charakter der Bedeutungen der allerfrühesten Wörter der kleinkindlichen Lallsprache zusammen.

Eine derartige Verschwommenheit der Bedeutungen haben auch entwickelte menschliche Sprachen in hohem Grade bewahrt. Deshalb wurde in letzter Zeit eine Theorie vorgebracht, nach der diese Sprachen mittels „unscharfer Begriffsgarnituren“ (*fuzzy sets*) beschrieben werden müssen. Die Zugehörigkeit des einen oder anderen Gegenstandes zu einer solchen Garnitur ergibt sich dann aus der jeweiligen Lage [90]. Bei einer logischen Sprache ist immer bekannt, ob ein gegebenes Objekt zu einer Menge ($P(W) = 1$) gehört oder nicht ($P(W) = 0$). In einer natürlichen Sprache nimmt $P(W)$ Werte von 0 bis 1 an, in Abhängigkeit vom Kontext ([42], S. 316). Je mehr Spielraum besteht, einen Gegenstand einer unscharfen Garnitur zuzuordnen, desto schwieriger ist eine solche Entscheidung zu treffen.

Zu den Besonderheiten der menschlichen Wahrnehmung und Auffassungsweise im Gegensatz zu Rechenmaschinen gehört die Fähigkeit des Operierens mit unscharfen Mengen [91]. In diesem Sinne kann man sagen, daß die Sprache eines jeden heutigen Menschen eine Zwischenstellung einnimmt zwischen der Signalisierungsweise Washoes und der strengen Eindeutigkeit von Maschinensprachen.

Bei Washoe hängt diese Komplexheit der Bedeutungen oder Vieldeutigkeit noch damit zusammen, daß bei ihr, wie bei Sarah auch, die Gesamtzahl der Gesten 200 Zeichen nicht übersteigt ($2 \cdot 10^2$; das heißt ein um zwei Größenordnungen kleinerer Wert, als er für das kleinste Lexikon einer modernen menschlichen Sprache charakteristisch ist). Nach der Anzahl der Zeichen wie auch nach anderen besonderen Merkmalen kann man das Mitteilungssystem der vierjährigen Washoe mit der Sprache eines Kindes von eineinhalb bis zwei Jahren ([60], S. 41) vergleichen, in welchem Alter das Kind von 12 bis 15 Wörtern zu 60 bis 200 Wörtern übergeht. Bezeichnend ist aber die Tendenz, jedes dieser Zeichen in maximal verschiedenfältigen Bedeutungen zu gebrauchen (im Unterschied zur starren Prädeterminiertheit der Lautsignale bei Affen).

Es erscheint unzweifelhaft, daß durch diese Experimente die deutliche Verwandtschaft einiger Besonderheiten der rechten Hemisphäre des heutigen Menschen mit dem Gehirn seiner frühen Ahnen bewiesen ist.

Durch Untersuchung der Gebärdensysteme, welche sich Schimpansen oder Gorillas aneignen können, läßt sich ein gewisses Bild jener Epoche in der Vorgeschichte der menschlichen Sprache gewinnen, die man mit der „sensomotorischen" Periode in der Entwicklung des Kindes vergleichen könnte. Nach der Hypothese R. Thoms ([42], S. 247–250) macht sich der Mensch mit Hilfe der Sprache von jener Macht frei, die biologisch bedeutsame Dinge über Tiere, primitive Menschen und kleine Kinder haben können. Dank dem Umstand, daß der Mensch sie beim Namen nennt, verlieren die Dinge allmählich ihre einstige Macht. Man kann daran erinnern, daß der Mensch es vermeidet, Dinge beim Namen zu nennen, die ihre frühere Macht behalten haben. Deshalb haben die frühen Voreltern der heutigen Slaven den Bären (dessen eigentlicher Name beispielsweise in dem griechischen Wort erhalten blieb, von dem sich der geographische Name „Arktis" ableitet) mit der prophylaktisch-euphemistischen Bezeichnung „Honigesser" (russ.: *mjedved'*; vgl. *mjod* – geschr. *med* – „Honig"; A. d. Ü.) belegt.

Auf das erste Erfassen des äußeren Raumes, wobei sich der Mensch mit Hilfe seines Körpers zu orientieren beginnt, folgt die Entstehung des semantischen Raumes der Sprache, sowohl in der Entwicklung des Kleinkindes wie in der Geschichte der ganzen Menschheit. Der Übergang zur Lösung logischer Aufgaben, die selbst für das Gehirn so hochentwickelter Tiere wie der Delphine schwierig sind, erschien als späteste Entwicklungsstufe auf der Bildfläche. In bestimmtem Sinne ist der Mensch biologisch am allerwenigsten auf die häufige Lösung wechselnder logischer Aufgaben vorbereitet ([92], S. 203/204). Darin kann man auch den biologischen Sinn der Schaffung von Rechenmaschinen erblicken, die gerade für diese Fähigkeit eingerichtet sind und deshalb eine wesentliche Lücke in der Entwicklung des Zentralnervensystems ausfüllen.

Vom kybernetischen Gesichtspunkt aus findet die Evolution, die zur Entwicklung der linken Hemisphäre geführt hat, die in wesentlich höherem Grade als die rechte auf die Lösung logischer Aufgaben orientiert ist, ihre weitere Fortsetzung in der Schaffung spezieller technischer Einrichtungen zur Lösung solcher Aufgaben, nämlich von Rechenmaschinen.

Nach den neuesten Ergebnissen der Forschung wurden in der Rindenstruktur der linken und der rechten Hemisphäre cytoarchitektonische Unterschiede entdeckt. Normalerweise ist bei Rechtshändern der obere Abschnitt des Scheitellappens einschließlich der Sprachzone in der linken Hemisphäre siebenmal (das Hinterkopfgebiet viermal) größer als bei der rechten; man vermutet, daß die Ursprünge dieses Unterschiedes bis zu den Neandertalern zurückgeführt werden können, wenn nicht sogar zu noch früheren Vorfahren des Menschen [153]. Auf Evolutionsebene ist auch wichtig, daß der rechte Stirnteil wesentlich (bis neunmal) größer ist als der linke. Man kann annehmen, daß die Entwicklung der Stirnlappen, mit denen einige echt menschliche Besonderheiten des Verhaltens verknüpft sind, nicht gleichzeitig mit der Entwicklung des oberen Abschnitts des Scheitellappens erfolgt ist. Hierbei ist auch wesentlich, daß der linke Stirnabschnitt in einigen seiner Funktionen (besonders als Regler von Emotionen) als der rechten Hemisphäre nahestehend angesehen werden kann – und das rechte obere Gebiet mit der linken in Beziehung stehen dürfte [110]. Es stellt sich die Aufgabe der Bestimmung einer relativen Chronologie der Entwicklung jeder Hauptzonen beider Hemisphären.

Eine andere wichtige Richtung der Untersuchungen, die besonders in den Arbeiten des korrespondierenden Akademiemitgliedes G. W. Gerschuni zum Ausdruck gekommen ist, besteht in der Klärung des Ausmaßes, in dem die Etablierung des Systems der phonetischen (akustischen) Analyse durch den Charakter der Signalsysteme bestimmt wurde, die von den Wirbeltieren benutzt werden. Auf diesem Wege kann man die Aufdeckung von Analogien zwischen einigen Charakteristika der Kommunikationssysteme und des Erkennens von Schallsignalen bei Menschen und den höheren Wirbeltieren erwarten [154].

2. Zwillinge

Es scheint also, daß auch sie (die Pythagoräer) in den Zahlen eine Art Ursache sehen, und zwar nach der Weise des Stoffes alles Wirklichen und seiner Eigenschaften und Zustände. Die Bausteine der Zahl wieder sind das Gerade und das Ungerade, hierfür endlich das Unendliche und das Begrenzte; die Einheit, so lehren sie, leite sich aus beiden her, (denn sie sei sowohl gerade wie ungerade), die Zahlen wieder aus der Einheit, und die Zahlen bilden den ganzen Himmel, wie sie behaupten.

Eine andere Richtung ihrer Gruppe lehrt, es gebe zehn Urformen, die sie paarweise entgegenstellen: Begrenztes und Unbegrenztes, Ungerades und Gerades, Eines und Vieles, Rechtes und Linkes, Männliches und Weibliches, Ruhendes und Bewegtes, Gerades und Krummes, Licht und Finsternis, Gutes und Böses, Rationales und Irrationales.

Aristoteles, Metaphysik 986 a (dt. Übers. v. Paul Gohlke)

2.1 Paarige Symbole

Bald nach dem Sieg der phonetischen Sprache und der Konsolidierung der Sprachfunktionen in der linken Hemisphäre während des oberen Paläolithikums begann die Blüte der primitiven Kunst, deren Ursprünge in eine bedeutend frühere Epoche zurückgehen ([34], S. 289–311). Die allerfrühesten Zeichen der primitiven Kunst hängen ihrer Entstehung nach mit den Zeichen der alten Gebärdensprache, deren Fixierung sie waren, zusammen.

Die primitive Kunst war eine außerordentlich spezifische Art von Zeichensystem und stand der zeichnerischen piktographischen Schrift am nächsten. Aber anders als bei der späteren Schrift gehörten ihre Zeichen nicht zu einer Lautsprache, sondern zu einer Gebärdensprache. Es ist ungewöhnlich interessant, daß sie seit den ältesten Kunstdenkmälern des oberen Paläolithikums unbestritten dieselbe Asymmetrie verrät (speziell: der rechten und linken Hand), die schon eine so wesentliche Rolle in der physiologischen Struktur des Menschen jener Epoche spielt.

Auf Felsbildern des oberen Paläolithikums stellt das Zeichen der Hand am häufigsten eine linke Hand dar, keine rechte. In den Höhlen von Gargas und Castillo gibt es 159 Abdrücke von linken Händen (das sind ungefähr 90% aller Fälle) gegenüber nur 23 von rechten Händen. Dieselbe Besonderheit ist auch charakteristisch für die sehr späten piktographischen Darstellungen der nordamerikanischen Indianer: auf 108 Abdrücke der linken Hand (entsprechend 80% aller Fälle) entfallen bei sechzig Fundstätten nur 30 der rechten Hand. In halbpiktographischen Darstellungen in australischen Höhlen herrschen bezeichnenderweise Abdrücke der linken Hand fast ausschließlich vor.

Die primitive Kunst zeichnete sich im Verlauf vieler Jahrtausende durch eine erstaunliche Beständigkeit der Thematik und Symbolik aus. Alle Symbole sind um einige Paare von (dualen) Gegensätzlichkeiten gruppiert.

Das fundamentale Paar von Gegensätzlichkeiten in der primitiven Kunst war die Konfrontation von männlichem und weiblichem Element, die mit den Besonderheiten der sozialen Organisation und wirtschaftlichen Tätigkeit des primitiven Menschen zusammenhing. Der französische Anthropologe Leroi-Gourhan hat festgestellt, daß das Zeichen der linken Hand in der primitiven Kunst zu den Verfahren gehört, symbolisch das weibliche Prinzip zu bezeichnen. Daraus folgt, daß das der primitiven Kunst zugrunde liegende System paariger Gegensätze schon dem Prinzip der Organisation dualistischer Mythologien entsprach, die für alle frühen Entwicklungsstufen des menschlichen Denkens bezeichnend sind. Gerade ihr dualistischer Charakter ist ein Hauptmerkmal der frühesten Mythologien. Das wurde schon 1941 in einer klassischen Studie des bedeutenden Ethnographen A. M. Solotarjow (Zolotarev) klar, dessen Ergebnisse durch zahlreiche Untersuchen der letzten Jahre bestätigt wurden [94].

Eine Besonderheit der überwältigenden Zahl dieser Mythologien und Systeme ist, daß bei ihnen die linke Seite mit dem weiblichen Prinzip verknüpft ist und die rechte mit dem männlichen. Die kürzlich gemachte Entdeckung, wonach es für die überwiegende Mehrheit der Frauen in der modernen Gesellschaft charakteristisch ist, statistisch den linken Platz im Wohnraum einzunehmen, hat die Frage aufgeworfen, ob das eine Folge genetischer Prädisposition sein könnte ([24], S. 276). In einem russischen volkstümlichen Klagelied der Braut am ersten Tage der Brautwerbung heißt es:

Das männliche Geschlecht stehe rechter Hand,
Das weibliche Geschlecht stehe linker Hand.

Zeugnisse der ostslawischen Folklore, wonach man die Frau links vom Manne begraben hat, stimmen mit den archäologischen Daten über slawische Paarbegräbnisse überein. Aber die Wurzeln dieser Vorstellungen gehen in viel frühere Zeiten zurück. Der bedeutende Archäologe Leakey hat schon in den dreißiger Jahren in Kenia in der Elmenteita-Höhlenkultur alte Grabstätten entdeckt, für die die gleiche Regel gilt: männliche Skelette lagen auf der rechten Seite, weibliche auf der linken. In diesen und anderen, noch viel älteren Grabfunden wurde eine Verbindung der linken Seite mit dem weiblichen Prinzip von der Archäologie nachgewiesen.

Die Gegenüberstellung von rechts und links in der altsteinzeitlichen Kunst hing auch mit unterschiedlichen Farben zusammen. Vor allem kommt das in den Höhlen von Lascaux zum Ausdruck. Dort sind in der Großen Galerie in der linken Gruppe der dargestellten Tiere die Köpfe rot gemalt, in der rechten Gruppe aber schwarz. In Castillo sind die weiblichen Merkmale in roter Farbe ausgefüllt, das männliche aber in schwarzer. Bei den Bildern in den Höhlen von Lascaux hängt die Kontrastierung von Rot und Schwarz auch mit dem Unterschied der Darstellungen von Pferden und Bisons zusammen, die selbst wahrscheinlich Geschlechtssymbole waren (Abb. 28).

Abb. 28. Zeichen von Pferd und Bison in der primitiven Kunst.

Es ist also zu betonen, daß die Gegenüberstellung von roter Farbe (die, wie aus Funden von Ocker folgt, sehr früh – schon vor dem Moustérien – bei den Begräbnisritualen der Vorläufer des

Menschen symbolische Bedeutung gewann) und schwarzer allgemeinmenschlich scheint. Sie unterscheidet sich scharf von Farbmarken, wie sie für die visuellen Wahrnehmungen der Menschenaffen wesentlich sind. Deshalb kann man das Vorkommen von Ocker schon bei den Neandertalern als eines der zuverlässigsten archäologischen Zeugnisse endgültiger „Vermenschlichung“ ansehen. Interessanterweise wurde bei den Neandertalern auch die erste Benutzung von Blüten („Buketts“) bei Begräbnisritualen festgestellt, was einen Brauch vorwegnimmt, der sich bis in unsere Zeit gehalten hat.

Systeme dualer Gegensätze einschließlich des Unterschieds zwischen männlichem und weiblichem Geschlecht, rechts und links, roter (oder weißer) und schwarzer Farbe, sowie entsprechender Paare von Tieren (zum Beispiel Pferd und Bison usw.) bei primitiven Völkern hängen in den archaischsten Fällen mit einer dualen Gliederung des Stammes in zwei exogame Hälften zusammen, zwischen denen allein auch Ehen möglich waren (verboten dagegen zwischen Mitgliedern der gleichen Hälfte). Eine solche Teilung, die offensichtlich ursprünglich bei allen menschlichen Gemeinschaften vorhanden war, muß wohl, ebenso wie das Inzestverbot (blutschänderischer Ehen zwischen nahen Verwandten), allgemeinmenschlich sein, obwohl der Begriff naher Verwandtschaft an sich von verschiedenen Völkern unterschiedlich verstanden wird.

Die hauptsächlichste Besonderheit aller frühen menschlichen Kulturen war, daß diese duale soziale Teilung des Kollektivs dadurch symbolisiert wurde, daß jeder Hälfte des Stammes jeweils ein polares Symbol aus deren Reihe zugeordnet wurde. Das wichtigste derartige Symbolpaar war in alten Zeiten die linke und rechte Hand. Auf Grund davon gelingt es, fundamentale Ereignisse in der biologischen, sozialen und kulturellen Evolution des Menschen einander zuzuordnen: Die Konsolidierung der Sprechfunktionen und der Vorherrschaft der Bewegungen der rechten Hand über die der linken durch die linke (dominante) Hemisphäre, Ausarbeitung symbolischer Systeme dualer Gegensätze, die bereits in der Kunst des oberen Paläolithikums ausgeprägt sind, und Schaffung der dualen Stammesorganisation. Es ist aber bemerkenswert, daß der Homo sapiens als solcher schon in den frühesten Etappen seiner Geschichte die Unterschiede zwischen den Geschlechtern (dem männlichen und dem weiblichen) mit der Asymmetrie der rechten und linken Hand, der Teilung in zwei exogame Hälften des Stammes und dem Vorkommen paariger Kontraste (zum Beispiel farbiger) in der Natur korrelierte.

A. M. Solokarjow, der zuerst die Prinzipien dualer Organisation mit binärer symbolischer Klassifikation in Beziehung setzte, hat auch festgestellt, daß diese beiden Phänomene mit Zwillingskult zusammenhängen. Verehrung von Zwillingen und Furcht vor ihnen gab es in allen primitiven Religionen. Die Quelle der „Großen Angst" (ein Ausdruck des englischen Ethnographen R. Harris, der diese Erscheinung entdeckt hat) vor Zwillingen geht in die prähistorische Vergangenheit des Menschen zurück.

Bei Affen sind Zwillingspaare wie beim Menschen überaus selten. Nicht nur das Zwillingspaar (von dem die Affen ein Exemplar zu beseitigen suchen), sondern auch die Zwillingsmutter bewirkt Angst; und man verjagt sie mit ihren Kindern aus der Herde [95]. Diese Eigentümlichkeiten im Verhalten der Affen decken sich mit den frühesten Erscheinungen des Zwillingskultes in archaischen Gesellschaften (zum Beispiel in Afrika), wo man einen der beiden Zwillinge umbringt (mitunter auch beide) und deren Mutter immer aus der Gemeinschaft ausschließt.

In späteren Stadien des Zwillingskultes werden die Zwillinge verehrt; aber einer wird jeweils mit einer negativen Reihe in der dualen symbolischen Klassifikation versehen. Paarige Zwillingssymbole verkörpern zwei polare Gegensätze.

Zwillinge, die nicht in der allgemeinmenschlichen Weise auf die Welt gekommen sind, gelten als Abkömmlinge heiliger Tiere. Ein bis in historische Zeit reichendes Beispiel für diesen Glauben ist die Sage von Romulus und Remus, für die sich in ganz Eurasien Parallelen finden.

Eine alte Form eines solchen Mythos bewahren wahrscheinlich jene Legenden und Denkmäler der bildenden Kunst im Kaukasusgebiet, in denen ein Paar heiliger Wölfe oder Hunde auftritt (grusinische Mtzevaren, die bis jetzt noch von den Chewsuren angebetet werden); zwei solche Hunde (oder Wölfe) sind zum Beispiel auf einer Silberschale aus Trialeti (2. Jahrtausend v. u. Z.) dargestellt (Abb. 29). Bei den Abchasen genoß noch unlängst eine solche paarige Gottheit von Alyschkjyntyr besondere Verehrung.

Vor dreizehn Jahren gelang es dem Autor dieses Buches, als er sich mit der Erforschung des abchasischen Heidentums beschäftigte, mit Hilfe eines Führers, eines alten Abchasen, der mit einer kleinen Axt den Weg durch das Dickicht bahnte, auf den Gipfel

Abb. 29. Hundswölfe auf einem Becher aus Trialeti.

Abb. 30. Doppelgottheit in Form eines Hundepaares im abchasischen Tempel Alyschkjyntyr.

des Berges oberhalb Tkwartscheli zu steigen, wo im Mittelalter eine christliche Kapelle an der Stelle erbaut worden war, wo man diese Gottheit verehrt hatte. Auf einer Marmortafel an einer Wand der Kapelle war die Gottheit in Gestalt zweier phantastischer Tiere (Hunde) dargestellt, die durch irgendeinen runden Gegenstand verbunden waren (Abb. 30). Neben dieser Tafel sah ich an einer versteckten Stelle inmitten des Dickichts mit Erstaunen Spuren eines kürzlich abgehaltenen (wenn auch recht bescheidenen) Spendenopfers.

Es scheint möglich, daß in der Kunst der Altsteinzeit die Symbole von Pferd und Bison, die zu den Reihen dualer Gegensätze gehören, mit einer alten Form von Zwillingsmythos zusammenhängen, der die Stammesführer auf paarige Tiere zurückführte.

Der Gegensatz des mythologisch Männlichen und Weiblichen wird in verschiedenen Darstellungen der primitiven Kunst entweder durch Tiersymbole (Pferde und Bisons) ausgedrückt oder durch konventionelle Zeichen (stilisierte Wiedergaben der Geschlechtsteile, punktierte Linien, Dreiecke, Vierecke u. dergl.). Möglicherweise kann man mit der Symbolik des weiblichen Prinzips, das für die paläolithische Religion besonders wichtig war, auch zahlreiche altsteinzeitliche „Venus"-Darstellungen in Zusammenhang bringen (weibliche Figürchen, oft mit hypertrophierten weiblichen Geschlechtsmerkmalen, z. B. riesigen Brüsten).

Mit dem weiblichen und männlichen Element hängen auch die Symbole von Mond (Sichel) und Sonne zusammen. Diese beiden Symbole tauchen schon in der Kunst des oberen Paläolithikums auf. Bis auf die Altsteinzeit geht auch die in vielen mythologischen Überlieferungen Eurasiens verbreitete Darstellung des Mondes als Stier (Bison) und der Sonne als Pferd zurück.

Die Gegenüberstellung von Pferd und Bison in solchen Denkmälern der primitiven Kunst wie den Wandgemälden der Höhlen von Lascaux bezieht sich nicht nur auf die Unterschiede von links und rechts, von Rot und Schwarz, sondern auch auf den Unterschied zwischen gerade und ungerade. Auf den Lascaux-Bildern ist den sieben fundamentalen „abzählbaren" Zeichen beim Pferde noch ein kleiner Pfeil (macht zusammen 8: gerade) hinzugefügt, den Zeichen beim Bison sind zwei solche Striche hinzugefügt (im ganzen 9: ungerade).

Gegenüberstellung von Gerade und Ungerade wurde auch in einer ganzen Reihe von Erzeugnissen primitiver Kunst gefunden [69]. Für die Klärung der Möglichkeiten der alten rituellen Rolle dieser Kontrastierung kann ein Vergleich mit altchinesischen Ritualen sehr interessant sein. Nach Meinung einiger Kenner der chinesischen Kultur hängt die Unterteilung der Erscheinungen in zwei polar diametrale Gruppen, Yang und Yin, damit zusammen, daß bei Orakeln jedes Ereignis einer von zwei Kategorien zugeordnet werden muß: günstig oder ungünstig. Das Ergebnis der Teilung der im Orakel erhaltenen Zahlen konnte gerade oder ungerade sein; und in Abhängigkeit davon wurde das günstige oder ungünstige Ergebnis des Orakels bestimmt. Es ist wohl wahrscheinlich, daß die Zählzeichen auf Erzeugnissen der paläolithischen Kunst mit der Ausführung ähnlicher Rituale zusammenhängen.

2.2 Von zwei zu vier

Beim Vorhandensein etlicher dualer Kontrastierungen im Weltmodell des frühen Menschen kann man leicht verstehen, daß deren Addition zu viergliedrigen Komplexen führen würde. Ein viergliedriges Schema entsprach jenem „horizontalen" Orientierungsmuster nach den vier Weltseiten, das einige Archäologen bis ins Moustérien zurückführen. Schon bei den Bewohnern von Teschik-Tascha, die dieser Periode angehörten, nimmt man eine Orientierung nach Sonnenauf- und -untergang an. Damit werden auch kreuzförmige Zeichen im Moustérien zusammengebracht.

Die Verwendung eines heiligen Kreuzzeichens steht in Verbindung mit einer archaischen Siedlungsform in einer ganzen Reihe späterer Kulturen: der altägyptischen (ein Ort wird durch eine Hieroglyphe ausgedrückt, die ein Kreuz innerhalb eines Kreises darstellt), in Südasien und bei den Indianern, wo dieses Zeichen, ebenso wie die Symbolik der heiligen Zahl vier, besonders weit verbreitet ist.

Für einen Vergleich mit der Symbolik altsteinzeitlicher Höhlen ist besonders interessant, daß bei den Indianern und verschiedenen Völkern Eurasiens und Amerikas jede der vier Himmelsrichtungen durch besondere Tiere symbolisiert wird (wofür die vier Tiere in der Johannes-Apokalypse ein besonders bekanntes Beispiel sind). Unter den bis in unsere Zeit reichenden Traditionen sind die rituellen Tänze solcher afrikanischen Stämme wie der Lango zu beachten. Bei diesen Tänzen werden die Himmelsrichtungen durch Leute symbolisiert, die jeweils wie Elefant, Leopard, Nashorn und Büffel kostümiert sind. Genau dieselben Tiere (offenbar mit den gleichen Funktionen) sind neben einer gehörnten Gottheit („Proto-Shiva") auf einem der bekanntesten Siegel aus Mohendscho-Daro (einer alten Stadt im Industal) dargestellt (Abb. 31).

Dieselben Tiere (darunter auch Nashorn und Elefant) oder solche, die ihnen zum Teil entsprechen (Mammut statt Elefant) tref-

Abb. 31. Tonsiegel aus Mohenjo Daro.

fen wir auch in den Produkten der paläolithischen Kunst. Durch statistische Analyse dieser Darstellungen läßt sich eine Vierheit von Tieren aussondern, die funktional den Tieren ähnlich sind, die etwa bei den Lango die Himmelsrichtungen symbolisieren. Darin kann man eine indirekte Bestätigung der Hypothese sehen, nach der die Struktur der Höhlenkomplexe auch ein umgewandeltes viergliedriges Modell enthalten haben könnte, das durch vier Tiere symbolisiert wurde. Aber die zwei unter ihnen, die häufiger als alle anderen abgebildet wurden (Pferd und Bison), bilden selbst eine duale Antithese.

Aus diesen Abbildungen kann man folgern, daß sowohl in den Traditionen des oberen Paläolithikums wie auch in den späteren Kulturen (zum Beispiel der Indianer), die in dieser Hinsicht von Ethnographen detailliert erforscht sind, vierteilige Strukturen durch Zusammenlegung zweier zweiteiliger entstanden sind. Speziell zeichnen sich in Australien Stämme mit dual-exogamer Organisation dadurch aus, daß jede der beiden Stammeshälften in zwei Altersklassen unterteilt ist, was ein viergliedriges System ergibt. Solchen vierteiligen sozialen Systemen archaischen Typs konnten auch vier symbolisch entsprechende Tiere korreliert sein (wobei je eines davon zu einer Himmelsrichtung und anderen Symbolen wie Farben, Winden usw. in Beziehung stand).

Beim Aranda-Stamm ist jede seiner beiden Hälften nach dem dualen oder dichotomen Prinzip noch einmal in zwei „Halbhälften"geteilt, so daß vier Gruppen herauskommen. Jeder Stammesangehörige gehört notwendigerweise auch zu einer der beiden Altersklassen (Väter und Söhne).

Dementsprechend läßt sich dieses ganze System zweckmäßigerweise als aus vier Gruppen A, B, C, D bestehend beschreiben, wobei innerhalb jeder davon noch ein differenzierendes Generationenkennzeichen gilt (Index 1 bzw. 2), so daß sich die acht Klassen A_1, A_2, B_1, B_2, C_1, C_2, D_1, D_2 ergeben. In der Sprache der Gruppentheorie, die sich auf Verwandtschaftssysteme dieses Typs gut anwenden läßt [96, 97], können die Beziehungen zwischen den acht Klassen im System der Aranda durch eine Permutation p beschrieben werden derart, daß die Kinder eines Mannes der Klasse A_1 der Klasse A_2 zugeordnet sind, Kinder eines Mannes der Klasse A_2 aber der Klasse A_1 usw.:

$$p = \frac{A_1A_2B_1B_2C_1C_2D_1D_2}{A_2A_1B_2B_1C_2C_1D_2D_1}$$

Die Beziehungen zwischen einer Männerklasse und einer Frauenklasse werden durch die Permutation f bestimmt:

$$f = \frac{A_1A_2B_1B_2C_1C_2D_1D_2}{B_1D_2A_1C_2D_1B_2C_1A_2},$$

d. h.: die Frau eines Mannes der Klasse A_1 gehört zur Klasse B_1, die Frau eines Mannes der Klasse A_2 zur Klasse D_2, die eines Mannes auf B_1 zu A_1 usw.

Durch Dichotomie eines Systems aus zwei Hälften entsteht ein viergliedriges System. Bei den Aranda entdeckt man eine auch für andere Gesellschaften mit dualer Organisation charakteristische Komplementarität zweier Beschreibungen der räumlichen Struktur des Stammes: einer konzentrischen und einer „diametralen". Nach der einen ist das Lager rund und in zwei Halbkreise geteilt, die den beiden exogamen Hälften des Stammes entsprechen, einer westlichen und einer östlichen; nach dem anderen Schema ist das Lager viereckig, wobei jeder der vier nach den Himmelsrichtungen orientierten Teile von einer der vier Gruppen besetzt ist.

Die erste Beschreibung entspricht der Einteilung nach dem Hauptparameter, nämlich der dualen Organisation aus zwei Hälften, die zweite Form fixiert das Interesse auf die zweite Dichotomie, dank der ein viergliedriges System gebildet wird.

Zugleich hiermit haben ethnographische Untersuchungen ergeben, daß sich bei Superposition dualer Kontrastierungen bisweilen nicht eine „horizontale" viergliedrige Struktur ergeben kann, sondern eine dreigliedrige vertikale.

In Nordamerika besteht der Winnebago-Stamm aus zwei Hälften, entsprechend Erde und Oberwelt (Himmel). Zur Hälfte des Himmels gehören vier Clans, zu der der Erde doppelt so viel, nämlich acht Clans. Die Winnebago sind halbiert; aber die untere Hälfte ist ihrerseits wieder halbiert. Deshalb drücken sich die Indianer, wenn sie die Struktur des Stammes beschreiben, unterschiedlich aus, je nach ihrer Teilung in zwei oder in drei Teile, ohne sich zu widersprechen. Die untere Hälfte reproduziert die Struktur des Ganzen. In dieser Hälfte führte die (darin wieder) untere Halbkräfte der Bärenclan, welcher sich im Norden befand (Abb. 32). Der Clan des Donnervogels, aus dem der Häuptling des ganzen Stammes hervorgegangen war, war im Süden. Der ihm nach geographischem Merkmal (Süd – Nord) und Rang in der Hierarchie der Hälften entgegengesetzte Bärenclan – der Haupt-

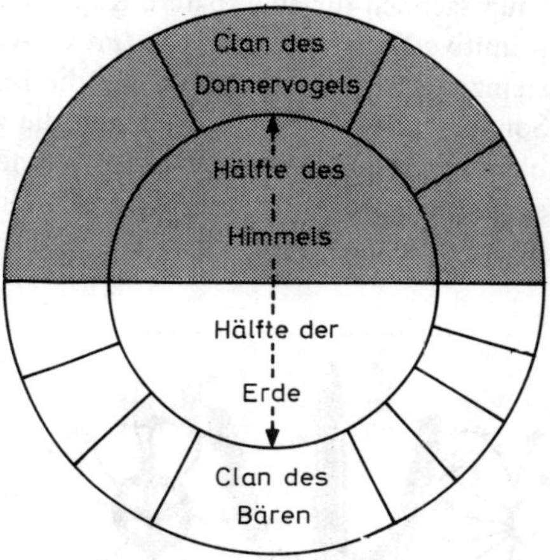

Abb. 32. Plan einer Siedlung der Winnebago.

clan der unteren Halbhälfte der unteren Hälfte – war der Clan der kriegerischen Avantgarde des ganzen Stammes. Deshalb kam er dem Range nach (gleich) hinter dem Clan des Donnervogels.

Sowohl aus diesem Umstande wie auch daraus, daß man im Kriegslager zu beiden Seiten des Häuptlings je ein Feuer entzündete, geht hervor, wie deutlich die duale Struktur des ganzen Stammes den Indianern selbst bewußt ist: Jeder gehört einer der beiden Hälften an. Beim Bärenfest werden bei den Winnebago vier mythologischen Bären Gaben dargebracht – als den beim Anfang der Welt geschaffenen Stammesherren. In allen ähnlichen Fällen entstehen viergliedrige Schemata aus der Kombination dualer Gegensätze.

Eine Verbindung von diametraler Struktur mit einer konzentrischen, ähnlich der bei den Aranta und Winnebago bekannten, wurde auch bei den Bororo in Brasilien gefunden. Für diesen Stamm ist eine duale Organisation charakteristisch, wobei aber jeder Clan in drei Heiratsklassen geteilt ist (s. Abb. 7).

Dreigliedrige Teilungen beginnen in der Kulturgeschichte erst später eine Rolle zu spielen als zweigliedrige und die auf diesen beruhenden viergliedrigen.

Obwohl es einige Forscher gibt, die annehmen, daß es bereits im oberen Paläolithikum dreiteilige Symbole gegeben habe, zum Beispiel bei Mesina in der Ukraine, ist eine Symbolik dieses Typs hauptsächlich für eine spätere Kultur charakteristisch. Die spätere primitive Kunst zeichnet sich (im Gegensatz zur urtümlichen altsteinzeitlichen) dadurch aus, daß die Bilder (von Tieren, Mensch, Sonnen- und Mondsymbolen) um die zentrale Figur eines Weltbaumes angeordnet sind, bei dem immer drei Teile unterschieden sind: Oberteil, Mitte und Wurzeln. Diese Darstellung bleibt bei den Schamanen sibirischer Traditionen dominierend (Abb. 33).

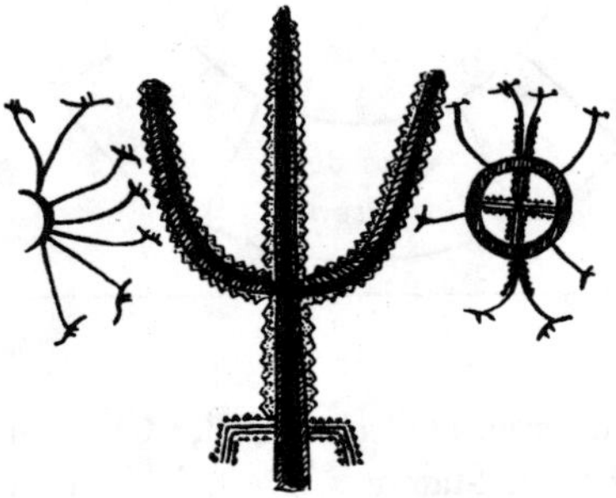

Abb. 33. Der Weltenbaum in der Kunst sibirischer Völker.

Das vertikale Prinzip, nach dem die Funktion eines Symbols seinen Platz in einer vertikalen Reihe bestimmt, steht im Gegensatz zu der primitiven Struktur der paläolithischen Höhlenkunst, die vorwiegend horizontal ist.

In kybernetischen Arbeiten über allgemeine Systemtheorie wurde bereits bemerkt, daß „viele ternäre Beziehungen viel natürlicher zu deuten sind als binäre Beziehungen zwischen einer Variablen und einem Paare“ [98]. Das erweist sich auch besonders als richtig für soziale und symbolische (semiotische) Systeme, die auf der Basis dualer (binärer) Systeme kombiniert werden.

2.3 Ja und Nein

Am deutlichsten ausgeprägt erscheinen die Prinzipien der Struktur binärer Systeme im Verhältnis zum Lautniveau der natürlichen Sprache; darum sind die Ergebnisse von deren Erforschung für Vertreter anderer Wissenszweige besonders wichtig.

Jedes Phonem (elementare Lauteinheit der Sprache) kann in seiner Verschiedenheit gegenüber allen anderen Phonemen der betreffenden natürlichen Sprache durch ein gewisse Menge von Merkmalen beschrieben werden, welche jeweils eine von zwei Bedeutungen annehmen. Gewöhnlich kann man zwei Phoneme so wählen, daß sie sich nur durch ein einziges Merkmal unterscheiden. Wenn in neutralisierter Position, zum Beispiel Stimmlosigkeit im Auslaut eines Wortes im Russischen (und Deutschen: to*t* gesprochen wie To*d*; A. d. Ü.), die Bedeutung des Merkmals erhalten bleibt, nennt man es ein Basis-Merkmal und seine andere Bedeutung markiert (im angeführten Beispiel der tönende Charakter). Ein markiertes Phonem (*d*) kann als basierend (*t*) gedacht werden, wobei ein markierendes Merkmal (*d* = *t* + Stimmhaftigkeit) hinzugefügt ist. Gegenwärtig werden Sammlungen von Merkmalen hergestellt, die die Phoneme der Sprachen der Welt mittels zwölf dualer Merkmale zu beschreiben gestatten – oder ein wenig mehr, aber nicht über zwanzig.

Man darf annehmen, daß, wenn nicht diese ganze Sammlung von Merkmalen, so doch in jedem Fall die universellen Prinzipien ihrer Organisation in jeden Menschen „eingebaut" sind, also genetisch übertragen werden [25], wie das in letzter Zeit als wahrscheinlich gilt hinsichtlich der grundlegenden universellen Charakteristika einer jeden Sprache, wie sie in der entstehenden Grammatik zu Tage treten. Eine der ersten logischen Operationen, die der Mensch in früher Kindheit ausführt, besteht darin, daß er, basierend auf diesem „eingebauten" System, allmählich (in bestimmter Reihenfolge, die auch universell zu sein scheint) die verschiedenen Merkmale der Phoneme einer Muttersprache erlernt.

Daß die Unterscheidungsmerkmale der Phoneme real sind, folgt aus den Fakten der Sprachentwicklung eines Mitglieds des Kollektivs, des Kleinkindes. Dafür sprechen auch schon Versuche der Übertragung von Rede über einen Verbindungskanal mit Störungen. Eine Verletzung der Hirnrinde schafft eine Situation ähnlich der bei der Übertragung mündlicher Mitteilungen durch einen gestörten Kanal. Bei Redestörungen infolge von Traumata der Sprachzonen der linken Hemisphäre (oder bei elektrischer Stimulation dieser Zonen bei Gehirnoperationen) kommt es zu einem Zerfall der Gegensätzlichkeiten von Phonemen hinsichtlich dualer Merkmale, und zwar offenbar in der umgekehrten Reihenfolge gegenüber der universellen Sequenz, nach der das Kleinkind diese Merkmale gelernt hat.

Bei Verletzung entsprechender Teile der Hirnrinde wird gerade die Gegensätzlichkeit unterscheidender Merkmale zerstört, wodurch dann Basierendes und Markierendes bei den Phonemen vermischt wird. Wenn es zu spezifischer Nähe oder Identifikation (innerhalb gewisser Grenzen der Unterscheidungsgenauigkeit) bei solchen Phonemen kommt, kann in besonderen Fällen auch eine Benutzung der Sprache auftreten, bei der die Aufmerksamkeit auf lautliche Beziehungen zwischen Wörtern konzentriert ist, zum Beispiel in dichterischer Rede. „Ungenaue" Reime, die Basis- und markierende Phoneme gleichsetzen (etwa „Wun*d*er"/„bun*t*er" oder „begann"/„er *k*ann"; deutsche Beispiele v. Ü.), die besonders in der Volksdichtung und bei modernen Poeten vorkommen, beweisen auch indirekt die Realität der Klassifikation von Phonemen nach diesen Merkmalen.

Es ist besonders interessant, daß bei Schädigungen der entsprechenden Teile der Hirnrinde ebensolche Veränderungen wie oben bei den Phonemen erwähnt auch hinsichtlich der Bedeutungen von Wörtern auftreten, die sich nur durch ein einziges semantisches (die Bedeutung betreffendes) Merkmal unterscheiden. In der modernen Linguistik wurde zur Untersuchung von Bedeutungen, speziell grammatischen, der Versuch unternommen, diese mittels dualer Unterscheidungsmerkmale zu beschreiben.

Solche binären Modelle von Merkmalen werden in der modernen Linguisitik zur Erforschung allgemeinster Bezeichnungen konstruiert, die zur linken Hemisphäre gehören und in den einen Sprachen mit grammatischen Mitteln ausgedrückt werden, in den anderen aber durch wortbildende oder lexikalische Mittel. Zum Beispiel werden grammatische Klassen der Verkleinerung und Vergrößerung durch „subjektive Einschätzung" in vielen afrikanischen Sprachen und in Wörtern wie „mehr", „weniger", „sehr" und dergleichen mit dem dualen Gegensatz „kleine Stufe"/„nichtkleine Stufe" beschrieben. In einem solchen Vergleich, der eine besondere semantische (grammatische) Kategorie bildet, ist das erste Glied markiert und das zweite basierend, was auch in der äußeren Morphologie des Baues entsprechender Formen zum Ausdruck kommt.

In der Sprachgeschichte werden sinngebende Wortteile gewöhnlich auch gegen ein Bedeutungsmerkmal (oder auch Phonem) ausgetauscht; zum Beispiel kann ein Suffix mit affektiver Diminutivbedeutung eine entgegengesetzte vergrößernde Bedeutung erlangen, wie in der Geschichte einiger Bantusprachen oder der Sprache der Eskimos.

Eine solche duale Garnitur von Merkmalen zur Klassifikation wird in letzter Zeit auch für die am meisten gebrauchten Wörter einer Sprache gebildet, die nicht mit der Bezeichnung konkreter Dinge zu tun haben. Aber hier ist die Anwendung einer solchen Garnitur von Merkmalen nur möglich bei kleinen Untersystemen von Wörtern eines beschränkten Kreises „halbgrammatischer" Bedeutungen, die mit der linken Hemisphäre zusammenhängen. Der Wortschatz als ganzer (einschließlich auch von Wörtern mit konkreten Dingbezeichnungen, die zur rechten Hemisphäre gehören) ist ein wesentlich komplizierteres System, dessen Anzahl von Elementen ($k \cdot 10^4$) um einige Größenordnungen die Anzahl der Einheiten des phonologischen Systems (10 bis 100) oder des Systems grammatischer Bedeutungen übertrifft.

Wie man sieht, ist die Beschreibung derart komplizierter Systeme in den Termini dualer Merkmale nicht zweckmäßig. Bei der Untersuchung kleiner Untersysteme von Wörtern mit abstrakten Bedeutungen werden duale Klassifikationsmerkmale ausgesondert, die oft nicht mit universellen grammatischen Merkmalen zusammenfallen, sondern auch für die Erforschung mythologischer und ritueller Systeme wichtig sind.

2.4 Binäre symbolische Klassifikation

Schon lange ist sicher, daß in sogenannten elementaren Gesellschaften (archaischen oder primitiven), das heißt in den meisten Kollektiven, deren Entwicklungsstand sich wesentlich von der heutigen europäischen Zivilisation unterscheidet, symbolische (Zeichen-)Systeme für die Klassifikation der Erscheinungen der Umwelt vorkommen. Aber auf die prinzipielle Ähnlichkeit dieser Klassifikationssysteme mit den dualen linguistischen Codes wurde man erst in den allerletzten Jahren aufmerksam.

Systeme, auf die Rituale gegründet sind, ritualisiertes (durch strenge Regeln vorbestimmtes) Verhalten, sowie Mythologie bei elementaren Gesellschaften beruhen auf dualen Gegensätzen des gleichen Typs, wie auch die Garnituren unterscheidender Merkmale zur sprachlichen Beschreibung. Am häufigsten geht es in den am einfachsten organisierten Systemen um zwei Reihen von Merkmalen oder Symbolen (Zeichen), von denen jeweils eines dem anderen entgegengesetzt ist.

Jedes Merkmal oder Symbol in einem solchen System steht in Beziehung zu einem ihm konträren und zu einer ganzen Serie von Merkmalen oder Symbolen, die zur gleichen Reihe gehören wie es selbst. Anders als bei phonologischen binären Systemen sind alle diese Reihen von Gegensätzen in bestimmten Kontexten gegeneinander austauschbar (synonym): Jedes Paar von Gegensätzen kann als Übersetzung des fundamentalen Gegensatzes „angenehm/unangenehm" betrachtet werden.

Die Situation, mit der sich der Erforscher „urtümlicher" (elementarer oder archaischer) Mythologie und Rituale konfrontiert sieht, läßt sich durch Vergleich mit modernen kybernetischen Modellen klarmachen, die einfachste Verhaltensweisen von Automaten beschreiben, das heißt von Objekten, die fähig sind, zu jedem Zeitpunkt $t = 1, 2 \ldots$ eine endliche Anzahl von Signalen $S \in (S_1, S_2, \ldots, S_N)$ zu empfangen und in Abhängigkeit davon ihren inneren Zustand zu ändern, durch den das vom Automaten auszuführende Verhalten $f \in (f_1, f_2, \ldots, f_X)$ bestimmt wird. In diesen Modellen wird angenommen, daß alle Signale S $(S_1, S_2, \ldots, S_N)$, die aus dem umgebenden Medium aufgenommen werden, von dem Automaten als günstig (Gewinn, $S = 0$) oder ungünstig (Verlust, $S = 1$) bewertet werden [7].

Genau ebenso verhält sich ein „primitives" Kollektiv und jedes seiner Mitglieder. Alle aus der Umwelt empfangenen Signale werden geschieden in für das Kollektiv, einen bestimmten Teil desselben oder ein Individuum günstig oder ungünstig. Dementsprechend werden Reihen unter diesem (und nur unter diesem) Gesichtspunkt gleichbedeutender Gruppen und Klassen von Signalen bisweilen recht abstrakter Natur gebildet.

Ungeachtet der maximalen geographischen und kulturellen Distanz solcher Systeme der Neuen Welt von angeführten analogen Systemen der Alten Welt (auch paläolithischen), kann man bei ihnen im Grunde die gleiche Garnitur dualer Klassifikationsmerkmale und -systeme erkennen. Erstaunliche typologische Ähnlichkeiten und Koinzidenzen werfen die Frage auf, ob nicht die Struktur dieser Systeme etwas Universelles, allen primitiven Stämmen Gemeinsames ist.

Ein Vergleich aller bis jetzt bekannter Fakten zeigt: Streng universell ist das Prinzip der Struktur und das Vorhandensein etlicher Paare von Kennzeichen (links – rechts, weiblich – männlich), während die Verteilung der Merkmale nach Reihen und die Zusammenhänge zwischen ihnen variieren können (wenn auch weniger frei, als in Systemen von Phonemen). Zum Beispiel gehört die Erde in einigen erwähnten Systemen zum weiblichen Element (wie auch der Mond); aber es überwiegen Traditionen, wo der Mond (die Mondsichel) mit dem männlichen, die Sonne aber mit dem weiblichen Prinzip verbunden ist.

Um den Grad der Universalität der Zusammenhänge zwischen bestimmten Paaren dualer Gegensätze zu untersuchen, ist das bezeichnendste Merkmal die Verbindung der Kennzeichen „links" und „weiblich", „rechts" und „männlich". Obwohl eine Verbindung der ersten beiden Kennzeichen in den meisten derartigen Systemen anzutreffen ist und schon für das altsteinzeitliche Zeichen der linken Hand angenommen werden kann, das anstelle des weiblichen Symbols auftritt, kommen nichtsdestoweniger auch Systeme vor, wo die Linke mit dem Männlichen korreliert ist.

In Ostafrika wurde eine ganzes Kulturgebiet entdeckt, in dem die linke und nicht die rechte Hand positive Bedeutung erfährt; manchmal kommt eine Inversion dieser Bedeutungen im Vogelflugorakel zum Ausdruck. Durch eine gleiche Inversion ist auch zu erklären, daß das lateinische Wort für „links" (auch bei den griechischen Wahrsagern in Rom) und „finster" (*sinistrum*) in der technischen Sprache der römischen Auguren, die sich anders nach den Himmelsrichtungen orientierten als die griechischen Wahrsager, die entgegengesetzte Bedeutung hatte, nämlich „günstig".

Hermann Weyl hatte diesen Umstand bemerkt und in seinem Buch über Symmetrie ihn zur Illustration der Willkürlichkeit und Konvenienz mythologischer Verwendung der Bezeichnungen „rechts" und „links" als Symbole solcher Gegensätze wie „gut" und „böse" angeführt ([99], S. 52/53). Weyl betonte die Äquivalenz der rechten und der linken Seite vom streng wissenschaftlichen Standpunkt aus – im Gegensatz zum mythologischen in dieser Hinsicht. Zugleich vermerkte er eine seiner Meinung nach durch Zufall zu erklärende Einführung von Asymmetrie auf frühen Stufen der biologischen Evolution. Es dürfte wohl sinnvoll sein, dies in Verbindung zu sehen mit der prinzipiellen Asymmetrie der zwei Reihen von Klassifikationsmerkmalen in allen Systemen des betrachteten Typs und deren Zusammenhang mit dem Gegensatz „links – rechts" im Prozeß der Menschwerdung.

Die Vereinigung beider gegensätzlicher Merkmale in derartigen Systemen erfolgt gewöhnlich in Form eines Rituals, das wie auch der zum Teil damit verbundene Mythos vor allem als ein Mittel anzusehen ist, entweder die Inversion gegensätzlicher Symbole zu erreichen oder deren Verschmelzung, oder auch schließlich, um Zwischenglieder zwischen den Gegensätzlichkeiten zu finden. Beispiele für Inversion gegensätzlicher Symbole, die ihre Plätze vertauschen, bietet etwa das Ritual der Adlerjagd bei den nordamerikanischen Indianern, wo Jäger und Beute ihre Stelle wechseln, wie auch die Erzählung „Dschan" von Andrej Platonow (die offenbar auf ähnlichen Vorstellungen beruht). Eine derartige Symbolvertauschung hat sich auch in volkstümlichen Karnevalsbräuchen erhalten.

Die Suche nach Zwischengliedern bei Kontrastreihen ist ein wichtiger Zweck der Struktur eines Mythos, der in dieser wie auch in manch anderer Hinsicht der Struktur eines Rituals nahesteht. Als ein bezeichnendes Beispiel kann man auf die Mythologie der Ainu (auf den Inseln Hokkaido und Sachalin) verweisen, wonach zu Beginn der Weltschöpfung alle binären Oppositionen (die nicht nur in der eingeborenen Ainu-, sondern auch in der japanischen Tradition vorkommen) invertiert waren: Die Männer besaßen weibliche Merkmale; die Ainu waren nicht hochgewachsen, sondern klein; die Plätze von Bergen und Meer (Gegensatz: oben/unten) waren vertauscht im Vergleich mit der späteren Zeit.

Die Funktion der Vereinigung von Gegensätzen wird auch in der symbolischen Rolle göttlicher Zwillinge beibehalten, die in dualistischen Mythen oft miteinander verbunden sind.

Das Hauptproblem für eine historische Untersuchung ist die soziale Interpretation der Schemata zur Beschreibung symbolischer Systeme der Klassifikation in den Termini dualer Merkmale. Dabei erweist es sich wie auch in der modernen Linguistik und anderen formalisierten wissenschaftlichen Disziplinen als zweckmäßig, sauber zu trennen zwischen dem Aufbau der Strukturen und deren anschließender Interpretation, für die besonders die Beziehungen zur sozialen Organisation wesentlich sind.

Für Gesellschaften mit einem System verbindlicher Heiratsvorschriften hängt die symbolische Klassifikation unmittelbar mit der sozialen Organisation zusammen, die in Gesellschaften dieses Typs vornehmlich durch Eheregeln bestimmt ist. Bei der Beschreibung solcher Gesellschaften ist es eine reale Aufgabe, ein einheitliches, „gesamthaftes" System darzustellen, das sowohl die symbolische Klassifikation wie auch die soziale Struktur enthält.

Als deutlichstes Beispiel kann man australische Systeme anführen, wo eine duale Gesellschaftsstruktur in Wechselbeziehung mit einer dualen symbolischen Klassifikation klar ersichtlich ist. Zum Beispiel besteht das Hauptmerkmal in der sozialen Struktur der Aranda wie bei der Mehrheit australischer Stämme in der Teilung in zwei exogame Hälften. Diese Gruppen hängen mit dem System dualer Klassifikationskennzeichen in der Weise zusammen, daß jedem einzelnen der konträren Merkmale jeweils eine exogame Stammeshälfte zugeordnet ist.

Gegensatzpaare im System der Aranda:
klein – groß
unten – oben
westlich – östlich
südlich – nördlich
Wasser – Erde
krauses Haar – glattes Haar
„Geber von Frauen" – „Nehmer von Frauen".

Ein charakteristisches Zeichen der Entwicklung einer dualen Organisation ist auch das Vorhandensein einer dualen symbolischen Klassifikation bei zwei Führern (später: Königen), die jeweils zu den beiden exogamen Stammeshälften gehören. Andere Merkmale sind: gegenseitige rituelle Bedienung (besonders bei Bestattungen), ritueller Wettstreit, Spiele und Feindschaft exogamer Hälften. Für eine duale Organisation ist es auch bezeichnend, wenn die exogamen Hälften einander Geschenke machen. Das können Frauen, materielle Gaben und Dienstleistungen sein. Jede duale Stammeshälfte ist einer der beiden Reihen der dualen Klassifikation und einem von zwei mythologischen Helden oder Göttern zugeordnet (am häufigsten sind das Zwillinge) [94].

Aber in dem Maße, wie ein zentralisiertes Regierungssystem, das der alten dualen Organisation überlagert ist, sich verfestigt, können auch so paradoxe Situationen entstehen, daß etwa ein real einziger König in sich zwei königliche Pflichten vereint, die den beiden dualen Hälften zukommen. Eine solche Situation kann man für das alte Ägypten rekonstruieren.

Spuren sehr alter dualer Beziehungen in Ägypten wurden von A. M. Solotarjow herausgefunden [94] und später unabhängig von ihm von F. N. Frankfort [100], nach dessen Worten „diese ungewöhnliche Konzeption in politischer Form die tief eingewurzelte Tendenz der Ägypter ausdrückte, die Welt in dualistischer Weise zu verstehen in Form einer ganzen Reihe paarweiser Gegensätze, die in unveränderlichem Gleichgewicht ausbalanciert waren. Das Weltall im ganzen wurde als ‚Himmel und Erde' vorgestellt."

In dieser Konzeption wurde die „Erde" ihrerseits wiederum dualistisch aufgefaßt (s. [101], S. 72–74), wie „Süd" und „Nord", wie die „Teile des Horus" und die „Teile des Seth", wie „zwei Länder" oder „zwei Ufer" (des Nils). Hier ist besonders das Auftreten einer mehrfach angewandten (iterativen) Dichotomie zu betonen. In diesem binären Weltmodell, das den oben für archaischere Kollektive beschriebenen ähnlich ist, wurde „Ordnung" (*ma'at*, eigentlich „Wahrheit" – vgl. auch altindisch *rita*; A. d. Ü.) als Gleichgewicht verstanden, das heißt als Resultat einer Neutralisation aller fundamentalen kosmischen binären Gegensätze.

Wie auch in anderen ähnlichen binären Systemen wurde der Gegensatz von linker und rechter Seite im alten Ägypten entsprechend mit einer günstigen und einer ungünstigen Entscheidung korreliert, besonders im Gerichtswesen. Wie Frankfort gezeigt hat, kann man eine indirekte Spur dualen Königtums nicht nur in der zweifachen Titulatur des Pharaos sehen – als Herrscher von Ober- und Unterägypten –, sondern auch in der Vorstellung vom Ka als Doppelgänger des Pharaos. Man kann den Ka als eine fiktive Größe ansehen, die unentbehrlich war für eine konsequente Durchführung der altägyptischen Idee der Doppeltheit aller Teile der Welt und der Regierung. Unter Bezug auf einige in der ägyptischen Kunst vorkommenden Darstellungen nahm Frankfort an, daß mit der Vorstellung von einem Doppelgänger (totem Zwilling, Ka) des Pharaos eine rituelle Rolle seiner Plazenta verknüpft war.

Diese Hypothese kann durch Vergleich mit analogen Vorstellungen in späteren afrikanischen Königreichen erhärtet werden. Bei den Badanga gab es ein besonderes rituelles Amt des Priesters, der die Nabelschnur des Königs hütete, welche dessen Zwilling genannt wurde. Diesem „Zwilling" war ein besonderer Tempel geweiht. Einmal im Monat bei Neumond brachte der Priester die Nabelschnur (den „Zwilling") zum König, der sie betrachtete, nachdem er sie aus einem Gewand von Baumrinde herausgenommen hatte, in das sie eingewickelt war. Dann gab er sie dem Priester zurück. Ähnliche Bräuche einer Verehrung der Nabelschnur oder der Plazenta als Zwilling eines Kindes kennt man auch bei vielen Völkern Afrikas wie auch Asiens.

Zwillinge sind die einfachste und passendste Form der Verkörperung einer Weltvorstellung, die sich auf das Gleichgewicht paariger Gegensätze gründet. Wenn es keine Zwillinge gibt, kann man sie durch fiktive Zwillinge ersetzen, wie das in Ägypten und anderen afrikanischen Länder geschehen ist.

Es muß bemerkt werden, daß gerade in Afrika bei den Dogon die Idee der dualen Natur alles Existierenden so weit getrieben wurde, daß dort Zwillingsgeburten als die einzig normalen galten und Zwillingsgötter als elementar. Der von den Dogon so weit gefaßte Begriff der Zwillinghaftigkeit oder Dualität alles Seienden (einschließlich der dualen Struktur des Weltgebäudes, der Natur, Herrschaft und Gesellschaft) kommt in ihrem Wesen schon einer solchen vorwissenschaftlichen Lehre wie derjenigen der Pythagoreer recht nahe.

2.5 Duale Kultur-Codes

Wenn man Spuren alter dualer Unterscheidungen nicht nur in der Struktur von Stämmen mit dualer Organisation sehen kann, sondern auch in alten Systemen sozialer Ränge und dem Doppelcharakter königlicher Pflichten, dann kann für die Geschichte von Kultur und Wissenschaft ein umso größeres Interesse beanspruchen, daß ebensolche Unterschiede auch in Lehren erhalten blieben, die der frühen Wissenschaft vorangegangen sind, und zwar in „reiner Form". Als eines der deutlichsten Beispiele muß die Lehre der Pythagoreer angeführt werden, bei denen alles auf solchen Gegensätzen aufgebaut war, wie „ungerade – gerade", welche mit dualen Paaren wie „männlich – weiblich" (ganz wie in alten Mythologien) in Beziehung gesetzt wurden. Deshalb sagte der bekannte Mathematiker van der Waerden: Die Pythagoreer „... betrachten das Gerade und Ungerade als die Elemente aller Dinge ..." (74], S. 158).

Aber wenn auch hinsichtlich Pythagoras die mythologischen Wurzeln einer solchen Vorstellung von „gerade – ungerade" so außer Zweifel stehen wie auch wohl bei den Lehren Altchinas, so ist es doch nicht statthaft, bei der Aufdeckung analoger Ideen bei den Denkern und Gelehrten der Neuzeit alles nur auf eine Fortsetzung der Tradition zurückzuführen.

Man muß ständig mit der Möglichkeit rechnen, daß neue Dualsysteme aufgestellt wurden, die nicht der Überlieferung entstammten, sondern nach arithmetischen Normen geschaffen wurden, die sich auch ebenso auf gezielte soziale Erziehung zur Rechtshändigkeit stützten wie auf biologische und physikalische Manifestationen von Asymmetrie und Parität, welche die Entfaltung eines dualen Systems von Gegensätzlichkeiten gefördert haben.

Daten aus der Kinderpsychologie lassen daran denken, daß das Kind in einer bestimmten Periode das Bild des Erwachsenen (insbesondere seiner Mutter) in zwei Bilder spaltet, ein gutes und ein schlechtes. Eine solche Zweiteilung (in Eigenes und Fremdes, ein gutes und ein böses Märchenland, wie Schwambraniya und dessen Widersacher) ist auch bei Kinderspielen zu beobachten.

Der vierjährige Johnny A. aus Alexandria (Ägypten) lebte in zwei Phantasieländern: Tana-Gaz und Tana-Pé. Tana-Gaz war höher und besser als Tana-Pé. Ein ruhiges Meer, in dem Johnny baden konnte, gab es in Tana-Gaz; ein stürmisches Meer, in dem man nicht baden konnte, befand sich in Tana-Pé. Johnnys Mutter lebte in Tana-Gaz, sein Vater in Tana-Pé.

Bei der Analyse dieses Falls hebt Lévi-Strauss hervor, wie wichtig es sei, daß der siebenjährige Johnny sich bereits dieses Systems geschämt habe, das einem dual-exogamen so nahe kam, und daß er so tat, als ob er sich nicht mehr daran erinnerte: „Johnny wächst in einer Gruppe auf, die keine bipolaren Strukturen benutzt, um das Phänomen von Wettbewerb und Gegenseitigkeit auszudrükken... . Darin konnte das von der kindlichen Einbildung hervorgebrachte Modell nicht den Wert eines Instruments bekommen" ([102], S. 236). Wenn die Annahme richtig ist, daß der Aufbau sich gegenseitig ausschließender Mutterbilder in einer bestimmten Perspektive den Inhalt der weiteren Entwicklung bildet, dann könnte man – in Übereinstimmung mit Wygotskijs Gedanken über Schizophrenie – in dieser Krankheit eine Rückkehr zu einem archaischen Komplex (Konglomerat) von Bildern sehen, die kein der gegebenen sozialen Wirklichkeit angepaßtes System bilden. Damit wäre auch die schizophrene Spaltung und Ambivalenz zu erklären. Nach den Worten von Aloise, einer an Schizophrenie Leidenden, die sich mit Malerei beschäftigte, „ist rote Farbe gut für Frauen, die schizophren sind", aber „schwarze Farbe verursacht Angst und gefällt nur Männern".

Individuelle Systeme binärer Gegensätze vom Typ der oben angeführten kollektiven archaischen entstehen mit den gleichen

Symbolen (farbigen, räumlichen usw.) auch in bedeutend späteren Epochen, wahrscheinlich wie unter dem Einfluß abergläubischer Traditionen, die sich als unbewußte Überbleibsel alter Zeichen gehalten haben, sowie kraft der Wirkung der erwähnten psychologischen (möglicherweise archetypischen) Tendenzen.

Als ein besonders klares Beispiel kann man das System von Robert Fludd (1577–1637) anführen. In seinem Buch [103] ist ein System von Gegensätzlichkeiten nach Kontrastpaaren dargestellt.

Gegensatzpaare in System von Robert Fludd:

linkes Auge – rechtes Auge
Mutter – Vater
Mond – Sonne
Finsternis – Licht
warm – kalt
Ruhe – Bewegung
Kompression – Expansion
Erstarrung – Verflüssigung
Schleim – Blut
Uterus – Herz.

Obwohl bei der Konstruktion dieses Systems durch Fludd für die Alchimie jener Zeit charakteristische Kontraste vom Typ „Gold-Quecksilber" mitgewirkt haben können, kann man darin (besonders auf Grund der ersten vier Relationen) einen Ausdruck auch solcher Dinge und abergläubischen Momente sehen, die unmittelbar auf ältere duale Traditionen zurückgehen konnten, die nur in Resten erhalten waren. Daß altägyptische Lehren Fludd beeinflußt haben sollen, ist eine wenig wahrscheinliche Hypothese angesichts des Fehlens klarer Zeugnisse eines direkten Zusammenhangs zwischen seinem System und solchen wie etwa dem der Pythagoreer.

Gleiche oder ähnliche duale Merkmale, gruppiert in einem System archaischen Typs, konnten auch später auftreten, um neue soziale Unterschiede auszudrücken. In einem bekannten Aufsatz Norman Mailers ist die Unterscheidung zwischen den Rebellen der modernen amerikanischen Gesellschaft (*hip*) und der ihnen entgegengesetzten Kategorie wohlhabender und wohlanständiger Leute (*square* – wörtlich: viereckig) in Form eines Systems von Kontrasten ausgedrückt ([104], S. 17), das nicht nur in seinem Aufbauprinzip, sondern auch nach den konkreten Äußerungen direkt mit dem oben angeführten zusammenfällt.

Gegensatzpaare im System von Norman Mailer:

Neger – Weißer
Nacht – Tag
Kurve – Gerade
Mord – Selbstmord
Marihuana – Alkohol
hip – square.

Der vorletzte Kontrast und der ihm vorausgehende sind besonders bezeichnend. Ein objektiv forschender Ethnologe könnte auf Grund solcher Daten auf eine totemistische oder symbolische Klassifikationsfunktion von Marihuana und Alkohol schließen und auf das Vorhandensein zweier Todesarten, wie in primitiven und altertümlichen Traditionen. Solche modernen Fakten sind nicht einfach ein Kuriosum; sie sind wichtig für die Verifizierung von Hypothesen im Falle solcher Gesellschaften, über die sich unsere Kenntnisse auf wenige alte Texte oder die Mitteilung eines einzigen Ethnographen beschränken.

Duale Weltmodelle, in denen jedes Phänomen einem von zwei emotional gefärbten Polen zugeordnet wird, werden in letzter Zeit einem wissenschaftlichen Verfahren gegenübergestellt, das den Dualismus archaischer Mythologien ausschließen will. Gegen die Konstruktion solcher „manichäischer" vereinfachter Schemata polemisierte Wiener, der Begründer der Kybernetik, indem er schrieb, daß im Unterschied zu den Wissenschaftlern „für Manichäer Weiß und Schwarz entgegengesetzte Formen sind, die gegeneinander ins Feuer geführt werden" ([105], S. 193).

Die Rolle solcher klassifizierenden Reihen dualer Gegensätze bleibt in der Kulturgeschichte, wo sie auf einer bestimmten Stufe keineswegs mehr mit so einfachen dual-exogamen Einteilungen zu tun haben, mit denen sie lange in Zusammenhang gesehen wurden, zwiespältig.

Das Prinzip der Dualität als solches bleibt in Kraft bis hin zur Wissenschaft unserer Zeit; aber die Wissenschaft wendet sich stets gegen emotionale Auffassung dualer Gegensätze. Letztlich liegt das Prinzip der Dualität allen bekannten frühen philosophischen und logischen Systemen zugrunde; aber in diesen ist recht früh die Abstraktion von konkret emotionaler Färbung paariger Gegensätzlichkeiten realisiert und die abstrakte Idee polarer Opposition (zum Beispiel in der indischen Logik bei Dignaga und Dharmakirti) formuliert worden.

2.6 Asymmetrie bei Zeichensystemen

In frühen philosophischen Lehren, zum Beispiel in der altchinesischen Theorie der gegensätzlichen Weltprinzipien Yang und Yin, sind die mythologischen Quellen dieser Konstruktionen noch deutlich zu sehen; aber auch ihre ethisch-philosophische Umdeutung kommt zum Ausdruck in solchen Behauptungen, wie: „Die Sonne leitet (das Prinzip) Yang, der Mond leitet (das Prinzip) Yin... Yang ist Moral, Yin ist Strafe“ ([106], Bd. 2, S. 47). Wohl ihre interessanteste Entwicklung erfuhr die Theorie der beiden gegensätzlichen Prinzipien Yang und Yin in ihren konkreten Anwendungen auf die Phänomene der Sprache und Kunst. Nicht nur in China, sondern auch in Japan wurde die Theorie der beiden Gegensätze, besonders ausgedrückt in der Opposition von gerade und ungerade, später in ästhetischen Werken angewandt, in denen eine unmittelbare Vorwegnahme der strukturellen Beschreibung von Kunstwerken in den Termini dualer Gegensätze, wie sie in unserer Zeit recht verbreitet ist, gesehen werden kann.

Es ist kein Zufall, daß S. M. Eisenstein das Prinzip ästhetischer Beschreibung durch die Termini Yang und Yin unmittelbar in seinen Werken benutzt hat (so ähnlich, wie ein anderer Kunsttheoretiker jener Zeit, Itten, ein derartiges Prinzip aus der altiranischen Tradition benutzt hat). Besonders in dem Aufsatz „Ach! Über die Reinheit der Kinosprache“ [107] erörtert Eisenstein in den Termini einiger fundamentaler dualer Kontraste (wie „gerade – ungerade“) Bilder aus einer Szene mit Jollen, die auf das Schiff zufahren, in seinem Film „Panzerkreuzer Potemkin“.

In einer viel beachteten Studie „Gerade und Ungerade“ [108] wendet Eisenstein ähnliche Prinzipien, die er zum Teil aus dem Arsenal alter chinesischer und japanischer Ästhetik entnommen hat, auf die Untersuchung eines Triptychons des japanischen Künstlers Utamaro an und überträgt danach die gleiche Methode auf die Untersuchung der „Dreifaltigkeit“ von Rubljow (Abb. 34). Er legt dar, „daß die ungewöhnliche Kraft der plastischen Lyrik“ eines leisen Glockengeläutes, von dem die Darstellung der „den Ursprung des Lebens in sich tragenden (kirchenslawisch, = ‚heiligen‘; A. d. Ü.) Dreieinigkeit“ Rubljows (1408) durchdrungen ist, in vielem davon abhängt, daß auch hier in den Figuren der drei Engel dasselbe Prinzip einer Kombination gerader und ungerader Elemente angewandt wurde.

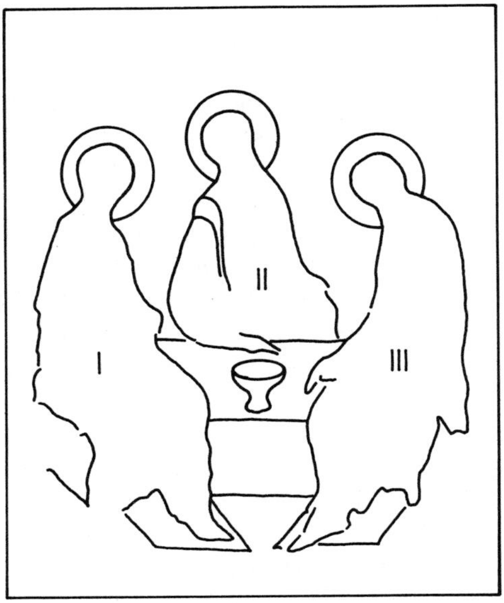

Abb. 34. Das Schema der „Trinität" Rubljows (nach Eisenstein).

Hier sind in vollkommener Weise auch dem Verhalten nach *gleichförmige* Elemente in *verschiedenen Gruppen* verteilt und *verbinden sie* dadurch *harmonisch*, während unterschiedliche Elemente das innere Leben gleichförmiger Gruppen beleben.

Von den drei Engelsfiguren befindet sich *eine* (ungerade der Zahl nach) an einem *geradzahligen Platz* der Reihe, und zwei (geradzahlig) in ungeraden Feldern (I und III).

Die zu *einer* Gruppe (*ungerade*) gehörenden *zwei* Engel sind spiegelbildlich *einander entgegengesetzt* hinsichtlich der Position von Körper und Umhang. Gleichzeitig sind die Elemente selbst (Umhang und Körper) zur *gleichen* Seite gewandt. Ein Zusammenhang mit der Zentralfigur der Gruppe wird dadurch hergestellt, daß I und II, die numerisch zu *verschiedenen* Gruppen gehören, nach Blickrichtung *entgegengesetzt* sind, aber gleichförmig sind hinsichtlich der Drehung der Figuren, während II und III, nach Blickrichtung gleichförmig, in der Haltung der Figuren kontrastieren.

So ergibt sich eine unablässige Gegenüberstellung von einem (ungerade) mit zweien (gerade):

Zwei Körper links kontrastieren durch ihre Drehung einem rechts (I, II–III);

zwei Gesichter rechts kontrastieren durch ihre Position einem links (I–II, III);

und (I, II–III) kontrastiert mit (I–II, III).

Eine ungerade Anzahl (eins) an Figuren in einem geraden (dem zweiten der Zählung nach) Feld ist dunkel, aber die ihr gegenübergestellte gerade Anzahl (zwei) in den ungeraden (I und III) Feldern sind dieser in der Farbe entgegengesetzt – sie sind hell.

In dem angeführten beachtlichen Musterbeispiel der überaus einfachen und überzeugenden Analyse der Ästhetik des genialen Meisterwerks Rubljows verdient die Untersuchung der Beziehungen zwischen dem linken und rechten Teil der Komposition besonderes Interesse. Dieses Problem haben auch viele andere Kunstforscher ([109], S. 45) erkannt, sowie Mathematiker ([99], S. 54).

Wölfflin, einer der bedeutendsten Kunstforscher des 20. Jahrhunderts, kam zu dem Schluß, daß die Wurzeln der ungleichmäßigen Wahrnehmung von rechts und links in der Kunst sehr tief liegen. In letzter Zeit wird diese Folgerung der Kunstforscher durch Untersuchungen über die funktionale Asymmetrie des Gehirns bestätigt [110]. Mit dieser Asymmetrie hängt es auch zusammen, daß die Augen sich vorzugsweise nach rechts bewegen (bei Rechtshändern mit dominanter linker Hemisphäre) [24, 32] und daß das rechte Gesichtsfeld eine entsprechende Sonderstellung hat.

Über diesem Problem grübeln nicht nur Kunstforscher, sondern auch sehr bedeutende Künstler. Der Held eines der letzten Romane Nabokows „Spaß mit Gauklern“ leidet an einer psychischen Störung, die für ihn links und rechts zu unumkehrbaren (absoluten, nicht relativen) Begriffen macht. In seinem Raumempfinden gibt es eine linke und eine rechte Seite, die nicht ihre Plätze tauschen können.

Dieses Problem stellt seinem Wesen nach den Teil einer bedeutend allgemeineren Frage dar. Es gilt zu klären, in welchem Maße die asymmetrische Struktur der Zeichensysteme des Menschen durch Asymmetrie der Funktionen des Gehirns bedingt ist. Eine positive Antwort auf diese Frage kann man nicht nur hinsichtlich der asymmetrischen Wahrnehmung des Raumes geben, sondern auch ungefähr bezüglich solcher Verhältnisse wie der Kontrastierung eines hohen und eines tiefen Tones. Dieses letztere hängt einerseits mit dem Unterschied der Funktionen der Hemisphären des Gehirns zusammen; andererseits spielt es eine wesentliche Rolle in den Systemen solcher dualer Oppositionen wie dem altchinesischen und einigen afrikanischen.

Aber die gestellte Frage hat noch weit allgemeineren Charakter. Eine grundlegende Besonderheit all jener frühen Systeme dualer Gegensätze, zu denen zurückzukehren auch spätere Systeme geneigt sind, ist eine deutliche Unterscheidung mit emotionaler Tönung: Positives – Negatives. Aber die letzten Forschungen auf dem Gebiet der funktionalen Asymmetrie der Hemisphäre führen zu dem Schluß, daß eine Ausschaltung (Inaktivierung) der „dominanten“ Hemisphäre zu scharf ausgeprägten negativen Emotionen führt und umgekehrt: Ausschaltung der rechten Hemisphäre bewirkt positive Emotionen [25]. Deshalb kann man sich vorstellen, daß ein bipolares System von Oppositionen, die emotional getönt sind, in die Organisation des Gehirns selbst „eingebaut“ ist.

Die letzte und komplizierteste Frage, die bei Betrachtung der Asymmetrie der Zeichensysteme des Menschen im Lichte der Asymmetrie der Hemisphären entsteht, hängt mit der Natur der wissenschaftlichen Vorstellungen von der Welt zusammen. Solche vorwissenschaftlichen Konzeptionen wie die pythagoreische lassen sich ziemlich leicht gerade mit jener Grundstruktur der Zeichensysteme in Verbindung bringen, die ohne Zweifel durch die Asymmetrie des Gehirns bedingt ist. Aber damit zugleich sehen Autoren jüngster Arbeiten über die allgemeine Theorie der Symmetrie in den pythagoreischen Lehren viele Züge, die auch mit der zeitgenössischen Wissenschaft harmonieren ([111], S. 13–22).

Auf überaus allgemeiner Ebene noch könnte man die wechselseitigen Zusammenhänge der Asymmetrie des Gehirns (und der durch sie bedingten Asymmetrie der Sprache und anderer Zeichensysteme) im Geiste des Prinzips von Curie sehen, die vorschlug, daß „Asymmetrie die Erscheinungen schafft“. Nicht ohne Interesse zeigen sich solche Ähnlichkeiten, wie man sie ans Licht bringen kann durch den Vergleich der Probleme der modernen Biologie (die nach Pasteur fundamentale Unterschiede der lebenden Natur in der Asymmetrie von Molekülen und der Physik der Mikrowelt sucht und ihre Aufmerksamkeit immer mehr auf Symmetrieprobleme konzentriert [1, 112, 113]) mit den Wissenschaften vom Menschen, die einen Zusammenhang zwischen der Asymmetrie des Gehirns und der Asymmetrie von Zeichensystemen suchen.

Einige zeitgenössische Forscher gehen auf dem Weg solcher Vergleiche recht weit. Manche von ihnen meinen, daß man die Bedeutsamkeit der linken Seite eines Organismus ganz allgemein bei den Wirbeltieren letztlich mit der Asymmetrie der lebenden Substanz auf molekularem Niveau in Verbindung bringen kann ([24], S. 182). Andere vergleichen die neuesten Entdeckungen auf dem Gebiete der Gehirnasymmetrie mit Ergebnissen der Mikrophysik, die eine kombinierte Geradzahligkeit festgestellt hat ([32], S. 190–197).

Auch hier, wie auf vielen anderen Wissensgebieten, erweist sich Goethe als ein Vorläufer der modernen Wissenschaft. Er kam um die Wende vom 18. zum 19. Jahrhundert unter dem Einfluß von Entdeckungen auf dem Gebiet der Elektrizität und des Magnetismus auf den Gedanken einer „urtümlichen Polarität" aller Naturerscheinungen. In den beiden Magnetpolen erblickte er ein „Urphänomen", das heißt ein Modell aller ähnlichen Gegensätzlichkeiten (darunter auch in der Theorie des Lichts und der Theorie des Schalls, mit denen er sich speziell beschäftigte). Nach Ansicht Goethes war Aristoteles, der die Rolle der Gegensätze für die wissenschaftliche Forschung durchaus kannte, doch nicht mit der Erscheinung der Verdoppelung der Einheit vertraut. Aber gerade eine solche Teilung der Einheit in ein Doppeltes hielt Goethe für äußerst wichtig, um die Polarität in der neuzeitlichen Wissenschaft zu verstehen ([2], S. 40, S. 139, S. 142, S. 145, S. 146, S. 272). Aus Goethes dem ersten Kapitel dieses Buches vorangestellten Worten sieht man, wie er sehr ernsthaft auch an die Verbreitung dieses Prinzips bei der Psyche des Menschen in deren Verhältnis zur rechten und linken Körperhälfte (auch Gehirnhälfte) heranging.

Der Gedanke, daß die Morphologie (das heißt die allgemeine Struktur) des Gehirns in der Morphologie der Zeichensysteme zum Ausdruck kommt, steht dem erweiterten Begriff von Morphologie bei Goethe selbst wie auch seinen Nachfolgern in der Wissenschaft der neuesten Zeit nahe. Moderne morphologische Modelle nicht nur in der Biologie, sondern auch in den Wissenschaften vom Menschen [42] können als unmittelbare Weiterentwicklung von Ideen Goethes verstanden werden. Dies kann man auch sagen hinsichtlich des binären („polaren", wie Goethe gesagt hätte) Zugangs zur Struktur des Gehirns und der Zeichensysteme. Über den „Plan" (oder „Typus" nach Goethe) der Struktur der Organismen entwickelte sich vor der französischen Akademie zwischen Saint-Hilaire (einem Anhänger Goethes) und Cuvier ein Streit, den Goethe für das wichtigste Ereignis des Jahres 1830 hielt* ([2], S. 307–309, S. 483, S. 484). Er bleibt auch für die moderne Wissenschaft von der Morphogenese ([42], S. 17) akut. Viele Ideen von Goethes Morphologie beginnen erst jetzt, wissenschaftliche Realität zu gewinnen.

Es dürfte möglich sein, eine Konkretisierung von Goethes Gedanken einer „Zweiteilung“ in der Rolle des Begriffs der Doppelheit in der modernen Mathematik zu sehen. Aber der Zusammenhang dieser Probleme (wie auch des Komplementaritätsprinzips von Bohr in weiterem Sinne) mit dem im vorliegenden Buch betrachteten erfordert noch eine spezielle Begründung.

---

* Zum Streit zwischen Saint-Hilaire und Cuvier s. J. W. v. Goethe, Gedenkausgabe. Naturwiss. Schriften. Zweiter Teil. S. 384/385 Artemis-Verlag. Zürich 1952. (A. d. Ü.)

3. Dialog

Der einzelne Mensch *für sich* hat das *Wesen* des Menschen *weder in sich als moralischem, noch in sich als denkendem Wesen.* Das Wesen des Menschen ist nur in der Gemeinschaft, in der *Einheit des Menschen mit dem Menschen* enthalten – eine Einheit, die sich aber nur auf die *Realität des Unterschieds von Ich und Du stützt... Die wahre* Dialektik ist *kein Monolog des einsamen Denkers mit sich selbst,* sie ist ein *Dialog zwischen Ich und Du.*

L. Feuerbach, „Grundsätze der Philosophie der Zukunft", § 59 und § 62.

3.1 Das Gespräch mit der Rechenanlage

Unter kybernetischem Gesichtspunkt kann man in sehr weitem Sinne als Prozesse des Informationsaustauschs zusammenfassen: Vorgänge zwischen den beiden Hemisphären des Gehirns, zwischen zwei Rechengeräten im Verbund eines Doppelmaschinenkomplexes und zwischen zwei verschiedenen Personen (besonders während einer Unterhaltung in gewöhnlicher, natürlicher Sprache). Ein besonderer und für die strukturelle Anthropologie besonders wichtiger Aspekt des Informationsaustauschs in der Gesellschaft ist der Fall einer Wechselwirkung zweier dualer Hälften, aus denen archaische Strukturen entstehen (s. Kap. 2) (Abb. 35).

Eine wichtige Entdeckung der strukturellen Anthropologie gelang Lévi-Strauss, wonach in diesem letzteren Fall der Austausch durch Heiraten erfolgt. In diesem Sinne kann man die Funktion der Eheschließung mit anderen Arten der Kommunikation (insbesondere Entgegnungen bei Gesprächen) zwischen zwei sozialen Gruppen vergleichen. Nicht umsonst ist für das Leben

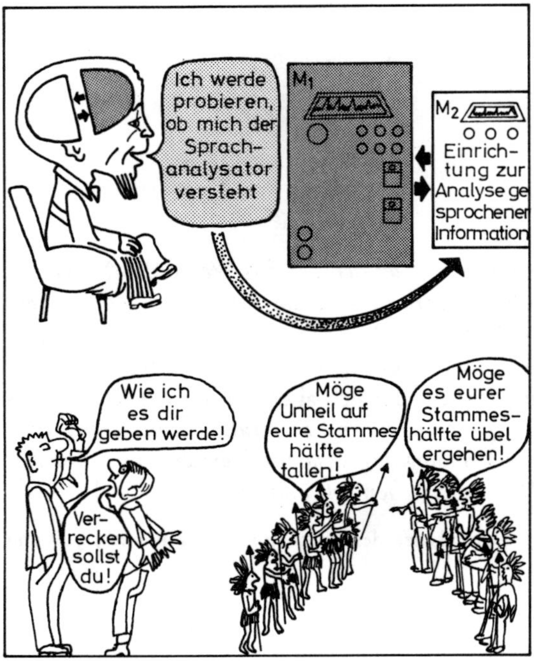

Abb. 35. Typen des Informationsaustauschs in einem kybernetischen Kollektiv aus zwei Komponenten.

arachaischer Gesellschaften typisch ein ritueller Austausch von Repliken (oder ein scherzhafter Wortwechsel) zwischen den beiden dualen Hälften, die auch durch Heiratsbeziehungen miteinander verbunden sind.

In diesem letzten Falle geht es um einen Dialog zwischen sozialen Gruppen, deren jede als ein Ganzes verstanden wird. Die Modellierung solcher Strukturen auf Rechengeräten ist eines der rasch wachsenden Gebiete von Anwendungen der Kybernetik auf die humanitären Wissenschaften. Insbesondere wurde in Entsprechung zu Modellen, die Lévi-Strauss entworfen hat, auf Rechenanlagen eine astronomische Anzahl von Ehetypen errechnet, die beim Übergang vom dualen Heiratssystem (nach Art der australischen) zu komplizierteren (nach Art der Omaha-Crow, das zum Beispiel bei den Irokesen und im alten Rom galt) möglich sind. Der Informationsaustausch wurde nach und nach schwieriger.

Informationsübertragung vom Menschen auf die Rechenmaschine und umgekehrt sowie von einer Rechenmaschine auf eine andere führt dazu, daß Menschen und Maschinen ein einziges Kommunikationssystem bilden. In diesem Sinne kann man von einer Gemeinschaft sprechen, die zwischen Menschen und Rechenmaschinen besteht. Die Kommunikation wurde in einem solchen kybernetischen Kollektiv auf den ersten Etappen fast ausschließlich mittels künstlicher Sprachen vollzogen, in denen Programme für die Maschinen geschrieben wurden. Aber die Programmsprachen nähern sich allmählich den gewöhnlichen menschlichen, natürlichen Sprachen. Um die Programmiersprachen für die Leute bequemer zu machen, schließt man bei ihnen in den letzten Jahren Eigenheiten aus, die sie früher von der natürlichen Sprache unterschieden.

Damit zugleich wird die gewöhnliche natürliche Sprache immer häufiger als Hauptmittel für die Kommunikation zwischen Mensch und Maschine angewandt. Zunächst einmal, vor zwanzig Jahren, wurden der Maschine Befehle und Fragen eingegeben, die nur aus vereinfachten Phrasen der gewöhnlichen Sprache bestehen konnten. Solche vereinfachten Phrasen konnte man anwenden, wenn man sich in mündlicher Sprache an die Maschine wandte. Eine Vereinfachung war hier nötig wegen der besonderen Schwierigkeiten, die das Gerät bei der Erkennung mündlicher Rede hat. Aber hinsichtlich schriftlicher Sprache gibt es schon Programme, die hinreichend gut mit dem grammatischen Bau der Sätze fertig werden und den Sinn eines Wortes durch ein Lexikon ermitteln. Man möchte der Maschine aber auch beibringen, wie in der Sprache die Außenwelt beschrieben wird, das heißt jene Voraussetzungen, auf denen das Verstehen der Sprache beruht.

Als einfaches Beispiel eines Gespräches zwischen elektronischer Rechenmaschine und Mensch in schriftlicher natürlicher Sprache kann ein Experiment angeführt werden, das im Laboratorium für künstliche Intelligenz des Massachusetts Institute of Technology unternommen wurde [115]. Befehle und Erläuterungen gibt der Mensch in Gestalt von Sätzen in natürlicher (englischer) Sprache in die Maschine ein; und deren Antworten (auch als Phrasen in englischer geschriebener Sprache) werden auf einem Bildschirm sichtbar. Eine von der Maschine gesteuerte „Hand" kann auf einem Tisch kleine Würfel und Pyramiden umstellen [17]. Ein solches System reproduziert sozusagen das Verhalten eines gehorsamen Kindes, das im Kindergarten mit einem erwachsenen Erzieher spielt. Daß die Maschine wirklich einige Sätze in natürlicher Sprache versteht, zeigt ihr Verhalten: sie führt die Befehle aus, die in diesen Sätzen enthalten sind.

Um einen Befehl auszuführen, muß der Roboter einen Gegenstand auf Grund einer Beschreibung finden. Das Programm muß dafür alle Gegenstände ausfindig machen, die der gegebenen Bedingung entsprechen („alle großen, roten Würfel finden"). Wenn auch nur ein einziger solcher Gegenstand gefunden wird, gilt die Arbeit des Programms als erfolgreich. Werden mehrere

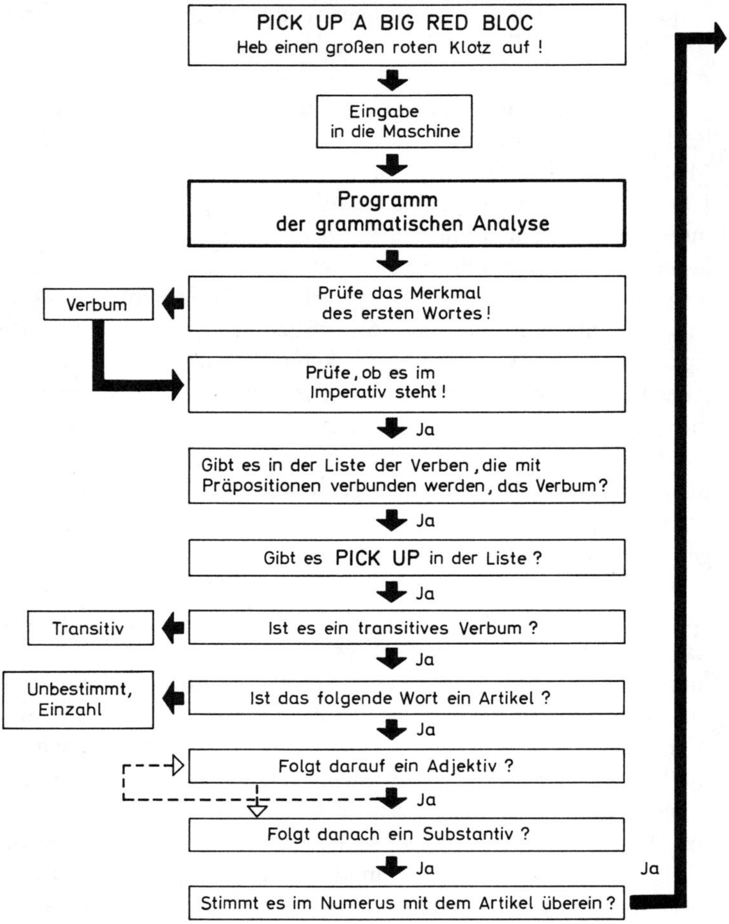

Gegenstände gefunden, die den gegebenen Bedingungen entsprechen, dann wählt die Maschine unter ihnen einen solchen aus, der am bequemsten zu benutzen ist, zum Beispiel einen Würfel, auf dem kein anderer Würfel liegt, oder einen Würfel, der sich der „Hand" des Roboters am nächsten befindet.

Das Programm prüft, ob der Befehl ausgeführt werden kann, der laut Anweisung mit diesem Gegenstand erfolgen soll. Der Befehl *„heb auf!"* bedeutet für den Roboter zwei aufeinanderfolgende Handlungen: *den Gegenstand fassen* und *die Hand erheben.*

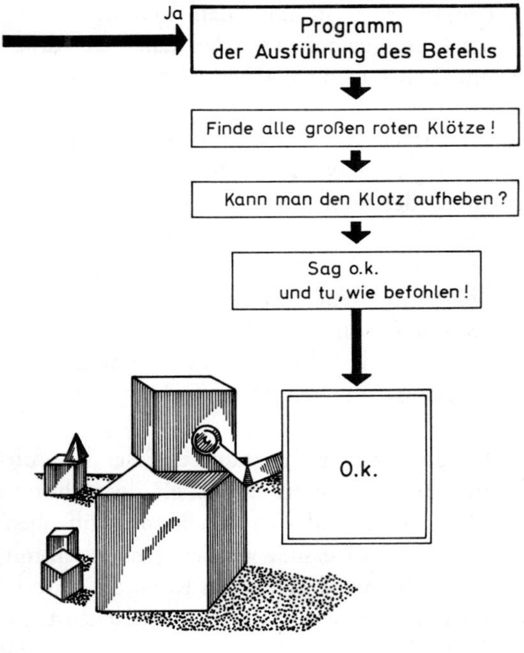

Abb. 36. Gespräche mit einem Roboter im Laboratorium für künstliche Intelligenz.

Nachdem die Maschine sich vergewissert hat, ob der im Befehl genannte Gegenstand („Würfelchen") überhaupt aufgehoben werden kann, kann sie dem Menschen auch antworten: „*o. k.*" („in Ordnung"). Diese Antwort zeigt das System jedesmal auf dem Schirm an, wenn es beginnt, einen Befehl auszuführen (falls bei der Maschine nach der Erkennung der Phrase in natürlicher Sprache keine Rückfragen an den Menschen auftauchen). Zur Ausführung des Befehls muß der Roboter zunächst einen grünen Würfel wegnehmen, der auf jenem großen roten Würfel liegt, den aufzuheben ihm aufgetragen wurde (Abb. 36). Die automatische Analyse des Textes, die der Roboter vornimmt, beruht darauf, daß im Englischen eine wesentliche Information über den Typ des Satzes bereits aus seinem ersten Wort gewonnen werden kann – im vorliegenden Fall ein Verbum –, aber auch ein adverbialer Ausdruck mit unbestimmten Artikel.

Der an diesem Spiel beteiligte Roboter kann dem Menschen auf Fragen antworten, wie zum Beispiel: „*Ist in dem Kasten ein Würfel?*" Bei seiner Antwort ist der Roboter (wie es auch im gewöhnlichen Gespräch zwischen Menschen zu sein pflegt) nicht auf die Bestätigung „*Ja*" beschränkt, sondern fährt fort: „*Ja, ein roter Würfel*", als ob man ihn gefragt hätte: „*Was für ein Würfel ist in dem Kasten?*" Der Roboter vollzieht solche Eigenheiten der menschlichen Umgangssprache deshalb, weil sein Programm sogar für das Verstehen der Voraussetzungen dieser Sprache Vorschriften enthält.

In den USA werden gegenwärtig Programme dieser Art, die gesprochene Rede verwenden, für Geräte entwickelt, die nicht nur wie Kinder mit Würfeln spielen, sondern „erwachsene" Aufgaben lösen. An der Kalifornischen Universität wurden gemeinsam mit dem Forschungsinstitut von Stanford Teile eines Roboters „Jason" konstruiert, der für das Reinemachen in Fabriken gedacht ist. Er versteht etwa 200 englische Wörter (für das Erkennen jedes Wortes braucht er ungefähr 2 Sekunden) und kann mit Hilfe einer besonderen elektroakustischen Einrichtung selbst 20 Wörter in vereinfachtem Englisch aussprechen. Der geringe Umfang des Wortschatzes, der auch zur Vereinfachung der Sprache zwingt, erklärt sich durch die spezifischen Schwierigkeiten der Analyse und Synthese der mündlichen Sprache.

Jedes derartige System einer Kommunikation zwischen Mensch und Maschine löst zwei miteinander zusammenhängende Aufgaben: Die Maschine muß die ihr eingegebenen Phrasen einer natürlichen Sprache *verstehen* und danach in ihrer Maschinensprache solche logischen Operationen ausführen können, die es ihr gestatten, eine *sinnvolle Antwort* zu geben.

Am Stanforder Forschungsinstitut wurde ein Roboter entwikkelt, der Berufsschüler in Montagearbeiten unterweisen soll. Der Roboter versteht Fragen der Kursteilnehmer in vereinfachter (standardisierter) englischer Sprache und antwortet darauf, entweder durch Synthese einiger englischer Wörter (*o.k.* = gut!; *how* = wie?) oder, indem er einen Laserstrahl auf dieses oder jenes Detail richtet. Mit anderen Worten: der Roboter kann wie bei gewöhnlicher Kommunikation zwischen Menschen auf Wörter mit Handlungen reagieren.

Besonders wichtig scheint es, daß die Maschine dem Menschen mal mit Wörtern und mal mit anderen, optischen Mitteln antwortet.

Konkurrenz zwischen visuellen und akustischen Mitteln der Informationsübertragung ist charakteristisch für die moderne Gesellschaft im ganzen, einschießlich des kybernetischen Systems Mensch-Maschine. Wenn man den Anfang der Lautsprache (und der Bedeutungszunahme der Rolle der linken Hemisphäre) in jene Zeit legen kann, da der Vorfahr des Menschen Werkzeug mit der rechten Hand (bei Unterstützung durch die linke) herzustellen begann, dann gehört die Krise in den Kommunikationsmitteln in jene Periode, wo diese Funktion allmählich auf automatische Manipulatoren übergeht.

Die fundamentale Rolle der dualen Kontrastierung „links – rechts“ (linke Hand – rechte Hand) in den alten hieroglyphischen Symbolen des oberen Paläolithikums und den diese Tradition fortsetzenden, nachfolgenden binären Codes der Kultur läßt uns an den Gedanken von Leroi-Gurhan denken, wonach eine Änderung der Funktionen der Hände in der modernen Gesellschaft auch seriöse Folgen in der Kunst zeitigen kann. Solche anscheinend inhomogenen Erscheinungen wie die Automatisierung der Produktion und die nichtgegenständliche (abstrakte) Kunst (die ihrem Wesen nach hieroglyphisch ist, aber nicht sprachlich), können sich als miteinander zusammenhängend erweisen ([116], S. 31).

Es ist nicht ausgeschlossen, daß die zahlreichen Aufrufe, die zunehmende Rolle visueller Medien in der modernen Welt zu beachten, bedeutsame Wahrheiten enthalten. Dabei ist zu betonen, daß es vor allem um solche Mittel visueller Übermittlung von

Information geht (wie Fernsehen und moderner Film, der sich immer mehr dem Dokumentarischen nähert), die auf die konkrete Aufnahme der Realität des heutigen Tages ausgerichtet sind. Das sind Medien, die sich unmittelbar an die rechte Hemisphäre des Gehirns wenden.

Es stellt sich die Frage: Befindet sich der vorhin beschriebene Knabe, der aus seinem Laufstall in den Fernseher schaut, in der Lage eines Menschen, der genötigt ist, die Lautsprache wieder gegen die visuelle zu vertauschen, so wie vor Jahrzehntausenden die visuelle Sprache durch die phonetische abgelöst wurde? Die Menschheit kann ebenso wenig die Entwicklung der visuellen Informationsmedien aufhalten, wie es unmöglich ist, den Gang der wissenschaftlichen Erkenntnis aufzuhalten. Aber im einen wie im anderen Falle ist es nützlich, die Folgen der sich abzeichnenden Entwicklung im voraus zu planen.

Die allmähliche Verlagerung in Richtung auf visuelle Medien der Informationsübertragung beginnt sich auch in dem kybernetischen Kollektiv abzuzeichnen, das aus Menschen und Rechenanlagen besteht. Doppelmaschinenkomplexe, bei denen der eine Teil auf die optische Ausgabe von Information (auf dem Anzeigeschirm) hin orientiert ist, sind gewissermaßen wie eine Aufteilung des menschlichen Informationskomplexes in die beiden Hälften seiner Hemisphären. In diesem Falle ist die Einrichtung für Informationsausgabe bei dem Rechensystem optisch und nicht akustisch, wie es beim Menschen die Norm ist, während derjenige Teil der Rechenanlage, der die Grundoperationen mit den Begriffen vornimmt, ein Analogon zu der logisierten linken Hemisphäre darstellt.

Die Wechselwirkung von Maschine und Mensch, die sich solcher optischen Mittel bedient wie eines Bildschirms, bewirkt ohne Zweifel ein Übergewicht für die schnelle Ausgabe großer Informationsmengen, welche die rechte Hemisphäre bedeutend rascher verarbeiten kann, als die linke Hemisphäre mit sprachlicher Information fertig wird. Deshalb ist es möglich, daß die optimale Form für Kommunikation zwischen Mensch und Maschine ein Gespräch ist, bei dem sich der Mensch in natürlicher Sprache an die Maschine wendet, aber die Maschine einen wesentlichen Teil der Information durch verschiedene visuelle Codes nach Art der Kinosprache übermittelt.

Für das menschliche Gehirn besteht eine bedeutende Gefahr darin, daß visuelle Mittel der Informationsübertragung in erheblich höherem Maße als akustische die Schutzschranken des Gehirns überwinden können, da die mit Hilfe der Augen einzugebende Information unvergleichlich größer ist als die mit akustischen Codes übertragbare. Nicht umsonst hält in dem wissenschaftlich-phantastischen Roman des englischen Astrophysikers Hoyle „Die schwarze Wolke“ das Gehirn des Gelehrten nicht die gesamte Informationsmenge aus, die ihm mittels Fernseher eine gigantische denkende Wolke zuschickt.

Die biologische Theorie der Prägung (imprinting), nach der jener Teil des Verhaltens eines Organismus, der nicht von ererbten Programmen abhängt, in großem Maße durch seine ersten Eindrücke bestimmt wird, nachdem er das Licht der Welt erblickt hat, stimmt mit den allgemeinsten Prinzipien der Psychoanalyse überein. Danach werden die Verhaltensprogramme eines Erwachsenen wesentlich durch Traumata präjudiziert, die er in seiner vorsprachlichen Periode erleidet.

Weniger real ist aber die Annahme, daß man diese Traumata beim Gespräch während der psychoanalytischen Sitzung ergründen kann. Dazu müßte man voraussetzen, daß die in der vorsprachlichen Periode aufgebauten Programme nach Aneignung der Sprache in natürliche Sprache umgeschrieben werden. Viel realistischer wäre es anzunehmen, daß diese Programme in der nichtsprachlichen Hemisphäre in einer von der verbalen unterschiedenen Form aufbewahrt werden. Mit einer solchen Auffassung stimmte der hieroglyphische Charakter der Symbole des Unterbewußtseins überein, welchen die Psychoanalyse annimmt, und auch die außerordentliche Schwierigkeit, sich bewußt an die vorsprachliche Periode zu erinnern (es gibt nur vereinzelt Zeugnisse von Personen, die sich an ihre früheste Jugend erinnern konnten, wie Andrej Belyj). Auf das Unterbewußtsein können visuelle Muster einwirken.

Eine mögliche Gefahr der Einwirkung visueller und anderer nichtverbaler Medien der Kommunikation auf das Unterbewußtsein läßt sich an dem folgenden Beispiel erläutern. Auf den niederen Stufen der Evolution haben chemische Signalmittel eine ungeheure Bedeutung (bei den Wirbellosen). Aber in der menschlichen Gesellschaft wie auch bei den höchst entwickelten Affen spielen sie bei der bewußten Kommunikation fast gar keine Rolle. Für weniger bewußte und unbewußte Situationen der Kommunikation und Stimulationsmittel bleiben sie jedoch wichtig.

Man kennt ganze Typen menschlicher Kulturen, besonders im alten vorkolumbianischen Amerika, die der Gefahr chemischer Stimulation unterworfen waren (durch Benutzung von Pilzen, die visuelle Halluzinationen bewirken). In solchen Kulturen wurde die künstliche chemische Reizung unterer Hirnabschnitte als eine besondere Form des Umgangs mit der Gottheit angesehen. Mit anderen Worten: die Narkomanie war ein sehr wichtiger Bestandteil der geistigen Kultur. (Eine zum Teil ähnliche Situation bietet die finstere Utopie „Schöne neue Welt“ von Aldous Huxley.) Diese historische Erfahrung ist offenbar ein nützliches Zeugnis dafür, daß manche Typen der Signalisation und Stimulation, besonders chemische, aus der menschlichen Kultur verbannt werden sollten.

Noch allgemeiner könnte man für die Notwendigkeit einer sozialen Hygiene der Kommunikationsmittel plädieren, darunter auch solcher Mittel, die man im Rahmen des Systems Mensch-Maschine anwenden kann.

3.2 Natürliche und künstliche Sprachen

Ein Vergleich der natürlichen Sprache mit künstlichen (besonders mit den Sprachen der mathematischen Logik) ist nicht nur nützlich für die Lösung von praktischen Aufgaben der Kybernetik wie der Übersetzung aus einer „äußeren“ (natürlichen) Sprache in eine „interne“ (maschinelle). Vielmehr wirft ein Vergleich dieser Sprachen auch Licht auf deren historisches Verhältnis ([80], S. 59).

Durch Vergleich künstlicher Sprachen der Mathematik (besonders der mathematischen Logik) mit verschiedenen Typen natürlicher Sprachen kann man bis zu einem gewissen Grade in die Geschichte dieser Ausdrucksformen eindringen. Spezialisten für mathematische Logik haben schon seit einigen Jahrzehnten ihre Aufmerksamkeit der weitgehenden Ähnlichkeit zwischen der natürlichen Sprache und einer logischen Sprache, nämlich dem Kalkül der Prädikate, zugewandt. In dieser logischen Sprache werden die Dinge von den Eigenschaften (Prädikaten) getrennt, welche man diesen Dingen zuschreibt. Die Prädikate werden durch Zeichen von Funktionen mit Leerstellen bezeichnet, in die Bezeichnungen von Gegenständen (Individuen) eingesetzt werden können. Wenn mit dem Zeichen *P* das Prädikat *eine natürliche Zahl sein* bezeichnet wird, dann bedeutet der Ausdruck *P(3): 3 ist eine natürliche Zahl.*

Leerstellen bei Prädikaten können mit Variablen ausgefüllt werden. *P(x)* bedeutet: *x ist eine natürliche Zahl.* In der Sprache des Prädikatenkalküls entsprechen Individuen und Variable gewissermaßen Substantiven, und Prädikate Verben der natürlichen Sprachen. Zugleich damit gibt es im Prädikatenkalkül auch Elemente, die in bestimmtem Sinne Pronomina entsprechen, wie „ganz", „all", „jeder" ($\forall$ Quantor der Generalisation); $\forall x$ bedeutet: *für alle x gilt;* $\exists x$ bedeutet: *für manche x gilt* (oder: *es gibt ein x derart, daß...*).

Quantoren und allgemein Operatoren, das heißt „grammatische" Hilfselemente der logischen Sprache (von denen die Quantoren ein Sonderfall sind), werden immer bei einigen Variablen angewandt, ähnlich wie die grammatischen Artikel in Sprachen wie Englisch, Deutsch und Französisch immer mit Substantiven verbunden werden. Quantoren der Generalisation und Existenz sind auch ihrer Bedeutung nach mit dem unbestimmten Artikel in diesen Sprachen vergleichbar. Dem bestimmten Artikel entspricht der logische Operator der Deskription ι.

Variable, die Quantoren der Allgemeinheit oder Existenz zugeordnet sind, heißen gebundene Variable (im Unterschied zu freien). Wirkungsbereich eines Quantors nennt man jenen Teil einer Formel, auf den er sich bezieht; man kann ihn mit jenem Teil eines Satzes vergleichen, auf den sich zum Beispiel in der englischen Sprache der Artikel bezieht (*a big red block* etwa).

In der Sprache des Prädikatenkalküls gibt es Operatoren, die der Verneinung entsprechen ($\neg$) und einige, die Verbindungen bei der natürlichen Sprache entsprechen; & (teilweise: *und*), $\vee$ (*oder*), und $\rightarrow$ (*wenn... dann*). Alle diese Entsprechungen zwischen Russisch oder Englisch einerseits und dem Prädikatenkalkül andererseits sind indessen nicht einfach und nicht eindeutig. Deshalb ist ein Vergleich einer natürlichen Sprache mit den Sprachen der mathematischen Logik, besonders zum Zwecke der Aufstellung von Regeln für die automatische Übersetzung aus einer Sprache in eine andere, eine recht schwierige Aufgabe, an der seit einigen Jahrzehnten Mathematiker, Logiker und Sprachforscher mit Erfolg arbeiten.

Wesentliche, in den Anfangsstadien dieser Arbeit auftretende Schwierigkeiten sind bedingt durch einige Unterschiede zwischen der Sprache des Prädikatenkalküls und solchen natürlichen Sprachen wie der russischen. In der Prädikatenkalkülsprache gibt es kein Element, welches unmittelbar der Determinierung entspräche (wie zum Beispiel im Russischen: *bol'šoj* = ein großer...; das Russische kennt ebenso wie das Lateinische keinen bestimmten bzw. unbestimmten Artikel. A. d. Ü.). Als wichtigste Art der Determinierung kann man in einer Sprache wie der russischen einen prädikativen (Nominal-) Satz ansehen. Aus solchen ergeben sich alle anderen Determinationen: „grüner Würfel" bedeutet soviel wie „ein Würfel, welcher grün ist". Ein Roboter, der mit einem Menschen mit Würfeln spielt, muß einen Satz verstehen von dem Typ: „die Farbe des Würfels – grün". Wenn er solche Sätze versteht, vermag der Roboter auch Phrasen zu verstehen wie „Nimm grünen Würfel", was bedeutet: „Nimm denjenigen Würfel, dessen Farbe grün ist!"

Einem bekannten Typ determinierender Sätze der natürlichen Sprache entspricht der logische Operator *(ɿ) S(x)*, was besagt: „genau jenes *x*, welches die Eigenschaft *S* hat" (das Symbol *ɿ* ist ein umgedrehtes griechisches Jota, deshalb spricht man auch von Jota-Operator). Der Jotaoperator gilt für alle Sätze mit *x* als freier Variablen. Zum Beispiel bezeichnet *(ɿx) (Px*&¬Qx) „jenes individuelle Objekt, welches die Eigenschaft *P* besitzt und nicht die Eigenschaft *Q*".

Deskript nennt man das Objekt, für das eine Beschreibung (Deskription) gegeben wird. Falls nur ein einziges Objekt existiert, das der Bedingung genügt, welche dem Wirkungsbereich des Jota-Operators entspricht, dann erfüllen Deskription und Deskript die Bedingung der Einzigartigkeit (Singularität). Nach der Interpretation der Deskriptionen im System von Hilbert und Bernays, dessen individuellen Objekte die natürlichen Zahlen sind, sind Deskriptionen nur in dem Falle zulässig, wenn sie der Bedingung der Singularität genügen.

Auch in der natürlichen Sprache wird notwendigerweise Existenz und Einzigartigkeit des Objektes angenommen, das in determinierenden Sätzen jenes Typs beschrieben wird, der Deskriptionen entspricht. Ein solcher Satz ist etwa: „Der Schriftsteller, welcher ‚Jurij Miloslawskij' schrieb, lebte zur Zeit Gogols". Es wird angenommen, daß eben jener Schriftsteller der einzige Autor von „Jurij Miloslawskij" war und daß die Tatsache seiner Existenz unbestreitbar ist.

In solchen Fällen, wo es in determinierenden Sätzen der natürlichen Sprache nicht um individualisierte Objekte geht, benutzt man bei der Übertragung dieses Sinnes in die logische Sprache Variable, die mit dem Quantor der Generalisation (für alle) $\forall$ oder Partikularisation (für manche...) $\exists$ verbunden werden. Dadurch erklärt es sich, daß der Roboter den Satz in natürlicher Sprache „pick up a big red block" („Nimm einen großen Klotz, dessen Farbe rot ist!") in den Befehl übersetzt: „Finde alle großen roten Würfel!" Dem Quantor $\forall$ entspricht in dem vorgegebenen Satz der unbestimmte Artikel *a*.

Wenn in einem Satz der bestimmte Artikel verwendet ist (the big red block = dieser einzige große rote Klotz), dann kann man bei der Übertragung in logische Sprache den Jota-Operator verwenden ([76], S. 176, Anm. 3), aber nur dann, wenn die Deskription der Bedingung der Singularität genügt. Eben darum realisiert der Roboter den Befehl „pick up the big red block" („Nimm diesen – einzigen – großen roten Klotz!") sofort als eine Operation mit einem konkreten Objekt (ohne vorherige Auswahl von Gegenständen aus einer gewissen Menge); aber nur in dem Falle, daß es nur ein einziges solches Objekt gibt. Andernfalls hält der Roboter an und verlangt eine Erklärung, welcher Gegenstand in Betracht kommt.

Wenn man die natürlichen Sprachen mit den logischen vergleicht, kann man in einigen natürlichen Sprachen gewissermaßen fossile Spuren jenes Weges erkennen, auf dem der Mensch zur Entdeckung der Mathematik gekommen ist. Schon Spinoza hat bemerkt, daß in der Vorstellung eines Menschen, der einen Sesterz und eine Drachme (oder, um das Beispiel unserer Zeit anzupassen: einen Dollar und einen Franc) in der Hand hält, solange nicht der Begriff „zwei" entsteht, bis er ein allgemeines Merkmal an diesen beiden Gegenständen entdeckt und begreift, daß das zwei Münzen sind. Viele natürliche Sprachen haben in den Zahlwörtern oder besonderen numerischen Mengenbezeichnungen Spuren aus einer Zeit bewährt, in der man konkrete Vielheiten von Dingen zu zählen pflegte. Für eine jede solche konkrete Menge gab es eine besondere Zahlbezeichnung (Deutsche Beispiele: Dutzend, Mandel, Schock usw.; A. d. Ü.).

Umgekehrt kommen einige andere natürliche Sprachen im Ausdruck der Idee der Zahl eher an solche modernen logischen Theorien heran, in denen Mengen betrachtet werden, ohne jegliche Präzisierung, aus welchen individuellen Objekten sie bestehen ([76], S. 405). In solchen natürlichen Sprachen werden Ausdrücke vom

Typ *zwei* als quantitative Prädikate wiedergegeben (aus einer Zweiheit bestehen). In diesen Sprachen wird der Zahlbegriff als Prädikat eines Prädikates eingeführt: *die vier Himmelsrichtungen* wird als Prädikat verstanden: *eine Vierheit sein* vom Prädikat: *Himmelsrichtungen sein; zwei Münzen* als Prädikat einer *Zweiheit* vom Prädikat des *Münzenseins.* In der modernen chinesischen Phrase „dieser Tisch hat drei Beine" (buchstäblich: „dieser Tisch – drei Beine") besteht das Prädikat aus dem Zahlwort „drei" und einem Klassifikator für lange Gegenstände (wörtlich: „Zweig"). Wörtlich besagt dieser Satz: „Dieser Tisch – seine Beine (als ein unabtrennbarer Teil desselben) besitzen die Quantität von drei, wobei sie lange Gegenstände sind".

Je nachdem, wie nahe sie dem einen oder anderen Typ einer künstlichen logischen Sprache kommen, unterscheiden sich verschiedene natürliche Sprachen voneinander. Eine Charakterisierung der Eigenschaften einer natürlichen Sprache im ganzen muß auf Grund eines Vergleichs aller bekannten natürlichen Sprachen untereinander vorgenommen werden. Es gibt keinen Grund dafür, eine davon (zum Beispiel Englisch) als Normalmaß für natürliche Sprache herauszugreifen und die anderen Sprachen für weniger repräsentativ zu halten.

In letzter Zeit wurde der Gedanke geäußert, daß ein Modell des Sinns fundamentaler Verbindungen von Verben mit Substantiven (als Objekten oder Subjekten) in einer europäischen Sprache wie dem Französischen auch der formalisierten Sprache der Newtonschen Mechanik ähnlich wäre [42, 46]. Vielleicht muß man diese Analogie (im Sinne des Gedankens J. von Neumanns über den historischen Charakter der Mathematik, wonach sie eine dem Sanskrit ähnliche Sprache wäre ([80], S. 59)) durch einheitliche Entstehung erklären. Die Mathematik Newtons wurde auf der Grundlage von Sprachen des europäischen Typs entwickelt (Newton selbst unterhielt sich auf Englisch, schrieb aber in der internationalen Sprache der Wissenschaft seiner Zeit, Lateinisch). Den Verbalkategorien einiger Indianersprachen liegen Vorstellungen zugrunde, die man, nach einer Idee des bekannten Linguisten Wharf, eher mit dem physikalischen Modell Einsteins vergleichen könnte.

Man möchte annehmen, daß die Vielfalt der durch die natürlichen Sprachen beschriebenen Weltbilder auf der gleichen Besonderheit der menschlichen Struktur beruht wie die Vielfalt der wissenschaftlichen Sprachen, die die Welt beschreiben. Deshalb kann ein Vergleich zwischen den diversen natürlichen Sprachen und den künstlichen für die moderne Wissenschaft im ganzen interessant sein. Der Anfang eines solchen Vergleichs liegt zeitlich weit vor dem Aufkommen der Kybernetik und sogar der modernen Sprachwissenschaft (Linguistik), die schon viel älter ist als die Kybernetik. Schon Descartes, in dem man mit Recht nicht nur den Vorläufer vieler Errungenschaften des exakten Denkens der letzten drei Jahrhunderte sieht, sondern auch einen Vorboten der Linguistik der zweiten Hälfte unseres Jahrhunderts, hat in der Mathematik eine besondere Sprache gesehen, die aus der natürlichen erwächst (man muß bedenken, daß man dabei die Mathematik der Neuzeit im Auge haben sollte, die sich von der altertümlichen unterscheidet, die bildlich und der rechten Hemisphäre zugeordnet war und in der natürlichen Sprache der linken Hemisphäre keine Quellen haben konnte).

Einen ähnlichen Gedanken hat mehrfach der Begründer der modernen Quantenmechanik, Niels Bohr, ausgesprochen. Er meinte, „die zur objektiven Beschreibung unerläßliche Eindeutigkeit der Definitionen wird bei Anwendung mathematischer Symbole gerade dadurch erreicht, daß man auf diese Weise Hinweise auf das erkennende Subjekt vermeidet, von dem die alltägliche Sprache durchtränkt ist" ([117], S. 96).

Die Tiefe dieses Bohrschen Gedankens wird durch die linguistischen Forschungen der jüngeren Zeit deutlich. Diese haben bestätigt, daß allen natürlichen Sprachen, im Gegensatz zu allen logischen, vor allem solche grammatischen Kategorien gemeinsam sind, die durch Beziehungen zwischen Sprechenden und Hörendem definiert sind.

3.3 Sprecher und Hörer

Der fundamentale Bezugspunkt bei der Beschreibung sprachlicher Kommunikation in jeder beliebigen natürlichen Sprache ist das Subjekt der Rede, der sprechende Mensch (Abb. 37).

In natürlicher Sprache wird der Redende durch Formen der ersten Person (*ich*) ausgedrückt und der Zuhörer durch Formen der zweiten Person in der Einzahl (*du*) oder Mehrzahl (*ihr*). Am häufigsten spricht immer nur ein Mensch allein, wenn man von

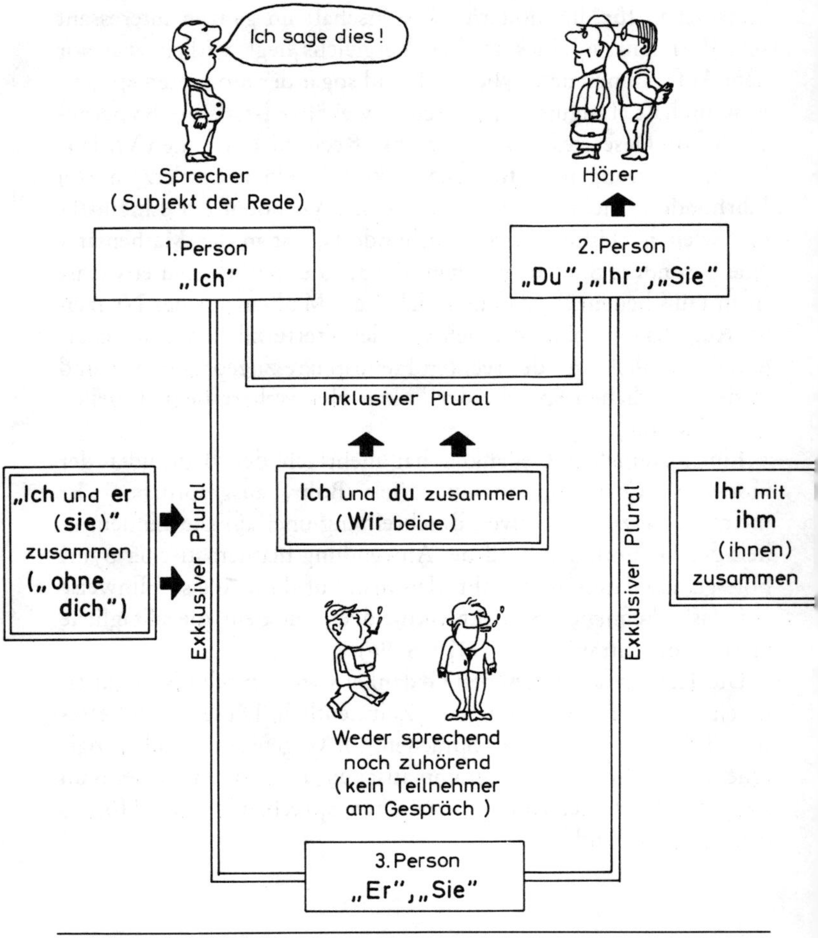

Abb. 37. Sprachliche Kommunikation und Personenkategorie in natürlicher Sprache.

Fällen chorischer Aussage absieht, die in modernen Gesellschaften nicht sehr häufig sind (*wir schreien*, *wir singen*, wo das *wir* sich auf eine Vielheit von Sprechern bezieht). Der Plural „Tische" bedeutet: „ein Tisch und noch ein Tisch und ..."; aber „wir" bedeutet gewöhnlich nicht: „ich und ich und ...", sondern: „ich und noch jemand".

In vielen Sprachen der Welt gibt es besondere Formen der ersten Person Plural, welche den Redenden zusammen mit dem Hörenden bezeichnen („inklusiver" oder „einschließender" Plural) in dem Sinne: „ich und du miteinander", „wir beide zusammen" (Abb. 37). Ein solcher inklusiver Plural der ersten Person unterscheidet sich von einer ersten Person in der Mehrzahl, die den Sprechenden zusammen mit anderen Personen bezeichnet, aber den zweiten am Gespräch Beteiligten, den Hörer, nicht mit einschließt („exklusiver", oder „ausschließender" Plural).

Bekannt ist die Geschichte eines Missionars, der vergeblich die Angehörigen eines afrikanischen Stammes zu bekehren suchte, indem er anhub: „Wir sind alle Sünder und müssen uns alle dem Glauben zuwenden"; er verwendete aber in der Sprache jenes Stammes anstatt der inklusiven Form des Plurals die exklusive, so daß die Zuhörer ihn verstehen mußten in dem Sinne: „Ich und meine mir Nahestehenden (*aber nicht ihr, meine Hörer*) bedürfen der Wendung zum Glauben."

Der Unterschied zwischen inklusiven und exklusiven Formen wird im Russischen in einigen Fällen beim Verbum beobachtet. Die Anregung „Machen wir Pause!" ist inklusiv; sie gilt sowohl für den Sprecher wie den Hörer. „Mach Pause!" zielt dagegen nur auf den Angeredeten.

Während die ersten beiden Personen in den natürlichen Sprachen die Teilnehmer an sprachlicher Kommunikation bezeichnen, beziehen sich die Formen der 3. Person (zum Teil auch Formen des exklusiven Plurals) in der Regel auf den oder die Personen, die nicht an dem Gespräch teilnehmen.

Die 3. Person ist ihrer Bedeutung nach negativ definiert: dadurch, daß der (oder: die) Betreffende(n) *nicht* an der sprachlichen Kommunikation beteiligt ist (sind), weder als Sprecher (1. Person), noch als Hörer (2. Person). Zu dieser Bedeutung der 3. Person passen auch die Eigentümlichkeiten vieler Sprachen, sie auszudrücken, indem beim Verbum oft jede Endung fehlt – im Gegensatz zur 1. und 2. Person, die besondere Endungen haben.

Die natürlichen Sprachen unterscheiden sich nur dadurch voneinander, wie die Person in ihnen ausgedrückt wird: durchs Verbum (wie in den meisten Sprachen der Welt üblich), durch ein persönliches Fürwort oder auch irgendwelche anderen Formen.

In dem russischen Satz *ja dumaju* („ich denke") ist die Person (die erste, die angibt, daß der Sprecher, also das Subjekt der Rede denkt, und zugleich auch sich als Subjekt des Gedankens erkennt) durch das Personalpronomen *ich* und die Verbalendung *-e* (russ.:

ja und *-ju*) ausgedrückt. Wie im analogen lateinischen Satz *cogito* besteht (im Russischen! A. d. Ü.) eigentlich keine Notwendigkeit, das persönliche Fürwort zu verwenden. Im Lateinischen wurde dieses (*ego*) nur in besonderen Fällen zur Verstärkung hinzugefügt (um etwa auszudrücken, daß ich es bin, aber kein anderer, der denkt).

In englischen *I think* ist die Person nur durch das Pronomen bezeichnet, wie das entgegengesetzte *you think* zeigt. Dadurch erklärt sich der Unterschied zwischen dem lateinischen Ausspruch Descartes' *cogito ergo sum* (ich denke, also existiere ich), wo die Copula *ergo* zwei Verbalformen der ersten Person verbindet, von der englischen (auch etwa der deutschen; A. d. Ü.) Übersetzung *I think, therefore I am*, wo bei jedem Verbalausdruck das Personalpronomen hinzugefügt werden muß. Andererseits braucht auch das Russische Personalpronomina beim Verbum in den Präteritalformen wie: *ja*, *ty*, *on dumal* (ich, du, er dachte).

Es gibt einige Sprachen, in denen die Kategorie der Person fast überhaupt nicht im Verbum ausgedrückt wird, aber auch persönliche Fürwörter nur beschränkt verwendet werden. Als Beispiele können ostasiatische Sprachen dienen, wie die chinesische und koreanische Literatursprache. Aber gerade in derartigen Sprachen ist der Zusammenhang dieser Kategorie mit dem Charakter der sprachlichen Kommunikation offenkundig. Beim Gespräch mit einem unbekannten Menschen in literarischem Koreanisch (wie auch in literarischem Chinesisch) galt die Verwendung persönlicher Fürwörter als unschicklich; sie wurden durch andere Wörter (*Herr*, *Lehrer*, *Hausherr* u. dergl.) ersetzt. Eine solche ehrende Anrede des Hörenden ist bezeichnend für die feudal-höflichen Sprachen vieler Länder einer bestimmten Periode Asiens. Hier erkennt man deutlich die Abhängigkeit der sprachlichen Formen von der ganzen sozialen Situation, die in den meisten Fällen sprachlicher Kommunikation geherrscht hat (Abb. 38).

Den Ausspruch Bohrs paraphrasierend kann man sagen, daß die natürliche Sprache ganz durchdrungen ist von Hinweisen auf den eigentlichen Akt der sprachlichen Kommunikation. Dieser Schluß wird durch die Untersuchung einer ganzen Reihe anderer grammatischer Grundkategorien bestätigt, die einer beträchtlichen Anzahl von Sprachen der Welt eigen sind.

Hinweise auf den Akt der Rede geben solche fundamentalen Kategorien des Verbums wie die Zeit: die Gegenwart (Präsens) fällt mit dem Akt der Rede zusammen; die Vergangenheit (Präteri-

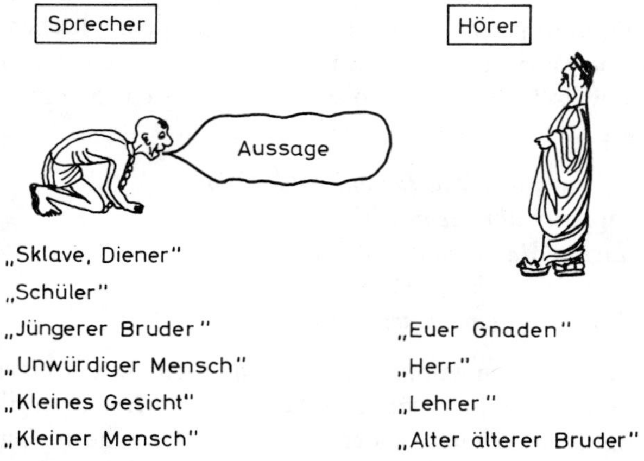

Abb. 38. An der Stelle persönlicher Fürwörter stehende Ausdrücke in Feudal- und Höflichkeitssprachen.

tum oder Perfekt) geht ihm voraus, und die Zukunft (Futurum) folgt ihm ([118], S. 129). Den Ort des „Sprachaugenblicks“ zwischen Vergangenheit und Zukunft hat Marina Tswetajewa (Cvetaeva) mit der ihr eigenen Kraft dichterischer Tiefe des Eindringens in den Geist der Sprache wie folgt offenbart:

Ja hier und jetzt dem Wörterbuche
Ausliefernd die unsterbliche Macht –
Sprache ich etwa auch aus,
Was ich wußte, – noch nicht war geöffnet
Der Mund, da wußte ich's schon am Zuge
Der Lippen, jener – hinter der Splitter ...
Und aufs neue, in aller Fülle,
Werde ich's wissen – sobald ich verstumme.

In diesen Schlußstrophen des Gedichtes „Strauch“ bezeichnen die Verbaltempora den Moment der Rede (*jetzt ... spreche ich* = Gegenwart), den ihm vorangegangenen Zustand (*was ich wußte, noch nicht war geöffnet ...* = Vergangenheit) und die Zukunft, die sofort nach Beendigung der Rede eintritt (*werde wissen, sobald ich ...*).

Die lyrische Poesie konzentriert sich auf den Ausdruck der Persönlichkeit des Dichters unmittelbar während des Aktes der poetischen Rede. Daher kann es beim Poeten eine erstaunliche Inkongruenz zwischen jenem *Ich* geben, das er im Moment der Rede darstellt und jenem anderen, das er mit dem gleichen Wort bezeichnete, wie in den ersten Strophen des Gedichtes von W. Chodasewitsch „Vor dem Spiegel", wo *jener* das Spiegelbild des Dichters ist:

Ich, ich, ich. Was für ein wildes Wort!
Ist jener dort denn ich?
Liebte Mama einen solchen,
Fahlen und halbkahlen Strolchen,
*Und allwissenden wie mich?**

In diesen Versen empfindet der Dichter geradezu schmerzhaft, daß das *Ich* nur für jetzt, den Moment der Aussage, gilt. Zur Vergangenheit gehören andere Ichs; wie Gumiljow (Gumilev) sagte: „Ich – wir tauschen die Seelen, nicht die Körper".

Es ist bezeichnend, daß ein Autor, wenn er ein schon vor längerer Zeit geschriebenes Werk herausbringt, nicht selten eine Anmerkung macht, worin er ausdrückt, daß er jetzt nicht mehr mit dem einverstanden ist, was er früher gedacht hat.

Unter dem Gesichtspunkt der natürlichen Sprache ist die Vorstellung eines *Ichs* außerhalb der Zeit („vorzeitig und individuell existierend", um mit Iwan Karamasow zu sprechen) paradox; das *Ich* wird durch den Moment der Rede festgelegt. *Jetzt* ist der Zeitpunkt, den man nur im Akt der Rede angeben kann: *Jetzt* ist, wann ich rede. Genau so bezieht sich *heute*, im Unterschied von *gestern* und *morgen*, auf den Tag, an dem der Akt der Rede geschieht. Die natürliche Sprache beschreibt die Zeit, indem sie vom Moment der Rede aus rechnet, der immer als Bezugspunkt auftritt. Dadurch unterscheidet sich die sprachliche Zeit von der physikalischen oder psychologischen (die Unterschiede zwischen ihnen sind unter anderem in Wieners Buch über Kybernetik dargestellt).

Umgekehrt hat gerade diejenige Theorie der Zeit, die in den Besonderheiten der natürlichen Sprache wurzelt, die Forschung auf dem Gebiet der Grundlagen der Mathematik beeinflußt. Eine derartige Forschungsrichtung, die auf Ideen Poincarés zurückgeht ([76], S. 293), betrachtet die Folge der natürlichen Zahlen als eine Sequenz, deren noch nicht aufgetretene Glieder in der Zukunft

---

* Die beiden Schlußzeilen wörtlich: „gelbgrauen, mit halb weißem Haar und allwissenden, wie die Schlange"; d. Ü.

konstruiert werden können. Hier wird deutlich, daß die moderne Mathematik nicht nur aus der natürlichen Sprache erwachsen ist, sondern noch bis jetzt mit ihr unauflöslich im Überdenken ihrer eigenen Grundlagen verbunden ist.

Um das *Ich* in seiner Beziehung zum Moment der Rede zu verstehen, ist auch ein allgemeinwissenschaftliches Prinzip nicht abwegig, das H. Weyl, ein sehr bedeutender Mathematiker des 20. Jahrhunderts, formuliert hat: „Angenommen, es existiere zu einer Zeit *t* genau ein Individuum in einem Zustand *C*, der sich deutlich von den Zuständen aller anderen Individuen unterscheidet; wenn später, vor allem nur wenig später, zur Zeit *t'*, ein und nur ein Individuum angetroffen wird in einem Zustand *C'*, der sich nur wenig von *C* unterscheidet, oder *C* „typisch ähnlich" ist, dann ist die Annahme gerechtfertigt, daß man es zu beiden Zeiten *t* und *t'* mit dem *gleichen* Individuum zu tun hat. Statt *t* und *t'* kann man eine ganze Folge von Momenten *t*, *t'*, *t''* ... vor sich haben, wie bei einer Welle, die über die Wasseroberfläche wandert. Selbst beim Erkennen von Personen sind wir von solchen Methoden abhängig (unwillkürlich denkt man an die berühmten Wiedererkennungsszenen der Weltliteratur, angefangen bei der Odyssee), solange die innere Gewißheit der Identität mit dem eigenen Selbst und die Verständigung, die darauf aufbaut („Ich bin derselbe, der dich einmal da und da getroffen hat") aus dem Spiel gelassen werden" ([119], S. 315/16).

Im Finale der Odyssee zweifelt Penelope zunächst, ob sie wirklich ihren Gatten vor sich hat, der von weiten Reisen heimgekehrt ist. Sie selbst sagt zu ihrem Sohn Telemach:

> *... Doch ist er es wirklich,*
> *Mein Odysseus, der wiederkam, so werden wir beide*
> *Uns einander gewiß noch besser erkennen; wir haben*
> *Unsre geheimen Zeichen, die keinem anderen bekannt sind.*
>
> Homer, Odyssee, *23*, 107–111
> (Übers. v. J. H. Voss)

In ähnlicher Weise erkennt auch in Zaubermärchen die Heldin den Held durch einen allein ihr bekannten Gegenstand. Folglich beruht das Sujet solcher alten literarischen Erzeugnisse in bekannter Weise auf Besonderheiten der Zeitvorstellung in der natürlichen Sprache.

Nicht nur die Formen der Zeit, sondern auch die Formen der Modi sind in der natürlichen Sprache am Standpunkt des Redenden orientiert. Die Phrase *Er hätte längst kommen müssen* besagt, daß ein Dritter, von dem die Rede ist, nach Annahme des Sprechers schon längst dort hätte sein müssen, wo das Gespräch stattfindet.

Jede Aussage in natürlicher Sprache setzt die Existenz eines subjektiven Verbums voraus, das vom Sprecher ausgelassen werden kann, aber vom Hörer hinzugedacht werden muß. Selbst eine so neutrale Äußerung, die anscheinend nur eine objektive Tatsache bekräftigt, wie *Heute ist es kalt* setzt, wenn der Zuhörer (Mensch oder Rechenmaschine) sie richtig versteht, die Möglichkeit von Entgegnungen voraus wie *Was ist, friert es dich?* oder *Hast du auf das Thermometer geschaut?* oder sogar *Und du hast also Kopfschmerzen?* (wenn der Gesprächspartner weiß, daß der Redende auf Abkühlung mit Kopfschmerz reagiert) usw. Nach der mathematischen Theorie der formalen Grammatiken gilt: Wenn ϑ ein grammatisch richtiger Ausdruck ist, dann *Bestätige ich auch, daß* ϑ ein grammatisch richtiger Ausdruck ist ([46], S. 202). Überdies sind diese beiden Aussagen in der Regel gleichbedeutend.

Zum Moment der Rede und zum Redenden selbst gehört auch die *Bezeichnung des Raumes*, welche durch das Umstandswort *hier* ausgedrückt wird ([120], S. 146). Zu dem Hörer und anderen Personen, die nicht am Akt der Rede beteiligt sind, gehören andere Adverbien des Raumes: *dort*, *an jener Seite*, *dorthin* usw. In vielen

Sprachen gibt es spezielle räumliche Bezeichnungen, die jeder der drei Personen zugeordnet sind. Im Lateinischen gelten die Demonstrativa *hic*, *iste*, *ille* jeweils für die erste, zweite und dritte Person (Abb. 39). (Ein sehr typisches Beispiel ist auch das Armenische mit den Suffixen *-s*, *-g*, *-n*; A. d. Ü.).

Mit dem Standort des Sprechenden hängen auch andere räumliche Bezeichnungen des Ortes oder der Ortsbewegung von Dingen und Personen zusammen. In dem russischen Satz *Sleva raskinulis' pustyri* („Links erstreckten sich Brachen"), der Anfangszeile eines Gedichtes von Anna Achmatowa, ist nicht klar zum Ausdruck gebracht, nach links von wem sich das unbebaute Gebiet erstreckte. In vielen Sprachen ist aber eine solche Präzisierung unerläßlich.

In einer beträchtlichen Anzahl von Sprachen wird der Begriff *ich* sehr viel weiter verstanden, als die Sprecher moderner europäischer Sprachen es gewohnt sind. *Ich* umfaßt nicht bloß den Körper des Menschen und seine Teile, sondern in bestimmtem Sinne auch andere Dinge und sogar andere Menschen, die von dem *ich* untrennbar sind. Zum Beispiel wird in den Sprachen Melanesiens das Fischereigerät mit einem Possessivpronomen des Typs: „meines, von mir nicht trennbar" bezeichnet. In einer Reihe Sprachen werden auch räumliche Verhältnisse so ausgedrückt: „ich, untrennbar oberhalb von mir" im Sinne: „über mir" usw. (Ein modernes deutsch-umgangssprachliches Beispiel für erweitertes

Abb. 39. Zeit und Raum unter dem Gesichtspunkt des Redenden.

ich schuf der Kraftverkehr: „Wo stehen Sie?" heißt hier „Wo haben Sie Ihr Automobil geparkt?"; A. d. Ü.).

In derartigen Erscheinungen kommt deutlich zum Ausdruck, was der große polnische Linguist Kuryłowicz (1895–1978) den *anthropozentrischen Standort* des Menschen genannt hat, „der sich durch die besondere Situation sprachlicher Kommunikation erklärt" ([118], S. 26). Das redende Subjekt befindet sich im Zentrum sowohl des zeitlichen wie des räumlichen Bildes, das in der natürlichen Sprache zum Ausdruck kommt.

3.4 „Umschalter", Code und Nachricht

Der Akt der Rede, der im wesentlichen alle Grundkategorien der natürlichen Sprache bestimmt, macht deren Bedeutung überaus beweglich. Jeder, der eine Aussage macht, muß imstande sein, die Wörter und Formen, Person, Zeit, Modus, Raum und andere, vom Akt der Rede abhängige Kategorien den Bedingungen der sprachlichen Kommunikation anzupassen. Diese Bedingungen sind höchst unterschiedlich; folglich ist die Bedeutung solcher Wörter und Formen in gewissem Sinne „leer". Die Wörter *ich* und *du* gelten für keine Realität außer dem Akt der Rede selbst und dessen Teilnehmer, wer sie auch immer sein mögen ([120], S. 288). Eine ganze Reihe sprachlicher Formen, wie Frage und Antwort, *ja* oder *nein* oder Befehle sind nur vor dem Hintergrund eines konkreten Dialogs verständlich; außerhalb des Aktes der Rede entbehren sie des Sinnes.

In einer Arbeit, die auf der Anwendung einiger allgemeiner Ideen der Informationstheorie zur Untersuchung der natürlichen Sprache basiert, hat einer der Schöpfer der modernen Linguistik, R. O. Jakobson, die vom Akt der Rede abhängigen Wörter und Formen als „Umschalter" (engl.: shifter) bezeichnet [121].

Den Gedanken Jakobsons von den „Umschaltern" entwickelt R. Thom in seinem topologischen Modell der natürlichen Sprache. Danach beschreibt jede sprachliche Aussage einen raum-zeitlichen Prozeß. Die „Umschalter" lokalisieren das Gebiet, auf dem dieser Prozeß abläuft. Die Lokalisierung erfolgt in Beziehung auf jenes raum-zeitliche Gebiet, in dem sich Sprecher und Zuhörer befinden ([42]; [46], S. 215). In der mündlichen natürlichen Sprache ist eine solche Lokalisierung in der ganz überwiegenden Mehrheit von

Aussagen notwendig. Deshalb werden bei diesen nicht nur immer „Umschalter" beobachtet, sondern darüber hinaus wird noch jede Aussage im ganzen unbedingt mit ihrer Hilfe lokalisiert.

Um die Besonderheiten der „Umschalter" zu beschreiben, bediente sich Jakobson der Begriffe „Code" und „Nachricht", die in der Informationstheorie genau definiert wurden.

„Code" ist die Art der Informationsdarbietung in einer für die Übertragung auf irgendeinem Kanal geeigneten Form (Abb. 40).

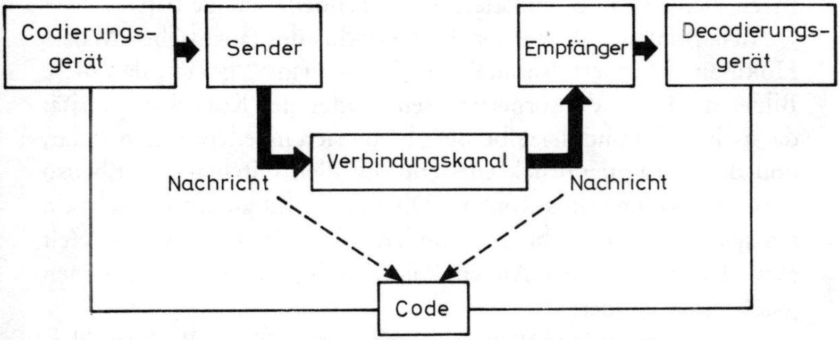

Abb. 40. Schema für Informationsübermittlung.

Es wird angenommen, daß bei Benutzung ein und desselben Codes (einer natürlichen Sprache im Falle mündlicher Kommunikation) die Decodierungseinrichtung (das Gehirn des Hörers oder eine Rechenmaschine) die Nachricht (den Sinn des Textes) in der gleichen Form wiedererstellt, in der sie von der Codierungseinrichtung (dem Gehirn des Redenden oder einer die natürliche Sprache benutzenden Maschine) codiert wurde. Unter Verwendung der aus dem Wortschatz der Informationstheorie entlehnten Termini „Code" und „Nachricht" charakterisiert Jakobson die „Umschalter" als solche Code-Elemente, die im Code (in der Sprache) selbst durch Verweise auf die sprachliche Nachricht (Aussage) festgelegt werden. In unserer Rede können solche „Nachrichten über Nachrichten" überwiegen ([121], S. 96). Viele Arten geisteswissenschaftlicher Disziplinen sind durch überwiegendes Verweilen bei der Wiedergabe der Äußerungen anderer Autoren in Form von Zitaten oder Bearbeitungen gekennzeichnet. Aber auch in der alltäglichen Rede werden ständig verschiedene Formen der Wiedergabe fremder Aussagen benutzt.

Unser ausgezeichneter Kulturhistoriker M. M. Bachtin (1895–1975) hat gezeigt, daß im Zuge der kulturellen Entwicklung die Verfahren zur Wiedergabe eines „fremden Wortes" (des Wortes eines vom Sprecher verschiedenen Menschen) immer komplizierter werden. Nach Bachtin war bis in die neuere Zeit der ganzen europäischen Denkweise ein monologischer Charakter eigen, ein Verweilen beim Denken eines einzigen Menschen. Ein diametral entgegengesetzter Weg ist für die Wissenschaft des 20. Jahrhunderts bezeichnend und für seine Kunst, obwohl auch bei viel früheren Denkern und Künstlern diese Tendenz zutage tritt.

Niels Bohr hat über einen Bilderzyklus des japanischen Malers Hokusan „Hundert Anblicke des Fudschijama" gesagt, daß diese Bilder die beste Verkörperung seiner Idee der Komplementarität darstellen: Ein und derselbe Berg bietet sich in jedem Bild neu dar, und der Gesamteindruck entsteht aus allen miteinander. Ebenso wird in Dostojewskijs Roman „Die Brüder Karamasow" nicht ein einziges Weltbild geboten; sondern der Leser sieht die Welt abwechselnd mit den Augen Aljoscha Karamasows und denen jedes seiner Brüder.

Noch bevor im Jahr 1929 die Monographie M. M. Bachtins über Dostojewskij herauskam, wurde das Prinzip der Dialogmäßigkeit für die ganze menschliche Kultur von M. Buber in dem Buch „Ich und Du" festgestellt, das 1923 erstmals erschienen ist. Sein erster Teil ist den persönlichen Fürwörtern *ich* und *du* gewidmet, die Buber als „Grundwörter" bezeichnete [122].

Buber sagt mit vollem Recht, daß diese Wörter nicht irgendwelche Gegenstände bezeichnen, sondern Beziehungen; und er betonte, daß „primitive" Sprachen (wie die der Zulu und Fidschi) vor allem direkte Beziehungen ausdrücken. In diesem Buch (und zwei folgenden, wo seine Konzeption vom Dialog entwickelt wird) teilte Buber die verschiedenen Manifestationen menschlicher Kollektive in solche, die sich am *Ich* orientieren, und andere, die nach dem *Du* ausgerichtet sind. Man könnte diesen Weg damit vergleichen, wie in der modernen Linguistik und Poetik die unterschiedlichen Gesichtspunkte von Sprecher (*ich*) und Hörer (*du*) den sprachlichen Kategorien zugrundeliegen.

Wenn die eigentliche wissenschaftliche Sprache so, wie Bohr (unter dessen Einfluß die Linguistik auf diese Idee gekommen ist), Russell und viele andere bedeutende Gelehrte unseres Jahrhunderts meinten, bestrebt ist, den Weg einer Überwindung von Hinweisen auf das redende Subjekt zu gehen, dann ist auch die Literatur in gewissem Grade mit einer ähnlichen Aufgabe beschäftigt. Aber in ihr entsteht das komplizierte Bild der Welt durch Verflechtung diverser individueller Bilder.

Hierbei zeigt sich die Sprache der Literatur bei der Wiedergabe eines inneren Monologs des Helden äußerst subjektiv. Diese bezeichnende Eigentümlichkeit der Kunst der Neuzeit wurde von B. L. Pasternak schon in seiner Jugend durch einen ästhetischen Vortrag klar ausgedrückt, in dem bekräftigt wurde: „Diese Subjektivität ist nicht die Eigenschaft eines einzelnen Menschen, sondern eine ererbte, überpersönliche Eigenschaft .... Von jeder dahinscheidenden Persönlichkeit bleibt ein unvergänglicher Teil erblicher Subjektivität übrig, der sich im Menschen lebenslänglich hält und mit dem er an der Geschichte der menschlichen Existenz teilhat" ([123], S. 219).

In den Thesen dieses am 10. Februar 1913 gehaltenen Vortrags wurde die Poesie definiert als „Wahnsinn ohne Wahnsinnigen", deren Wesen in der Wiedergabe der Ungewöhnlichkeit des Blicks des Künstlers auf die Welt bestehe, aber nicht in der Charakteristik der Ungewöhnlichkeit des Künstlers selbst. Deshalb entdeckt die moderne Kunst unerwartete, weitgehende Appelle an die zeitgenössische Wissenschaft, welche die Wechselwirkung zwischen dem Apparat und dem Objekt erforscht, das mit diesem Apparat untersucht wird (der Autor hatte Gelegenheit, eine solche Formulierung dieses Gedankens von B. L. Pasternak kurz vor seinem Tode im April 1960 zu hören).

Der Begriff allgemeinmenschlicher Subjektivität in der Kunst ist dem sehr nahe, was die Linguisten als Subjektivität der Sprache beschreiben [120]. Diese Eigenschaft charakterisiert nicht einen einzelnen Schriftsteller und nicht einen einzelnen Redenden, sondern jeden Autor und Redner, weil sie in den fundamentalen Eigentümlichkeiten des von ihnen angewandten Kommunikationsverfahrens wurzeln. Wenn die Lyrik früher die Rede des Sprechenden wiedergab, so häufen sich jetzt sowohl in der Poesie wie in der Prosa Versuche, die innere Sprache wiederzugeben.

Das Rätsel der inneren Sprache und ihrer Entstehung beschäftigt auch die Wissenschaftler immer mehr. In der mündlichen Kommunikation von Kindern ist eine besondere Erscheinung zu vermerken, welche die Psychologen „egozentrische Sprache" genannt haben. Die Kinder reden in Anwesenheit anderer, aber jedes spricht nur das, was es selbst angeht. Um aber laut zu denken, brauchen die Kinder noch die Anwesenheit anderer Kinder.

Wie J. Piaget festgestellt hat, verschwindet die egozentrische Rede bei Kindern in einem gewissen Alter. Nach einer Hypothese von L. S. Wygotskij entsteht in diesem Alter aus der egozentrischen die innere Sprache. Kybernetisch formuliert kann man die Entwicklung der inneren Sprache aus der „äußeren" mit dem Weg von Programmen, die zuvor eingegeben werden, zu solchen vergleichen, die die Maschine selbst aufstellt.

In einem Alter, in dem das Kleinkind gerade erst sprechen gelernt hat und zur egozentrischen Rede neigt, sind für es solche Wörter besonders schwierig, die in der Sprache die Rede von dem einen zu dem anderen Sprecher „umschalten". Bezeichnenderweise erlernen Kinder, die der Sprache schon völlig mächtig sind, dennoch nur mit großer Mühe die richtige Anwendung der persönlichen Fürwörter. Einem kleinen Kind fällt es leichter, sich selbst stets mit Namen zu nennen und dadurch das heimtückische und rätselhafte *Ich* zu vermeiden: „Peterchen hat Hunger" anstatt: „Ich habe Hunger" usw. Wenn das Kind gelernt hat, sich mit *Ich* zu bezeichnen, verweigert es dieses Recht seinem Gesprächspartner.

Die Schwierigkeit des Erlernens der Personalpronomina durch Kinder besteht darin, daß jeder Gesprächsteilnehmer abwechselnd sich diese Benennung (*ich*) aneignet, sowie die Möglichkeit, den anderen mit *du* (oder *ihr*, bzw. *Sie*) anzusprechen (Abb. 41).

Wenn das Kind gelernt hat, ein persönliches Fürwort im Gespräch zu wechseln, versteht es nicht, in welchen Fällen dies nicht nötig ist. In seinem Buch „Von zwei bis fünf" erzählt K. I. Tschukowskij: Als ein Mädchen von der Kinderfrau das Lied hörte:

> Und niemand wird wissen,
> Wo liegt mein Grab –

begann es folgendermaßen zu singen:

> Und niemand wird wissen,
> Wo liegt dein Grab.

Tschukowskij erinnert aus diesem Anlaß an die bemerkenswerte Erzählung von Pantelejew „Der Buchstabe *‚ja'*". Darin kann ein

Abb. 41. Wer ist Robinson?

kleines Mädchen, das die Grammatik lernt, auf keine Weise begreifen, was *ja* (russ. „ich“ und zugleich ein einziger Buchstabe des kyrillischen Alphabets; A. d. Ü.) bedeutet und ersetzt es immer durch *ty* (= „du“, aber kein Buchstabe). Das äußert sich dann in spaßigen „Neubildungen“ von Wörtern: Aus Jakob wird Tykob und dergleichen.

Wie zutreffend die Eigentümlichkeiten kindlicher Sprechweise in dieser Geschichte geschildert sind, kann ein Ausspruch der dreijährigen Natascha bestätigen, als sie aus dem Kindergarten zum ersten Mal nach Hause kam. Auf die Frage: „Wie nennt man die Lehrerin?“ sagte Natascha: „Man redet sie mit *Ihr* (russ. „Sie“) an.“ – „Und wie nennst du sie?“ – „Wir“, antwortet Natascha.

Das, was man in der Kindheit am schwersten erlernt, geht auch am ehesten bei einer Krankheit verloren, die Störung oder Verfall des Sprachvermögens hervorruft. Dieses von L. S. Wygotskij formulierte Gesetz gilt auch für die persönlichen Fürwörter. Bei verschiedenen Arten von psychischen Erkrankungen und Neurosen verändert sich das Verhältnis des Menschen zu sich selbst in bezeichnender Weise. Bei Schizophrenie kann es zum völligen

Verschwinden des Pronomens *ich* und anderer Umschalter aus der Sprache des Patienten kommen [47]. Ein Kranker, der unter diesem Gesichtspunkt von Psychiatern beschrieben wurde, versicherte ständig: „Ich bin nicht mehr ich".

Ein Zusammenhang besonderer Vorstellungen vom eigenen Ich mit der Psychologie des Kindesalters ist auch gut bei einem so erstaunlichen Menschen zu erkennen, wie S. W. Schereschewskij, der über ein phänomenales Gedächtnis verfügte. Er erinnerte sich aus seiner Kindheit: „Es ist Morgen ... Ich muß zur Schule gehen ... Bald ist es acht Uhr ... Man muß aufstehen, sich ankleiden, Mantel und Mütze anlegen, Überschuhe ... Ich kann nicht im Bett bleiben ... Und da werde ich wütend ... Ich sehe doch, daß ich zur Schule muß ... aber warum geht er nicht zur Schule? ... Da steht ‚er' auf, zieht sich an ... zieht die Galoschen an ... Da ist ‚er' schon zur Schule gegangen ... Nun, jetzt ist alles in Ordnung ... Ich bleibe zuhause, und ‚er' geht. Da kommt plötzlich der Vater herein: ‚Es ist schon spät; und du bist noch nicht zur Schule gegangen?' ".

Schereschewskij, dessen zahlreiche erstaunlichen psychologischen Fähigkeiten mit seiner extremen Infantilität zusammenhingen, hatte dieses *Ich* auch im reifen Alter bewahrt, indem er einem Psychologen bekannte: „Hier sitze ich nun bei Ihnen und denke nach ... Sie sind ein freundlicher Gastgeber und fragen: ‚Wie mögen Sie diese Zigaretten? ...' ‚Nicht besonders, mittelmäßig...' Ich hätte niemals so geantwortet, aber *er* kann so antworten. Das ist nicht taktvoll, aber ich kann *ihm* einen solchen Fehler nicht klarmachen. *Ich* bin abgelenkt; und da redet *er* nicht so, wie es sich gehört" ([39], S. 84).

Ein ungewöhnliches Verhältnis zum eigenen Ich kommt auch bei vielen Dichtern zum Ausdruck, „die irgendeine ewige Kindheit gefunden haben", um mit Versen der Achmatowa zu sprechen. Der deutsche Romanautor und Poet Hesse hat beschrieben, wie er in einem Kurort sich selbst von der Seite beobachtete, als ob er sich in Beobachter und Beobachteten gespalten oder verdoppelt habe (was wieder an die Analogie mit der modernen Physik denken läßt).

Wie E. Benveniste bemerkt, stellen die Worte des genialen französischen Dichters Arthur Rimbaud *je est un autre* (ich – das ist jemand anders) den charakteristischen Ausdruck eines solchen Geisteszustandes dar, wo das Ich gewissermaßen vom Menschen abgetrennt („entfremdet") ist ([120], S. 264). Nach den Worten eines anderen großen Dichters (Majakowski): „Ich ist für mich zu wenig, irgendjemand bricht direkt aus mir heraus".

Nach der Hypothese, daß die Entwicklung der Kindersprache die Entwicklung der Sprache im ganzen wiederholt (wie in der Biologie die Ontogenese, die Entwicklung des individuellen Organismus, die Phylogenese, also die Stammesentwicklung, wiederholt), wäre zu erwarten, daß in der Geschichte der Sprachen Spuren der späten Entstehung der Personalpronomina erhalten geblieben sind. Nach einer Idee des bekannten Philosophen Cassirer, der als einer der ersten die Subjektivität in der Sprache erforscht hat, könnten in den ältesten Wörtern, die den Sprecher bezeichnen, Hinweise auf seinen Körper stecken (noch vor Aufkommen persönlicher Fürwörter). Eine indirekte Bestätigung dafür kann man darin erblikken, daß im Aranda einige Wörter pronominaler Bedeutung auch aus Wörtern gebildet sind, die Körperteile bezeichnen. Bei der Entwicklung des Kleinkindes geht dem persönlichen Fürwort *ich* das Empfinden und Bewußtwerden des eigenen Körpers (wie eines Spiegelbildes) voraus [48].

Um sich selbst zu bezeichnen im Unterschied zu jemand anderem, bedient sich der Sprecher in vielen primitiven Gesellschaften eines Mittels, das die Grenzen der natürlichen Sprache überschreitet: Jeder Mensch hat sein „eigenes Lied". Solche Lieder kennt man bei den Lappen im äußersten Norden Europas, bei den Siriono-Indianern in den Dschungeln Boliviens und bei den Korjaken auf Kamtschatka. Wagner hat im „Ring des Nibelungen" die „Eigenlieder" wiedererweckt, indem er jeder Person ihr Leitmotiv zuordnete. Im Film hat Fellini ein ähnliches Mittel in „8½" benutzt, wo jeder Held sein Leitmotiv hat.

Die letzten „Eigenlieder", die noch im Gedächtnis der Keten (Jenissei-Ostjaken) bewahrt wurden, hörte der Verfasser dieses Buches, als er sie anläßlich einer Expedition zur Erforschung ihrer Sprache am Jenissei im Sommer 1962 besuchte. Das „Eigenlied" der Keten hat sieben Teile, weil die Keten glaubten, jeder Mensch hätte sieben Seelen, von denen sechs mit anderen Tieren gemeinsam sein können, der Mensch sich aber durch die siebente Seele von ihnen unterscheide (wie auch der Bär, den sie als Menschen betrachten). Die Schamanen konnten bei den Keten die eigenen Lieder austauschen, wobei dann die Seele des einen Schamanen in den anderen übertrat.

Gegenüber dem persönlichen Fürwort *ich* hat das Lied einen unbestreitbaren Vorzug. Das Pronomen legt sich jeder Sprechende selbst immer aufs neue bei (was auch die Kinder verunsichert), während das Eigenlied, wie der Name, nur seinem Besitzer gehört, solange er es nicht freiwillig einem anderen preisgibt. In unserem Jahrhundert bezeichnen sich auf diese Weise nicht die Menschen, aber die Radiostationen, deren Ruf- und Pausenzeichen man als eine besondere Art von Eigenlied oder Kennmelodie in einem Nachrichtenverbindungssystem ansehen kann, das vom kybernetischen Blickpunkt aus mit der Kommunikation zwischen Menschen verglichen werden kann (Abb. 42).

Abb.42. „Eigenlied" und Rufzeichen von Radiosendern.

Daß man einen Menschen an seiner Stimme erkennt, was zu den Funktionen der rechten Hemisphäre gehört [25], ist ohne Zweifel älter als die Bezeichnung mit Namen, ganz zu schweigen von der Anwendung persönlicher Fürwörter (die Identifikation eines Individuums durch eine besondere Melodie ist auf viel früheren Stufen der biologischen Entwicklung bei den Vögeln bekannt). Interessanterweise kann man auch die Geste des Zeigens auf den eigenen Körper, die nach Cassirer den Fürwörtern vorausging, den Funktionen der rechten Hemisphäre zuordnen.

Bei rechtshemisphärischer Elektroschockbehandlung entdeckt man eine große Anzahl von Umschaltern, besonders der Personalpronomina der ersten Person. Man darf annehmen, daß diese Wörter wesentlich mit charakteristischen Besonderheiten der dominanten Sprach-Hemisphäre zusammenhängen.

Nach einem Modell des bekannten polnischen Psychiaters Kempinski, das zur Beschreibung der Psyche des Menschen einige kybernetische Begriffe benutzt, muß man unterscheiden zwischen energetischem Stoffwechsel (Austausch von Energie zwischen Umwelt und Organismus) und Informationsstoffwechsel (Austausch von Information zwischen Umwelt und Individuum) [124]. In erheblichem Umfang wird diese zweite Aufgabe, also der verbale Informationsaustausch mit anderen Leuten, in der menschlichen Gesellschaft durch die linke Hemisphäre vollzogen. Umschaltwörter dienen dabei als ein unerläßliches Instrument.

Daß das Individuum selbst und dementsprechend auch persönliche Fürwörter im Bewußtsein etabliert werden, gehört zur linken Hemisphäre, während die Wechselwirkung mit der Umwelt eine fundamentale Funktion der rechten ist.

3.5 Egozentrische Wörter und die Sprache der Wissenschaft

Beobachtungen an der Kindersprache, an Sprachstörungen bei Nervenkrankheiten und an der Sprache primitiver Stämme berechtigen zu der Annahme, daß solche „Umschalter" wie die Personalpronomina für eine verhältnismäßig späte Periode der Entwicklung der natürlichen Sprache charakteristisch sind. Nichtsdestoweniger treffen wir in allen heutigen Sprachen (auch die australischen nicht ausgenommen) immerhin wenigstens einige „Umschalter" an. Mehr noch, gerade sie bilden eine Spezifik der natürlichen Sprache, die sie von allen künstlichen Sprachen der Wissenschaft und insbesondere der mathematischen Logik unterscheidet, wie auch von den Maschinensprachen. Selbst in solchen Fällen, wo die Sprache der Wissenschaft noch nicht völlig formalisiert ist, wird darin, wie zum Beispiel bei gewöhnlichen wissenschaftlichen Werken in russischer Sprache, die Tendenz zur Elimination des persönlichen Ausdrucks beobachtet.

Die Wissenschaftler vermeiden es, sich mit dem persönlichen Fürwort der ersten Person zu bezeichnen; und wenn sie es doch tun, dann benutzen sie sogar in Aufsätzen und Büchern eines einzigen Autors die Fürwörter des Plurals („wir haben in unserem Laboratorium entdeckt...“), wodurch die Relation der Aussage zu nur einem einzigen Sprecher weniger scharf zum Ausdruck kommt. Daher rührt auch der Hang des wissenschaftlichen Stils zu unpersönlichen oder unbestimmt-personalen Verbalkonstruktionen („es wurde entdeckt, daß...“; „dafür werden folgende Substanzen hinzugefügt“ usw.). Wenn in die Struktur der natürlichen Sprache dank „Umschaltern“ Hinweise auf Menschen als Teilnehmer des Aktes sprachlicher Kommunikation eingebaut sind, so besteht in der modernen wissenschaftlichen Sprache das Subjekt – der Autor der Aussage – meistens aus einer ganzen Gruppe von Menschen. Dies kommt auch darin zum Ausdruck, daß immer mehr Arbeiten mit den Namen einer Vielheit von Forschern gezeichnet sind. Im Idealfall, der nicht immer verwirklicht ist, sind alle Personen, deren Namen die Arbeit trägt, an ihr auch wirklich beteiligt*.

Der Hang zu allgemeiner Kollektivautorenschaft zeigt sich nicht nur in der Zahl der Autorennamen bei Arbeiten oder der Verwendung von Fürwörtern wie *wir, unser* (und entsprechender Verbalformen), sondern auch darin, wie sehr jede Arbeit die Erträge aller vorangegangenen Untersuchungen zu dem gleichen Thema berücksichtigen muß. Nicht nur in Übersichtsarbeiten, die besonders bei rasch voranschreitenden Disziplinen eine der wichtigsten Arten wissenschaftlicher Publikationen sind, sondern auch in Originalaufsätzen gelten Vollständigkeit der Bibliographie und Kenntnis des jeweiligen Standes der Forschung als unerläßlich.

Um zu illustrieren, wie weit das Problem persönlicher Autorschaft in den Hintergrund tritt, darf man daran erinnern, daß einer der hervorragendsten Vertreter des humanitären Gedankens im

* Eine kürzlich erschienene experimentelle Arbeit über die Physik hoher Energien, die in der Zeitschrift ganze 3 Seiten einnahm, trug die Unterschriften von 55 Autoren ([113], S. 687/77, und Abb. 5).

20. Jahrhundert, M. M. Bachtin, von fünf Büchern, die er zu Lebzeiten veröffentlicht hat, die drei ersten unter fremden Namen herausbrachte (unter früheren analogen Beispielen könnte man an Spinoza und Sören Kierkegaard, einen dänischen Denker des 19. Jahrhunderts, erinnern). Eine große Gruppe französischer Mathematiker, deren Arbeiten für die Entwicklung dieser Wissenschaft von epochaler Bedeutung waren, ist der ganzen Welt unter dem willkürlich gewählten Namen Bourbaki bekannt. Für einen Gelehrten wird die Äußerung des Gedankens wichtiger als die Erwähnung seines persönlichen Namens.

Die Wissenschaft im ganzen kann kybernetisch als ein kompliziert organisiertes System angesehen werden, innerhalb dessen eine Aussonderung einzelner Persönlichkeiten unter streng wissenschaftlichem Gesichtspunkt kaum gerechtfertigt erscheint. Dadurch wird nicht deren Rolle verkleinert; diese ist aber um so bedeutender, je schneller die Leute dem allgemeinen Voranschreiten der Wissenschaft als eines einheitlichen Ganzen helfen. Diese prinzipiell „überpersönliche" (oder „suprapersonale") Position der heutigen Wissenschaftler bricht sich Bahn durch die Hindernisse persönlicher Eitelkeiten und der Sucht nach einzelnen „sportlichen" Rekorden in der Wissenschaft. Die Elimination des subjektiven und persönlichen Elements in der Wissenschaft stimmt überein mit der konsequenten Beseitigung aller Hinweise auf den betreffenden Sprachakt und seine Teilnehmer in der Sprache der Wissenschaft.

Als einer der ersten hat Bertrand Russell diese Eigentümlichkeit der wissenschaftlichen Sprache analysiert. In seiner logischen Analyse der natürlichen Sprache hat Russell besonderes Augenmerk auf die „Umschalter" gerichtet, die er als „egozentrische Wörter" (oder „egozentrische Besonderheiten", englisch: *egocentric particulars*) bezeichnete: „Das Ziel sowohl der Wissenschaft wie auch des gewöhnlichen gesunden Menschenverstandes ist es, die Subjektivität egozentrischer Wörter durch neutrale gesellschaftliche Termini zu ersetzen" ([125], S. 119/20). Nach Meinung Russells „stellt in diesem Prozeß unserer Befreiung von der Subjektivität die Ersetzung egozentrischer Wörter einen der wichtigsten Schritte dar" ([125], S. 124). Die Bedeutung der Leistungen von Linguisten wie E. Benveniste, Ju. Kurilowitsch und R. O. Jakobson, die die Rolle der Umschalter in der natürlichen Sprache erforscht haben, geht weit über die Grenzen der Linguistik hinaus.

Die Gedanken Russells vom Charakter der egozentrischen Wörter wurde von H. Reichenbach weiterentwickelt, der in seinem Buch über mathematische Logik [126] als erster Logiker ein ganzes Kapitel dem Versuch einer logisch-mathematischen Analyse der natürlichen Sprache widmete. Reichenbach ging aus von der Unterscheidung zwischen individuellem *Zeichen* (engl.: *token*) und *Zeichen-Symbol (symbol)*, welches eine Klasse einander ähnlicher individueller Zeichen darstellt. Die Wörter und Fürwörter der natürlichen Sprache sind individuelle Zeichen. Die Bedeutung eines egozentrischen Wortes wird jedesmal durch das entsprechende individuelle Zeichen bestimmt, das während des individuellen Sprechaktes ausgesprochen oder aufgeschrieben wird [126].

Im Gefolge Russells nimmt Reichenbach an, daß das Wort *dies* zur Bestimmung der Bedeutung aller übrigen egozentrischen Wörter dienen kann. Alle deren Bedeutungen sind aus der Kombination *dieses Zeichen* abzuleiten. Das Wort *ich* bezeichnet *den Menschen, der dieses Zeichen ausspricht.* Das Wort *jetzt* bezeichnet *die Zeit, in der dieses Zeichen ausgesprochen wird.* Folglich läuft die Aufgabe der Bestimmung der Bedeutungen egozentrischer Wörter auf die Bestimmung der Bedeutung der Wortkombination *dieses Zeichen* hinaus.

Seine Bedeutung kann man erklären, wenn man es mit der Anwendung von Anführungszeichen („Gänsefüßchen") in der logischen Sprache vergleicht. In ihr dienen ' ' zur Bezeichnung einer solchen Anwendung eines Wortes, wo nur das Wort als solches gemeint ist; zum Beispiel ist in dem Satz *'Seele' besteht aus fünf Buchstaben* mit *'Seele'* nicht eine gewöhnliche deutsche Vokabel gemeint, sondern die Bezeichnung selbst. Eine solche Anwendung eines Wortes heißt autonom nach der in der mathematischen Logik und der Mathematik üblichen Terminologie; Jakobson [121] definiert diese Anwendung als „Mitteilung, die sich auf den Code bezieht".

Während die eben behandelten Anführungszeichen ein Wort einer natürlichen Sprache (*Seele*) in eine autonome Benennung dieses Wortes zu verwandeln gestatten (*'Seele'*), so kann man andererseits mit besonderen Anführungszeichen (Pfeile über der Zeile: ↘ ↙) ein individuelles Zeichen in ein anderes individuelles Zeichen verwandeln, welches selbst dieses individuelle Zeichen bezeichnet.

In einem solchen Fall kann man zum Beispiel den Satz *Auf das Papierblatt druckte man dieses Zeichen* mit dem ihm gleichbedeutenden Satz vertauschen: *Auf das Papierblatt druckte man* ↘ . *Auf das Papierblatt druckte man dieses Zeichen* ↙. Nach Russell geht bei einer solchen Aufzeichnung der egozentrische Charakter verloren.

Die Notwendigkeit, zwischen logischen ’ ‘ und Bezeichnungs-Anführungszeichen↘ ↙ zu unterscheiden, ist dadurch bedingt, daß ein individuelles Zeichen definitionsgemäß nicht wiederholt werden kann – man kann es nur einmal verwenden. Deshalb kann man durch Zeichen-Anführung nicht den Namen eines individuellen Zeichens schaffen, sondern ein anderes individuelles Zeichen, das dieses bezeichnet (üblicherweise wird jedes derartige neue Zeichen mit ϑ bezeichnet; folglich kann man den angeführten Satz auch so schreiben. *Auf das Papierblatt druckte man* ϑ).

Das von Reichenbach vorgeschlagene Verfahren zur Darstellung der Bedeutung egozentrischer Wörter bietet die Möglichkeit, sich jedesmal individueller Zeichen zu bedienen, die individuelle Zeichen bezeichnen. Zum Beispiel ersetzt Reichenbach in seiner logischen Aufzeichnung des berühmten Satzes von Martin Luther „Hier stehe ich“ vor dem Reichstag in Worms 1521 alle Aussagen Luthers darin durch die vereinbarte Abkürzung ϑ (andernfalls könnte man ϑ in diesem Falle mittels der Zeichenanführungen schreiben: ↘*Hier stehe ich*↙). Dann wird *hier* definiert als *derjenige Ort, wo* ϑ *ausgesprochen wird* und *ich* als *derjenige Mensch, welcher* ϑ *sagt*. Aber die eigentliche Aussage Luthers, die sich unter den Zeichenanführungen oder dem Symbol ϑ verbirgt, besteht ganz aus egozentrischen Wörtern und Formen, die innerhalb dieser Aussage wiederum nur durch eine eben damit korrespondierende Aussage bestimmt werden können.

Für die logische Niederschrift egozentrischer Aussagen benutzte Reichenbach den Jota-Operator (Operator der Deskription), was mit seiner Auffassung von ϑ als eines individuellen Zeichens übereinstimmt. Bei dieser Auffassung genügt das Deskript der Bedingung der Singularität. Aus dem gleichen Grunde wird der Jota-Operator auch benutzt, um in logischer Sprache jenen Sinn wiederzugeben, der in einer natürlichen Sprache (wie etwa Englisch oder Deutsch) durch den bestimmten Artikel ausgedrückt wird. In den meisten Fällen kann der bestimmte Artikel in der natürlichen Sprache als ein egozentrisches Wort besonderer Art angesehen werden, weil für die Determinierung der Standpunkt des Redenden (oder Hörenden) den Bezug liefert.

In Reichenbachs Vorschlag der logischen Niederschrift von Luthers Ausspruch werden außer der üblichen Symbolik der Aufzählung von Prädikaten (∃z = es gibt ein solches z, *daß*, oder *für irgendein* z) benutzt: das Symbol ι (Jota-Operator) zur Beschreibung, sowie willkürliche Bezeichnungen konkreter Prädikate *st* („stehen"), *sp* („sprechen") und Variable *x* (Mensch) und z (Ort). Die logische Niederschrift

$$st(\iota x)(\exists z)sp(x, \vartheta, z), (\iota z)(\exists x)sp(x, \vartheta, z)$$

bedeutet: „Jener Mensch *x*, dem die am Ort z getroffene Aussage ϑ(↘ Hier stehe ich ↙) zukommt, steht an dem Orte z, wo von dem Menschen $x\vartheta$ gesagt wurde (↘ Hier stehe ich ↙). Buchstäblich: Das Prädikat *stehen* bezieht sich auf ein individuelles Objekt *x*, für das die Bedingung erfüllt ist, daß $x\vartheta$ sagt an einem Ort z und zu einem individuellem Objekt z, für das die Bedingung erfüllt ist, daß ein gewisser *x* in $z\vartheta$ sagt.

Die von Reichenbach vorgeschlagene Aufzeichnungsweise für egozentrische Wörter ist bei all ihrer scheinbaren Paradoxie insofern nützlich, als darin klar die in der Bedeutung eines jeden Wortes verborgenen Hinweise auf den gegebenen konkreten Sprachakt (Übermittlung der Nachricht ϑ) aufgedeckt werden, ohne den man sie nicht verstehen kann. Das Problem ihrer Definition reduziert sich in den einfachsten Fällen auf das Problem der Ausarbeitung logischer Mittel zur Aufzeichnung direkter Rede.

Reichenbach kommt zu dem Schluß, daß egozentrische Wörter in bestimmtem Sinne Pseudowörter sind, da die unterschiedlichen Fälle ihrer Anwendung nicht gleichbedeutend sind. Die Bedeutung dieser Wörter kann nicht in der natürlichen Sprache selbst erklärt werden, sondern nur in einer anderen Sprache (Metasprache), in der wir diese natürliche Sprache beschreiben. Aber auch in dieser Metasprache können wir nur den Ausschnitt einer direkten Rede beschreiben, der durch einen Hinweis der gegebenen Anwendung des egozentrischen Wortes definiert ist. Eine solche logische Aufklärung der Bedeutung egozentrischer Wörter ist auch für Untersuchung einiger Paradoxa sehr wichtig, mit denen sich schon die Denker Griechenlands beschäftigt haben und die im 20. Jahrhundert zu einem Hauptproblem der mathematischen Logik geworden sind.

Das Paradoxon des Lügners besteht darin, daß die folgende Behauptung zugleich wahr und falsch ist: „Diese Behauptung, die ich jetzt mache, ist falsch". H. Weyl hat bemerkt, daß in der natürlichen Sprache das Paradoxon von den egozentrischen Wörtern *diese, ich, jetzt* abhängt, die den Sinn der Aussage sprengen [127]. Insofern kann man der bekannten Formulierung des Logikers Peano zustimmen, des Schöpfers von überaus vollkommenen Verfahren zur Konstruktion einer künstlichen logischen Sprache, deren Originalität indessen lange Zeit das Verständnis seiner Arbeiten und der von ihm in dieser Sprache herausgegebenen Zeitschrift erschwert hat. Peano hat über ein anderes, teilweise ähnliches Paradoxon schon zu Beginn unseres Jahrhunderts gesagt: „Es betrifft nicht die Mathematik, sondern die Linguistik". Aber gerade die Mathematik hat im 20. Jahrhundert viel für das Verständnis des Wesens von Paradoxa getan und eben dadurch auch deren linguistische Seite zu klären geholfen.

Die moderne Formulierung des Lügnerparadoxons fällt mit einem Aphorismus Tjuttschews zusammen: „Lüge ist ein ausgesprochener Gedanke" [55]. In dem Ausspruch „Ich bin ein Lügner" tritt das Paradoxon noch nicht in deutlicher Form auf (weil der Lügner ja auch einmal die Wahrheit sagen könnte). Aber da man jeder Behauptung ϑ in natürlicher Sprache kraft ihrer Subjektivität hinzusetzen könnte: „Ich behaupte, ϑ", erweist sich dieser Ausspruch nach den Sprachregeln als verschieden von: „Ich behaupte, daß ich ein Lügner bin".

Daraus sieht man, daß in der natürlichen Sprache das Paradoxon durch die subjektive Sprache hervorgerufen wird, dank der in der Aussage selbst Hinweise auf sie selbst enthalten sind – in egozentrischen Wörtern. Deshalb ist auch das Prinzip, diese Eigentümlichkeiten der egozentrischen Wörter logisch aufzuzeichnen, wie es Reichenbach vorgeschlagen hat, für die Klärung der Ursachen der Entstehung von Paradoxa in Aussagen in natürlicher Sprache wichtig.

Die Möglichkeit einer *Maschine für „egozentrische Wörter"* („Umschalter"), die diese so benutzen könnte, wie die Menschen es tun, ist eine von Russell erwogene Konstruktionsidee ([128], S. 105/106). Er meinte, daß eine Maschine, welche der verbalen Beschreibung der von ihr erfahrenen Einwirkungen das Wort *dies* hinzufügen würde (*dies ist rot, dies ist blau...*), keine wesentlichen Züge des menschlichen Sprachverhaltens reproduzieren dürfte. Tatsächlich wäre *dies* im gegebenen Falle lediglich ein Zusatz zu nachfolgenden Wörtern. Russell sagte, man könnte mit demselben Erfolg eine Maschine konstruieren, die der gleichen Bezeichnung von Farben das sinnlose Wort *abrakadabra* zugesellt (*abrakadabra – rot...*) ([128], S. 105). Man darf bemerken, daß dasselbe gilt hinsichtlich eines Modells der natürlichen Sprache, bei dem jede Aussage vorangestellt werden kann: „Ich behaupte, daß..."

Laut Russell wäre die Maschine einer modellmäßigen Darstellung der menschlichen Sprachtätigkeit nähergekommen, wenn sie einige Zeit nach dem ersten Versuch diesen mit den Worten beschreiben könnte: *Das war eine rote Farbe* ([128], S. 105). Den entsprechenden physiologischen Mechanismus, der der Verwendung des Wortes *das* durch den Menschen zugrunde liegt, beschreibt Russell als Verzögerung einer verbalen Reaktion auf einen Reiz, mit dem durchaus zutreffenden Vorbehalt, daß dieses Schema noch zu grob ist.

Als einfachstes Beispiel, das dem Schema Russells widerspricht, kann man auf die bei vielen Völkern verbreiteten Anekdoten von Leuten mit „langer Leitung" verweisen, die nicht sofort auf einen Witz reagieren.

Es ist unwichtig, wie groß das physikalische Intervall realer Zeit zwischen der Anregung (in diesem Falle dem Erzählen des Witzes) und der Reaktion (Gelächter oder Worte der begriffsstutzigen Person) ist. Es kommt darauf an, ob der sich Äußernde diesen Stimulus als aktuell für sich empfindet in dem Moment, da er darauf reagiert. Deshalb entspricht eine Beschreibung egozentrischer Wörter, in denen die Subjektivität der natürlichen Sprache klar zum Ausdruck kommt, in streng objektiven Termini (zum Beispiel mit Hilfe des physikalischen Zeitraums zwischen Stimulus und verbaler Reaktion) nicht dem Wesen der beschriebenen Erscheinung. Um die sprachliche Zeit (und überhaupt Umschalter, egozentrische Wörter) zu verstehen, ist es unerläßlich, auch die Unterschiede zwischen den beiden Hirnhemisphären in Rechnung zu stellen, indem die rechte auf die Gegenwart ausgerichtet ist und die linke sich mit der Planung der Zukunft beschäftigt.

Eine Betrachtung der natürlichen Sprache als verbale Reaktionen des Menschen auf Reize der Umwelt, die in der amerikanischen Forschung der Jahrhundertmitte besonders beliebt war, hat sich als allgemein unzulänglich erwiesen. Das hat N. Chomsky überzeugend dargelegt. Schon vorher hatte N. A. Bernstein bemerkt, daß die Sprache nicht mit Hilfe eines derartigen vereinfachten Schemas beschrieben werden kann.

N. A. Bernstein lenkte die Aufmerksamkeit auf die Bedeutung solcher Sprachelemente (von ihm „Operator-Wörter" genannt, was mit dem Begriff des Terminus „Operator“ in den künstlichen Sprachen übereinstimmt), die an sich nichts bezeichnen, aber auf unterschiedliche Beziehungen in der Rede hinweisen. Die Existenz solcher Wörter in der Sprache widerspricht laut Bernstein der Absicht, die Sprache einfach als eine Menge von Elementen *E* (Signalen) zu beschreiben, die einige andere Mengen *I* (Signale von Reizen aus dem äußeren Medium) widerspiegeln. Als Beispiele für Phrasen, die sich einer solchen Erklärung entziehen, hat Bernstein Aussagen angeführt, die egozentrische Wörter enthalten: *du denkst, wir gedenken* und dergleichen [18].

Nach einem Gedanken Bernsteins, der später in vielen Arbeiten unserer Gelehrten weiterentwickelt wurde, stellt die natürliche Sprache an sich ein Modell der Welt dar. Egozentrische Wörter setzen ein solches Modell voraus, wobei sich beim Gespräch der Sprecher selbst im Zentrum befindet.

3.6 Warum ein Roboter das Wort „dieser“ nicht versteht

Im Laufe des Gesprächs eines Menschen mit dem Roboter des Laboratoriums für künstliche Intelligenz, der kleine Würfel aufhebt, kam es zu dem folgenden Austausch von Erwiderungen: Auf den Befehl *Grasp the pyramid* (Nimm die Pyramide!) entgegnete der Roboter *I don't understand, which pyramid you mean* (ich weiß nicht, welche Pyramide Sie meinen). Der Roboter würde solange nichts tun, bis ihm der Mensch erklärt hat, welche von drei Pyramiden (eine rote, blaue oder grüne) er nehmen soll. Der bestimmte Artikel *the* (der, die, das im Deutschen) in dem englischen Satz ist ein egozentrisches Wort. Der Sprecher weiß, welche Pyramide er meint, im mündlichen Gespräch kann er das durch eine Geste erklären, darauf zeigen; aber der Roboter versteht das egozentrische Wort nicht.

In diesem Gespräch versteht die Maschine nur solche Fälle der Anwendung des bestimmten Artikels, in denen er sich auf Dinge bezieht, die in der gegebenen Situation singulär sind. Aus dem gleichen Grunde versteht die Maschine und wendet richtig an die Pronomina *I* (ich) und *you* (du, Sie), weil sie sich in dieser extrem vereinfachten Lage nur auf die gleiche Maschine und immer denselben Menschen beziehen, der mit ihr spricht. Die Pronomina sind bei einer solchen Anwendung, die sich prinzipiell von ihrem gewöhnlichen Gebrauch unterscheidet, Eigennamen äquivalent. Der Roboter steht noch auf dem Niveau eines kleinen Knaben, der sich selbst „Peterchen" nennt („Peterchen spielt" usw.). Der Roboter kann nur *I* und *you* vertauschen, indem er diese Wörter mal in bezug auf sich selbst, mal für seinen einzigen Gesprächspartner benutzt. Aber bei realer Kommunikation können *I* und *you* unterschiedliche, mitunter zahlreiche Gesprächspartner betreffen.

Damit die Maschine eine natürliche Sprache richtig verstehen kann, müßten Regeln für die „Umschaltung" aller egozentrischen Wörter und Formen auf die Situation eines jeden jeweils gegebenen Aktes mündlicher Kommunikation konstruiert werden. Jedes „individuelle Zeichen" (ϑ) definiert aufs neue andere, in ihrer Bedeutung von ihm abhängige egozentrische Wörter.

Ein interessanter Gedanke in Russells Überlegungen ist die Rolle der Zeit und des Gedächtnisses zur Modellierung der Bedeutungen egozentrischer Wörter. Man kann versuchen herauszufinden, wieviele solcher individueller Zeichen ϑ oder Aussagen gewöhnlich im Gedächtnis des Menschen gespeichert sind. Eine angenäherte Abschätzung dieser Größe ergibt sich aus dem Umstand, daß sich zum Beispiel jeder Schüler gewöhnlich an Gespräche mit seinen Kameraden und deren Antworten in den Unterrichtsstunden der letzten Tage erinnert, und daß sich ein Lehrer an Fragen erinnert, die ihm nach der Stunde oder im Seminar gestellt wurden. Wie man aus den Texten der Evangelien und der neueren Memoirenliteratur sieht, kann der Mensch, wenn er sich für einen anderen Menschen sehr interessiert, buchstäblich alle seine wichtigen Aussprüche über sehr lange Zeit im Gedächtnis behalten. Hinsichtlich nicht nur Nahestehender, sondern auch entfernter Bekannter hängt die Benutzung egozentrischer Wörter bei nachfolgenden Sprechakten von den ϑ ab, die man in Erinnerung behalten hat. Als ein einfaches Beispiel genügt es, darauf zu verweisen, daß die Leute immer wissen, mit wem sie sich siezen und mit wem sie sich duzen; und der Übergang von der einen Form der Anrede zur anderen wird gewöhnlich durch ein soziales Ritual vollzogen (zum Beispiel, indem man Brüderschaft trinkt).

Wenn man sich des Vergleichs der Sprache mit dem Schachspiel bedienen will, wie es die Mathematiker und Logiker oft im

Gefolge Hilberts und die Linguisten im Gefolge Saussures tun, so könnte man die Anwendung der Sprache in der Gesellschaft durch den Menschen mit vielen Partien vergleichen, die von Großmeistern simultan an verschiedenen Brettern gespielt werden. Obwohl in der realen Kommunikationssprache jeder folgende „Zug“ in einer einzelnen Partie (jedes Gespräch mit einem neuen Partner) durch ein längeres Zeitintervall von allen vorangegangenen getrennt sein kann, müssen diese Partien (Gespräche) gleichzeitig im Gedächtnis behalten werden (alle Züge werden aufgeschrieben). Deshalb sind Modelle für Simultanschach und für sprachliche Kommunikation im Grunde identisch. Dank den Bedeutungseigentümlichkeiten der egozentrischen Wörter wird der Mensch gewöhnlich mit einer solchen Aufgabe fertig.

Das oben angeführte Beispiel eines Roboters, der mit einem Menschen Klötzchen spielt [115], bedeutet eine extreme Vereinfachung insofern, als die Zahl der Gesprächspartner auf zwei ständige Teilnehmer beschränkt ist. Deswegen reduzieren sich die egozentrische Wörter (*ich*, *du/Sie*) in einem solchen Schema auf Etiketten (Eigennamen), die jeweils den einen Partner identifizieren. Wenn man sich aber die realen Möglichkeiten vor Augen hält, daß sich viele Leute in natürlicher Sprache mit einer Rechenmaschine im Time-sharing (wobei die Maschine gleichzeitig mit einer ganzen Reihe von Benutzern kommunizieren kann) unterhalten, dann kann eine wesentliche Kommunikationsschwierigkeit in dem Verstehen egozentrischer Wörter durch die Maschine denkbar sein.

Wenn die Maschine mit vielen Menschen verkehrt, dürfte es eine praktisch sehr wichtige Aufgabe sein zu erreichen, daß die Maschine jeden Partner des Nachrichtenaustauschs herauskennt. Der Mensch unterscheidet seine Gesprächspartner nicht dank egozentrischer Wörter, sondern trotz ihrer (für jeden Partner kommt ein und dasselbe Personalpronomen in Betracht). Damit eine Maschine einen individuellen Menschen herauskennt, wären nicht persönliche Fürwörter nützlich, sondern Mittel in der Art eines „eigenen Liedes“ (Kennmelodie) oder Rufzeichens, so wie jeder von uns seine Bekannten an der Stimme identifiziert, etwa beim Telephongespräch. Nach neuesten experimentellen Daten wird diese Funktion durch die „nichtsprachliche“ rechte Hemisphäre wahrgenommen [25]; ihre Modellierung auf einem Sprachanalysator-Apparat stößt auf beträchtliche Schwierigkeiten [30]. Aussprüche, die mit *ich* anfangen, bezeichnen lediglich „die Quelle der betreffenden Mitteilung“ und können dem Erkennen der betreffenden Person nicht anders dienen, als durch deren Identifikation mit dem Autor oder der Ausgangsinstanz der Nachricht.

Die bis heute offenbar noch nicht recht überwundenen Schwierigkeiten, die zu erwarten sind, wenn eine Maschine es lernen soll, Fürwörter zu verstehen, die egozentrische Wörter enthalten, könnte man am Beispiel von Descartes' Ausspruch „Ich denke, also bin ich" erläutern. Die logische Analyse dieses Ausspruchs führt zu dem Schluß, daß er einen Quantor der Existenz enthält (∃): „Gedanke existiert". Offenbar könnte die Äußerung von Descartes einer Maschine mitgeteilt (oder von ihr selbst analysiert) werden in der Form: „In der Quelle der vorliegenden Mitteilung existiert ein Gedanke, folglich existiert ein Gedanke, folglich existiert die Quelle der vorliegenden Mitteilung". In dieser Form ist das egozentrische Wort „vorliegend" beibehalten worden („vorliegende Mitteilung" wird im Sinne des Individualzeichens ϑ verwandt). Man kann sich vorstellen, daß jede der Maschine eingegebene Mitteilung numeriert wird, das heißt: individuelle Zeichen werden gespeichert, indem sie mit entsprechenden Zahlen codiert sind (das entspricht genau der Idee Reichenbachs, der vorgeschlagen hat, eine laufende Nummer als individuelles Zeichen für dieses ϑ zu lesen).

Angenommen, der Ausspruch von Descartes sei als ϑ_i verschlüsselt. Dann wäre die Nachricht ϑ_i in folgender Form verständlich: „In der Nachrichtenquelle ϑ_i existiert ein Gedanke, folglich existiert die Nachrichtenquelle ϑ_i" (Die Prinzipien einer formalisierten Darlegung dieser Idee sind schon im 17. Jahrhundert von Spinoza vermerkt worden in dem Buch: „Die Grundlagen der Philosophie Descartes', auf philosophische Art bewiesen").

Um einer Maschine natürliche Sprache beizubringen, muß man ihr unbedingt einige Voraussetzungen für das Verstehen der Bedeutung von Wörtern eingeben (eine andere Möglichkeit ist die Bildung eines Systems solcher Voraussetzungen durch die Maschine selbst – mit anderen Worten: eines bestimmten Weltmodells auf Grund einiger eingegebener Ausgangsdaten). Zu diesen Voraussetzungen sollte unbedingt auch die Angabe gehören, daß jede in die Maschine eingegebene Nachricht auch eine Quelle hat. In diesem Falle folgt die zweite Hälfte der Aussage ϑ_i automatisch selbst aus dem Anfang der eingegebenen Nachricht ϑ_i. Was nun die erste Hälfte anbetrifft, so hängt deren Interpretation durch die Maschine davon ab, wie sie das Wort *Gedanke* versteht. Wenn dieses Wort, was möglich erscheint, als gleichbedeutend mit

„Informationsverarbeitung" begriffen wird, dann wird die erste Hälfte der Nachricht ϑ_i verstanden als ein Hinweis auf das Vorhandensein einer Informationsverarbeitung in der Nachrichtenquelle ϑ_i selbst. Auch das muß offensichtlich einigen Voraussetzungen für das Verstehen von Sprache entsprechen. In dem Maße, wie die Nachricht ϑ_i für die Maschine verständlich sein kann, ist sie ganz aus den Voraussetzungen für das Sprachverstehen ableitbar und bringt in diesem Sinne durchaus keine neue Information.

3.7 Die Mitteilung und ihr Autor

Es ist unmöglich, den Sinn egozentrischer Wörter zu bestimmen, ohne daß die Quelle der betreffenden Nachricht ϑ mit einer konkreten Person identifiziert worden ist. Aber diese Identifikation erfolgt selbst erst meistens durch eben die Nachricht ϑ (wie im Beispiel mit dem Ausspruch Luthers, den Reichenbach analysiert hat), oder durch frühere Nachrichten aus der gleichen Quelle. Die meisten Namen ihm persönlich unbekannter Leute, die einem modernen gebildeten Menschen geläufig sind, kennt er als Autoren von Büchern (typisch sind Definitionen in Kreuzworträtseln, wie „Roman eines russischen Autors aus dem 19. Jahrhundert").

In Gogols „Revisor" schreibt sich Golodja Chlestakow in einer Renommierszene vor der Frau der Stadthauptmanns und ihrer Tochter eine Menge in jenen Jahren populärer Literaturerzeugnisse zu:

Chlestakow: *Alles, was unter dem Namen von Baron Brambeus erschienen ist, „Die Fregatte der Hoffnung" und „Der Moskauer Telegraph" ... all das habe ich verfaßt.*
Anna Andrejewna: *Sagen Sie, dann waren Sie also Brambeus?*
Chlestakow: *Je nun, ich korrigiere alle seine Artikel. Smidrin gibt mir dafür vierzigtausend.*
Anna Andrejewna: *So ist dann auch „Jurij Miloslawskij" Ihr Werk?*
Chlestakow: *Ja, es ist mein Werk.*
Anna Andrejewna: *Das habe ich mir gleich gedacht.*
Marja Antonowna: *Ach, Mutti, dort steht aber, es ist das Werk von Herrn Sagoskin.*

Anna Andrejewna: *Da haben wir es; ich dachte doch, daß du streiten würdest.*
Chlestakow: *Ach ja, das stimmt, dies ist wirklich von Sagoskin; es gibt aber einen anderen „Jurij Miloslawskij", und der ist wirklich von mir.*
Anna Andrejewna: *Na also, richtig! Ich habe den Ihren gelesen ... .*"

Wir beobachten hier sprachliche Aussagen von zweierlei Art. „Ich habe das verfaßt" (ϑ_1) und „Sagoskin ist der Autor von ‚Jurij Miloslawskij' " (ϑ_2).

Die erste Aussage (ϑ_1) erklärt, daß *x* die Quelle der Nachricht ϑ_1 ist und früher die Quelle irgendeiner schriftlichen Nachricht ϑ_k (mit dem egozentrischen Wort *das* bezeichnet) war. In dem zweiten Satz (ϑ_2) wird behauptet, daß eine Person *y*, die den Eigennamen Sagoskin trägt, als Autor einer schriftlichen Nachricht ϑ_l auftritt, die unter der Überschrift „Jurij Miloslawskij" bekannt ist. Die Ähnlichkeit der beiden Aussagen ϑ_1 und ϑ_2 besteht darin, daß beide einen Zusammenhang eines Autors (der Quelle) mit gewissen Mitteilungen behaupten. Der Unterschied zwischen ihnen besteht in dem egozentrischen Charakter der Aussage ϑ_1. Jede der beiden Aussagen kann in logischer Sprache mit Hilfe des Jota-Operators geschrieben werden. Bezeichnet man den Autor (die Quelle der Nachricht) mit *A*, so kann man schreiben:

$$\vartheta_1 \text{ als } (\iota x)\,(Ax\vartheta_k)\ \&\ (\iota x)\,(Ax\vartheta_1) \text{ mit } \vartheta_1 \neq \vartheta_k$$
$$\vartheta_2 \text{ als } (\iota y)\,(Ay\vartheta_l).$$

Der Unterschied zwischen ϑ_1 und ϑ_2 tritt in der logischen Aufzeichnung hervor, aus der ersichtlich ist, daß in ϑ_1 eine doppelte Autorschaft behauptet wird, nämlich *x*, hinsichtlich ϑ_k und ϑ_l. In ϑ_2 wird erklärt, daß es ein und nur ein Individuum gibt, welches der Autor von ϑ_l – Jurij Miloslawskij – ist und daß dieses Individuum dasselbe ist wie Sagoskin (in der speziellen Sprache der mathematischen Logik kann man sagen, daß die Namen *Sagoskin* und *Autor von „Jurij Miloslawskij"* ein gleiches Denotat haben). Chlestakow zerstört zunächst diese Voraussetzung für ein richtiges Verständnis der Sprache, zieht sich dann aber aus der Schlinge, indem er erklärt, daß es zwei verschiedene Romane mit diesem Titel gäbe, und daß sie zwei Autoren hätten: für den einen (ϑ_l) Sagoskin, und für den anderen (ϑ_k) Chlestakow selbst.

Es muß betont werden, daß die außergewöhnliche Kompliziertheit und Größe einer Nachricht vom Typ ϑ, die ein ganzes Buch darstellt, es prinzipiell unmöglich macht, in logischer Notierung die Übermittlung einer ganzen solchen Nachricht in Zeichenanführung ($\searrow \vartheta \swarrow$) darzustellen, das heißt in direkter Rede wiederzugeben. Das gilt nicht nur für eine schriftliche Mitteilung, sondern auch für recht ausgedehnte mündliche. Folglich beziehen sich Behauptungen bezüglich einer Autorenschaft gewöhnlich nicht auf die Mitteilungen selbst, sondern auf andere individuelle Objekte, die sie bezeichnen (auf Überschriften oder Buchtitel in geschriebener natürlicher Sprache).

Wegen der gleichen praktischen Unmöglichkeit, die ganze Mitteilung zu wiederholen, werden in Bibliothekskatalogen und den meisten bibliographischen Nachschlagewerken handschriftliche Mitteilungen üblicherweise nach Anfängen beziehungsweise Überschriften und Autoren codiert. Dadurch entstehen auch gerade die besonderen Schwierigkeiten in der Bearbeitung der zunehmenden Menge wissenschaftlicher Publikationen, zu deren partieller Bewältigung Referatezeitschriften erscheinen und informationsverarbeitende Maschinen eingesetzt werden.

3.8 Das Gedächtnis der Kultur

Die moderne Gesellschaft zeichnet sich durch eine besondere Art kollektiven Gedächtnisses aus (speziell durch Bibliotheken, Archive, Diskotheken, Filmotheken u. dergl.). Darin wird eine ungeheure Menge schriftlicher und anderer Aussagen mit Angabe der Autoren aufbewahrt. Die Menge und Kompliziertheit dieser ganzen Informationsmasse rief die Dokumentaristik ins Leben, die Disziplin zur Erforschung dieser Masse und der Mittel ihrer Organisation (zur Dokumentaristik im weiteren Sinne gehören auch Bibliotheks- und Archivwesen und Filmkunde).

Ein Wissenschaftler, der auf irgendeinem sich rasch entwickelnden Gebiet der heutigen Forschung arbeitet, ist mit einer Aufgabe beschäftigt, die zum Teil dem oben behandelten Modell eines Simultanspiels (mit mehreren Partnern im Time-sharing) ähnlich ist. Aber die Zahl der von dem Gelehrten zu spielenden Partien ist gewöhnlich wesentlich größer als bei alltäglicher mündlicher Kommunikation. Er muß ständig den Strom wissenschaftlicher Publikationen auf seinem eigenen und einigen (manchmal sogar vielen) angrenzenden Gebieten verfolgen.

Die Schwierigkeiten werden durch die Vielfalt der Sprachen gesteigert, in denen diese Mitteilungen gedruckt werden, und die Menge (bisweilen auch Knappheit) der entsprechenden Zeitschriften. Deshalb ist der einzige Versuch, dem Forscher die Arbeit zu erleichtern, der, daß ein Teil dieser nicht zu bewältigenden Hilfsarbeit einer Rechenmaschine übertragen wird. Man geht davon aus, daß die Nachrichten auf irgendeinem bestimmten Gebiet (zum Beispiel in der organischen Chemie, wo das Auffinden neu synthetisierter Verbindungen in den schon oben erwähnten Verzeichnissen eine bedeutende Schwierigkeit bereiten kann) in einer informationsverarbeitenden Maschine (oder einem Komplex solcher Maschinen) gespeichert werden können, an die sich der Forscher bei Bedarf mit Nachfragen wenden kann. Die Anzahl der konkreten Ergebnisse ist nach mehr als zwanzig Jahren angespannter Arbeit auf diesem Gebiet noch nicht sehr groß, obwohl in einer Reihe von Ländern Maschinen schon bei Bearbeitung von Patenten und der Lösung einiger anderer Aufgaben helfen, bei denen es um das Auffinden von Information in einer großen Menge von Dokumenten geht. Es beginnen bereits wissenschaftliche Zeitschriften zu erscheinen (zum Beispiel das amerikanische „Journal of computational linguistics“), die für maschinelle Auswertung geeignet sind.

Das Ausmaß der gesamten Information, die in Druckwerken und Manuskripten bis heute von der Menschheit angehäuft wurde, hat N. S. Kardaschow, korrespondierendes Mitglied der Akademie der Wissenschaften der UdSSR, auf 10^{14} bit („binary digit“ = Einheit der Information, Entscheidungsschritt im Dualsystem) geschätzt. Diese Abschätzung beruht darauf, daß der Gesamtumfang aller Drucke und Handschriften auf der Erde rund 10^8 beträgt, wobei jedes Buch durchschnittlich 10^6 bit enthält (was der mittleren Kapazität des Arbeitsspeichers einer modernen Rechenmaschine entspricht). Es steht aber außer Zweifel, daß ein wesentlicher Teil dieser Information erheblich konzentrierter dargestellt werden könnte, so daß sich für die Gesamtinformation in erster Näherung eine Zahl der Größenordnung 10^{11} bit ergibt.

Die Anzahl der Neuronen im Gehirn eines jeden Menschen übersteigt 10^{10}; und nach allerneuesten Daten ist die Zahl der Neuronenverbindungen wesentlich größer als die der Neuronen selbst und geht bis 10^{15} oder 10^{16}. Deshalb führen moderne Arbeiten zur

Abschätzung der von der ganzen Menschheit angesammelten Information zu einem unerwarteten und paradoxen Ergebnis: Diese gesamte Information könnte vom Gehirn eines einzigen Menschen aufgenommen und verarbeitet werden.

Aber diese theoretisch vorhandene Möglichkeit wird nur bei wenigen Leuten bis zu einem gewissen Maße realisiert. Für eine breitere Realisierung dieser potentiellen Möglichkeiten bedarf es einer vernünftigeren Organisation des ganzen Komplexes unserer Kenntnisse.

Die gleiche Aufgabe stellt sich auch beim Einsatz von Rechenanlagen (speziell vom informationsverarbeitenden Typ) zur Speicherung wissenschaftlicher Information. Es ist zum Beispiel klar, daß es unsinnig wäre, das operative Gedächtnis (Arbeitsspeicher) des Gerätes von einer Kapazität der Größenordnung 10^6 bit mit einem einzigen Buch zu belegen, das bei einer Eingabe in natürlicher Sprache dieses ganze Speichervolumen beanspruchen würde. Folglich stellt sich die Aufgabe, die angehäufte Informationsmasse sinnvoll umzucodieren. Es kommt darauf an, ein Buch nicht in Gestalt jener (buchstäblichen) Information festzuhalten, die für die linke Hemisphäre charakteristisch ist (und die gerade das Maß für die abzuschätzende Informationsmenge eines Buches darstellt), sondern als einen Komplex von Bezeichnungen, die für die rechte Hemisphäre typisch sind (und deren quantitative Erfassung erhebliche Schwierigkeiten machen).

Für den Rechner ebenso wie für den einzelnen Menschen besteht die Hauptschwierigkeit in der Aneignung all dieser Information darin, daß sie bisher nicht in Form eines einheitlichen Zeichensystems gespeichert und weitgegeben wurde, sondern als Summe von Texten verschiedener Autoren. In den Bibliotheken wird die wissenschaftliche Information in Gestalt einer Menge von Nachrichten (ϑ_1, ϑ_2, ... ϑ_n, mit $n \rightarrow \infty$) gespeichert, die von bestimmten Autoren stammen. Innerhalb einer jeden solchen Nachricht gibt es gewöhnlich eine beträchtliche Anzahl von Wiederholungen (in Nacherzählungen und Zitaten) vorangegangener Mitteilungen. Ein Text ϑ_m enthält gewöhnlich Verweise auf Texte ϑ_j, ϑ_{j+1}, ... ϑ_{m-1} oder eine partielle (mitunter auch vollständige) Wiederholung dieser Texte. In manchen Geisteswissenschaften bilden Mitteilungen über vorangegangene Nachrichten einen wesentlichen Teil des ganzen wissenschaftlichen Textes; dasselbe gilt auch für Übersichtsaufsätze oder Monographien auf beliebigen Wissensgebieten.

Schon hierdurch kommt es notwendigerweise zu einer beträchtlichen Anzahl von Wiederholungen, die einen bedeutenden Teil der wissenschaftlichen Texte redundant (überflüssig) machen. Auch unter dem Gesichtspunkt der Sicherung von Störungen oder Verfälschungen dürfen Wiederholungen nicht gerechtfertigt werden. Die Geschichte der Wissenschaften zeigt, daß sich solche von einer Arbeit zur anderen weitergegebenen (darunter auch störungssichere, die leicht spätere Generationen erreichen) Behauptungen danach als veraltet (und letztlich falsch) erweisen, während singuläre Aussagen (die nicht in anderen Arbeiten wiederholt wurden) sich in der Folgezeit bestätigen und Weiterentwicklung erfahren können.

Als Beispiel darf man an das Schicksal vieler Ideen von Leibniz erinnern, der, nach den Worten Wieners, ein Wegbereiter der Kybernetik gewesen ist und, wie jetzt von vielen anerkannt wird, sogar ein Pionier der modernen mathematischen Logik, der Semiotik und der neuesten Linguistik war. Eine Fülle der beachtlichsten Ideen Leibnizens blieben zum Teil noch lange nach seinem Tode in Handschriften versteckt und wurden erst kürzlich – mehr als zweihundert Jahre danach – ediert und in ihrem vollem Umfang untersucht. Ein ähnliches Schicksal ist auch typisch für das Erbe eines anderen Vorläufers der Semiotik, des amerikanischen Logikers Peirce.

Die Autorität eines bestimmten Autors kann dazu führen, daß gerade seine Äußerungen vollständig oder teilweise in den folgenden Texten anderer Autoren wiedergegeben werden. Wenn ein und dieselbe Nachricht in Informationsübertragungssystemen zirkuliert, kann das negative Folgen haben. Vom kybernetischen Standpunkt aus kann man sie mit dem Mechanismus der Entstehung individueller Nervenstörungen vergleichen, wenn das Gehirn immer wieder nur die gleiche traumatische Mitteilung reproduziert, das heißt bei Wiederholung eines Traumas, das vom Zentralnervensystem hervorgebracht wird.

Die Wissenschaft bemüht sich in neuester Zeit (z. T. noch elementar), die Persönlichkeit des Autors zu eliminieren und ein einheitliches, überpersönliches Informationssystem zu konstruieren. Die Erreichung dieses Ziels wäre auch ein Ausweg aus jener Informationskrise, zu der die Anhäufung wissenschaftlicher und technischer Publikationen verschiedener Autoren führt.

Da sich jede wissenschaftliche Nachricht (nicht ausgenommen die verhältnismäßig seltenen, die die Einführung eines prinzipiell neuen Gesichtspunktes für eine gegebene Sache beinhalten) hauptsächlich auf die Ergebnisse aller vorangegangenen stützt, ist selbst der Begriff der Autorenschaft bei wissenschaftlichen Werken in gewissem Grade problematisch. Eine informationslogische Maschine, in der die Gesamtmasse des Wissens auf einem bestimmten Gebiet gespeichert ist, kann, sobald man ihr einige neu publizierte Nachrichten eingibt, die das gleiche Thema behandeln, feststellen, daß sie gar keine neue Information enthalten. Falls in entsprechenden Aufsätzen in natürlicher Sprache auch egozentrische Aussagen enthalten sind wie: „Ich habe festgestellt, daß ..." oder: „Wir sind der Meinung ...", dann müssen die entsprechenden Deskriptionen bei den folgenden Schritten der Maschinentätigkeit aus der logischen Aufzeichnung entfernt werden. Schon darum kann man sich vorstellen, daß für die Kommunikation mit informationslogischen Maschinen die egozentrischen Wörter der natürlichen Sprachen keine wesentliche Rolle spielen dürfen.

Daß man die Autorenschaft irgendeines Textes einer bestimmten Person zuschreibt, die diese Texte in natürlicher Sprache abschließend formuliert hat, ehe sie in den Druck gingen, kann eine zeitweilige Besonderheit eines bestimmten Kulturtyps sein. Es ist in keiner Weise obligatorischer, als es für die melanesischen Sprachen die Wiedergabe der Bezeichnungen von Dingen mit grammatischen Merkmalen einer unabdingbaren Zugehörigkeit ist. Die Kategorie der Zugehörigkeit, wie sie für die linke Hemisphäre charakteristisch ist, kann beliebigen Objekten beigefügt werden.

Der Begriff der Autorenschaft, durch den bei Deskriptionen andere egozentrische Wörter festgelegt werden können, ist an sich logisch schwer definierbar. In bezug auf einen wissenschaftlichen Text könnte man nur von einem gewissen Anteil eines einzelnen Gelehrten an der Autorenschaft sprechen (hinsichtlich des Inhaltes, der nach Übertragung der betreffenden Nachricht in eine künstliche, beispielsweise informationslogische Sprache übrigbleibt). Aber auch schon die Aufgabe der exakten Bestimmung eines solchen Anteils wird dadurch sehr erschwert, daß die Forscher oft fast gleichzeitig zu denselben Resultaten kommen (wobei sie manchmal von der Arbeitsrichtung ihrer Kollegen teilweise Kenntnis haben).

3.9 Bewahrung von Information in einer schriftlosen Gesellschaft

Die moderne Kultur bewahrt im Gedächtnis der gesamten Gesellschaft eine solche Masse schriftlicher Mitteilungen bestimmter Autoren, daß deren Anzahl die Möglichkeiten des Gedächtnisses eines individuellen menschlichen Gehirns übersteigt (obwohl ein einziges Gehirn in der Lage wäre, den realen Informationsbestand der Kultur bei vernünftigerer Codierung in Erinnerung zu behalten). Diese ungeschickte Art der Codierung, die fälschlich als „Informationsexplosion" bezeichnet wird, ist für die menschliche Kultur erst in ihrer jüngsten Periode bezeichnend geworden. Durch den Umfang ihres literarischen Gedächtnisses unterscheiden sich die Gesellschaften, die sich weitgehend der Schrift bedient haben (angefangen mit den vorderasiatischen Zivilisationen des dritten bis zweiten Jahrtausends v. u. Z.), von den früheren Kulturen.

Eine Zwischenetappe kann man beobachten, wenn man zum Beispiel die Keilschriftbibliothek der hethitischen Könige des 14. bis 13. Jahrhunderts vor unserer Zeitrechnung aus Hattuscha (dem heutigen Dorf Boghazköy in Zentralanatolien unweit Ankara) untersucht. Während des halben Jahrtausends, in dem es die hethitische Keilschrift gab, wurde eine beträchtliche Anzahl von Texten angehäuft – nach angenäherten Zählungen ungefähr viertausend keilschriftliche Texte unterschiedlicher Benennung, von denen uns ungefähr der siebente Teil erhalten ist. Jeder derartige Text bestand aus einigen Tontäfelchen, die mit Tausenden von Keilschriftzeichen bedeckt waren. Das ergibt einige Millionen Keilschriftzeichen, von denen ein jedes einige Dutzend bit enthält, so daß der Gesamtumfang an keilschriftlicher Information auf eine Größenordnung von 10^8 bit geschätzt werden kann.

Die gesamte umfangreiche Literatur, die in einer besonderen Hieroglyphenschrift auf Holz geschrieben war, ist bei den Bränden der Städte verlorengegangen. Es gab auch schon die ersten Anfänge späterer Dokumentalistik. Zahlreiche Schreiber (die Texte erwähnen mehr als hundert Schreiber mit verschiedenen Namen) haben alte Texte abgeschrieben (es sind viele Duplikate eines gleichen Textes erhalten) und neue aufgezeichnet sowie für Ordnung und Konservierung des Archivs gesorgt. Es sind von Schreibern zusammengestellte Kataloge erhalten, wo neben der

Überschrift des Textes (der oft mit seiner ersten Zeile bezeichnet wird, etwa: „Wenn ich das Gespenst eines Toten rufe") der Name der als Autor auftretenden Person steht und auch Angaben über den Erhaltungszustand der Tafeln im Archiv gemacht werden. Zum Beispiel sieht eine Zeile aus einem hethitischen Katalog von Täfelchen so aus: „Ein keilschriftliches Tontäfelchen: Worte von Tunnavia, Alter Frau, Priesterin. ‚Wenn ich das Gespenst eines Toten rufe'. Die Tafel enthält nicht das Ende des Textes, aber wir haben die ihr folgende Tafel nicht gefunden". Daraus sieht man, daß die hethitischen Schreiber schon das Verfahren der abgekürzten Bezeichnung eines Textes durch ein anderes, individuelles Zeichen kannten – seine Überschrift in Verbindung mit der Angabe des Autors.

Die Alte Frau, eine Priesterin, vollzog ein Ritual, wobei sie einen Beschwörungstext sprach, der in vielem traditionell war und jedenfalls nicht in höherem Maße von ihr stammte, als die Gedanken, die ein moderner popularwissenschaftlicher Schriftsteller äußert, seine eigenen sind. Die Worte „Ich rufe das Gespenst" darin waren sicher nicht zum ersten Mal erfunden. Nichtsdestoweniger wurde der Name der Frau im Katalog wie auch im Text selbst (gewöhnlich am Anfang wie auch in dem am Schluß befindlichen Titel) als Autorenname angegeben. Der Begriff der Autorenschaft, wie er sich bis in unsere Zeit gehalten hat, ist fast gleichzeitig mit der Schreibkunst entstanden.

Schriftlose Kulturen sind durch außerordentliche Einfachheit ihrer kulturellen, religiösen und sozialen Traditionen gekennzeichnet. Wenn künstliche, die Zeit überdauernde Mittel zur Weitergabe von Information fehlen, wie sie durch die Erfindung der Schrift auftauchen, dann wird diese Weitergabe hauptsächlich durch Einprägung und Wiederholung von Wortkombinationen der mündlichen Sprache realisiert. Am besten behält man solche Wortgebilde in einem poetischen Werk, das mit Musikbegleitung aufgeführt wird.

Die Einheit von dichterischer und musikalischer Form (wobei die rechte Hemisphäre an der Erinnerung beteiligt ist) wird als Verfahren der Mnemotechnik benutzt, was man bis jetzt noch an den Rezitatoren der Veden, jener ältesten religiösen Hymnen Indiens, beobachten kann. In Indien kam die Schreibkunst erst verhältnismäßig spät (zu Beginn unserer Zeitrechnung) in breitere Anwendung, während sich die Wissenschaften (wie Linguistik, Poetik, Logik, Mathematik und Astronomie) schon ein halbes

Jahrtausend früher entfaltet hatten. Die ältesten indischen wissenschaftlichen Traktate (die sogar eine besondere mündliche Nomenklatur verwenden, etwa in der Linguistik) existierten zuerst nur in mündlicher Tradition. Dabei wurden auch die Namen ihrer Autoren weitergegeben.

Bei schriftlosen Gesellschaften wird im Gedächtnis eines jeden speziell dazu erzogenen Mitgliedes eine beträchtliche Menge an Texten mündlicher Volksliteratur aufbewahrt. Für die Kybernetik, die sich mit dem Problem der Kapazität des menschlichen Erinnerungsvermögens befaßt, sind Angaben über das Ausmaß eines solchen individuellen Gedächtnisses in schriftlosen Gesellschaften von Bedeutung. Nach Berechnungen des Sammlers von Bylinen (Heldensagen) des Weißmeergebietes, A. W. Markow, hat die berühmte Märchenerzählerin Großrußlands, M. A. Krjukowa, ihm 10300 Verse vorgesungen. Wie W. M. Zhirmunskij, Mitglied der Akademie der Wissenschaften, in seinem Buch über das usbekische Heldenepos bemerkte, konnten gute usbekische Rezitatoren durchschnittlich rund dreißig Epen, *dastan* genannt, aufsagen, von denen ein jedes einige tausend Verse umfaßte. Ein Rekordgedächtnis zeichnete den usbekischen Erzähler Pulkanschair aus, der es bis auf siebzig Dastans (das sind einige hunderttausend Verse) brachte. In jeder Verszeile stecken einige Dutzend binäre Informationseinheiten. Folglich kann man die maximale Kapazität der Speichereinrichtung auf größenordnungsmäßig 10^7 bit schätzen (aufgrund experimentalpsychologischer Daten wurde die Grenze für das Langzeitgedächtnis des Menschen auf 10^9 bit beziffert).

Mit anderen Worten, die Grenzkapazität des individuellen Gedächtnisses bei mündlicher Übermittlung von Information in schriftlosen Gesellschaften ist vergleichbar mit dem Speichervermögen einer modernen Rechenanlage neuester Bauart und dem äußersten Volumen eines ganzen Kollektivs (der in der Gesamtheit schriftlicher Nachrichten enthaltenen Informationsmenge) bei solchen frühen, über Schrift verfügenden Gesellschaften wie der hethitischen.

Beim Übergang zur schriftlichen Übermittlung von Information liegt ein Gewinn nicht nur in den weitergegebenen Mengen Information, sondern auch in deren Qualität. Erstens diente die Schrift ganz von Anfang an zur Aufzeichnung verschiedener Sprachen (und vorwiegend sogar zur Aufzeichnung einer ungewöhnlichen, fremden oder heiligen Sprache). So wurden in dem Keilschriftarchiv der hethitischen Könige Texte in sieben verschiedenen Sprachen gefunden. Zweitens ermöglicht es die Schrift prinzipiell, Texte in der Erinnerung einer Gesellschaft zu erhalten, die sich scharf von den allgemein akzeptierten unterscheiden und daher nur für ihren Autor charakteristisch sind.

Unter den aus einer Gesamtzahl von 4000 uns überlieferten 600 Texten des hethitischen Archivs kann man im ganzen nur bei zwei oder drei den Stempel schöpferischer Individualität erkennen, während alle übrigen einem allgemein üblichen Klischee folgen. Dem Inhalt nach wurden in jener Zeit viele Texte aufgeschrieben, die der Folklore noch recht nahe standen. Während aber Folklore im Prinzip sich an alle Mitglieder eines kleinen Stammes richtet, wurde die Schrift in der Frühzeit von einem sehr beschränkten Personenkreis benutzt, der Priesterschaft und Angehörigen anderer hoher sozialer Schichten. Deshalb bedeutete das Aufkommen der Schrift zu Anfang (und im Verlaufe einer recht langen Zeit danach) gewöhnlich auch keine Erweiterung des Personenkreises, der sich dieser Information bediente.

Einen wesentlichen Unterschied zwischen schriftloser volkstümlicher Tradition und moderner Schriftliteratur kann man durch einen Hinweis auf den Science-Fiction-Roman von R. Bradbury „Fahrenheit 451“ verdeutlichen. In diesem Roman (wie in dem gleichnamigen Film Truffauts) verfolgt ein totalitäres Regime alle, bei denen Bücher entdeckt werden; und die Bücher werden erbarmungslos verbrannt. Eine kleine Schar von Bücherfreunden, denen es gelingt, dieser Hölle zu entfliehen, teilen die Schöne Literatur unter sich auf, um sie zu erhalten. Jeder von ihnen lernt ein Werk (oder die Bücher irgendeines Autors) auswendig und ersetzt für andere damit das Buch, das leicht verlorengehen kann. Eine solche Spezialisierung erinnert an die Organisation eines Ameisenhaufens, wo manche Ameisen für andere Glieder der Gemeinschaft als eine Art von Fässern dienen, die randvoll mit Honig gefüllt sind und bei Bedarf angebrochen werden. Genau so ist in der ungeheuerlichen sozialen Utopie Bradburys das Gehirn eines solchen „menschlichen Buches“ bis zum Rand voll von dem einen oder anderen Buch, das man ihm eingetrichtert hat. Daraus sieht man, daß es der Schriftliteratur so bald nicht beschieden sein dürfte, wieder Folklore zu werden.

3.10 Das schöpferische Gedächtnis des Menschen

Schon bei der Erforschung der Folklore ist der Gedanke erlaubt, daß die Fähigkeiten des Menschen nicht im passiven Gedächtnis zum Ausdruck kommen, sondern in schöpferischer Wiedergabe. Soviel ein Mensch sich auch einprägen muß – der schöpferische Charakter seines Gedächtnisses verhindert eine passive Rückerinnerung an umfangreiche Texte; die linke (sprachbezogene) Hemisphäre holt die Texte weniger aus dem Gedächtnis wieder hervor, sondern erschafft sie vielmehr aufs neue.

S. W. Schereschewskij konnte sich lange Listen aus Tausenden von Wörtern, darunter auch sinnlosen, merken und nach langer Zeit aufsagen. Ohne Italienisch zu können, behielt er nur vom Hören die erste Strophe der „Göttlichen Komödie" und sagte sie nach fünfzehn Jahren fehlerlos auf. Sein Gedächtnis war mit der rechten Hemisphäre korreliert. Erinnerung beschrieb er als „leichtes Kitzeln in der linken Hand" ([38], S. 19). Aber es machte ihm Schwierigkeiten, sich an einen langen zusammenhängenden Text in seiner Muttersprache zu erinnern. Wie er es selbst beschrieb: „Jedes Wort ruft Bilder hervor, und diese befinden sich hintereinander, und es kommt zu einem Chaos" ([38], S. 38).

Eben deshalb, weil das Gedächtnis der sprachlichen (linken) Hemisphäre schöpferisch und bildlich ist, kann man nur dann etwas behalten, wenn man Eigenes hinzufügt, wie das auch die Märchenerzähler und Sagenrezitatoren tun. Lange schriftliche Texte können die Menschen (besonders schöpferische) nicht auswendiglernen. Es genügt, an einen einschlägigen Extremfall zu erinnern: Dostojewskij vergaß seine eigenen Romane völlig. Als er dabei war, „Schuld und Sühne" zu schreiben, mußte er das Manuskript immer wieder von vorn durchlesen, weil er während der Konzipierung des Romans die Anfangskapitel vergaß. Umgekehrt liefert das Gedächtnis von Komponisten wie Schostakowitsch erstaunliche Beispiele des Auswendigwissens großer Musikwerke (offenbar handelt es sich hier um Fähigkeiten der rechten Hemisphäre).

Bei der kolossalen Reserve an schöpferischem Potential des Menschen sind die Möglichkeiten seines passiven Sicherinnerns an verbale Texte unverhältnismäßig gering, besonderes beim Erwachsenen. Ganze Texte in natürlicher Sprache sich zu merken, ist in jugendlichem Alter am leichtesten, das heißt, ehe sich die Funktionen der beiden Hemisphären separiert haben. Die pädagogische Erfahrung bestätigt, daß der Mensch, um sich die Erfahrung vorangegangener Generationen anzueignen, selbst die Aufgaben löst, nicht aber Texte büffelt, bis er sie auswendig kann. Kulturen, deren Ziel es ist, daß man sich umfangreiche Texte einprägt, verwandeln fast das ganze Leben in eine vorbereitende Lernperiode, wie im alten China, wo nicht selten die Vorbereitung auf die Prüfungen bis ins Alter dauerte, obwohl doch der hieroglyphische Charakter der Schrift der rechten Hemisphäre die Speicherung erleichtern sollte; in diesem Sinn ist der Gedanke Ornsteins teilweise berechtigt, wonach die kulturelle Tradition des Ostens mit der rechten Hemisphäre zusammenhängt [130]*.

Bezeichnenderweise ist sogar der Grenzwert (10^9 bit), der von der experimentellen Psychologie für die Kapazität des menschlichen Langzeitgedächtnisses ermittelt wurde, um einige Größenordnungen kleiner als die vermutete Speicherfähigkeit des Gehirns im ganzen. Die ersten Versuche zur Schaffung eines Gedächtnisses „draußen" begannen schon in der frühesten Geschichte des Homo sapiens; im oberen Paläolithikum schon war eben dies die Funktion der Malereien und anderen Zeichen (darunter auch von solchen, die zum Zählen dienten), Felsritzungen und dergleichen. Wie die spätere Schrift waren diese an der visuell-räumlichen Fähigkeit der rechten Hemisphäre orientiert.

Das Auftreten der Schrift, besonders der Keilschrift, bedeutete die Schaffung eines Langzeitgedächtnisses, das prinzipiell ohne Grenzen war. Zugleich sind Bücher das sozialisierte Gedächtnis eines ganzen Kollektivs. Deshalb kann man zum Beispiel eine Anzahl von Gelehrten, die die gleiche Bibliothek benutzen, vom kybernetischen Standpunkt aus mit einem Rechensystem vergleichen, in welchem verschiedene, räumlich getrennt untergebrachte Rechenanlagen mit einer einzigen Langzeitspeichereinrichtung verbunden sind.

---

* Auf die rechte Hemisphäre bezieht Ornstein auch die bei einigen orientalischen Traditionen praktizierte Ausschaltung der Umwelt [130], analog einem hypnotischen Zustand, der mit der rechten Hemisphäre zusammenhängt ([24], S. 269). Aber in beiden Fällen geht es um eine negative Unterbrechung der Verbindungen mit der Umwelt, mit der die rechte Hemisphäre beschäftigt ist; darum gewinnt gerade bei solchen Zuständen die linke Hemisphäre eine besondere Bedeutung, was aus der Rolle der Worte des Hypnotiseurs ersichtlich ist.

Ein Forscher, der auf einem Gebiet der Geisteswissenschaften arbeitet, das wie die Linguistik die Heranziehung vieler Editionen alter Texte erfordert sowie von Wörterbüchern und Nachschlagewerken, ist von seiner Hilfsbibliothek praktisch nicht zu trennen (und von den dazu gehörigen Karteien und Zettelkatalogen mit Auszügen). Für das System, welches ein Forscher zusammen mit seiner Bibliothek bildet, bieten die modernen Maschinen eine gute kybernetische Analogie, deren Arbeitsspeicher eine Kapazität der Größenordnung 10^6 bit haben – bei angeschlossenen externen Speichern mit 10^8 bis 10^9 bit Kapazität für freien Zugriff.

Schon bald nach Erfindung des Buchdrucks beschreibt im 16. Jahrhundert Cervantes seinen Helden, dessen Bibliothek von 100 Bänden (gesamter Informationsumfang 10^8 bit) nach Meinung von Leuten aus der Umgebung mit Don Quijote ein Ganzes bildete; um ihn von der vermuteten psychischen Erkrankung zu heilen, verbrennen deshalb der Priester und der Barbier die Bücher und vermauern noch den Platz der Bücherei.

Der moderne intellektuelle Mensch ist undenkbar ohne jene Verlängerung seines Gedächtnisses, die ihm seine Bücher bieten (mit dem wesentlichen Vorbehalt, daß deren Auswahl vernünftigerweise auf solche beschränkt sein sollte, die reale Information bieten; hier könnte man irgendwie dem Barbier aus Cervantes' Roman beipflichten). Offensichtlich können in nächster Zukunft eine wohl noch größere Stütze für das Gedächtnis bei der Suche nach benötigter wissenschaftlicher und technischer Information auch Rechenmaschinen bieten, besonders vom informationsverarbeitenden Typ. Sie können in ungeheuer größerem Maße als die Kataloge von Bibliotheken und bibliographische Referatezeitschriften den arbeitsintensiven Prozeß der Administration des Gedächtnisses erleichtern.

Ein Unterschied zwischen Maschinen und Büchern kann speziell in dem unpersönlichen Charakter der maschinell gespeicherten Daten bestehen. Im Gegensatz zu dem unpersönlichen oder überpersönlichen Charakter der in den Maschinen enthaltenen wissenschaftlichen Information können Bücher einen betont subjektiven Charakter annehmen. Man kann das mit der Rolle der Photographie für die Entwicklung der nichtgegenständlichen Malerei vergleichen.

Die Vergrößerung der Gedächtnismöglichkeiten für ein ganzes Kollektiv, auch mit Hilfe von Rechenmaschinen, kann eine wesentliche Bedeutung für die Freisetzung schöpferischer Möglichkeiten des Gehirns haben. Es wurde ausgeführt, daß die oben zitierten Höchstwerte für zusammenhängende Texte, die Rezitatoren auswendig können, wesentlich sowohl unter den Möglichkeiten des menschlichen Gehirns im ganzen liegen, als auch unter den Informationsparametern einer Kultur. Wenn es deshalb gelänge, das externe passive Gedächtnis von Einzelpersonen und ganzen Kollektiven zu vergrößern und darüber zu verfügen, so könnten dadurch jene schöpferischen Fähigkeiten des Gehirns realisiert werden, die in den Kulturen vor Erfindung der Schrift und Einsatz von Maschinen ungenügend ausgenützt waren. Durch einen Vergleich der heutigen Kultur mit folkloristischer Tradition aus schriftloser Zeit werden die Unterschiede deutlicher.

Für den Rezitator von Märchen und Sagen existiert der von ihm vorgetragene Text in sehr hohem Maße schon früher, obwohl in seinem Gedächtnis meistens nicht der ganze Text gespeichert ist, sondern nur die Grundformen (Klischees), aus denen er zusammengebaut wird, und das allgemeine Schema. Aber die Montage des Textes nach diesem Schema erfolgt mit einer Geschwindigkeit, die die des gewöhnlichen Sprechens übertrifft. Man könnte meinen, es handle sich um eine automatisierten Prozeß. Dieser Ausdruck ist buchstäblich zu nehmen: Die Geschwindigkeit, mit der der Rezitator den Text reproduziert (wobei er trotz seinem mitunter sehr hohen Lebensalter nicht ermüdet), findet ihre Analogie in der Ausgabe eines Textes aus der Rechenmaschine. Der Rezitationsvorgang läßt sich viel schwerer abbrechen als gewöhnliche Rede. Der Autor erinnert sich, wie er und seine vor Erschöpfung umfallenden Kameraden bei einer Expedition zum Jenissei abwechselnd Texte aufschreiben mußten, die eine hochbetagte Erzählerin unermüdlich vortrug, eine Ketin (Jenissei-Ostjakin), die absolut nicht ihre vielstündigen Erzählungen einstellen wollte.

In der Folklore ist sowohl das Thema gegeben, wie die Mittel zu seiner Verkörperung. Daher kann man jener Definition zustimmen, welche (auf Folklorebasis) die amerikanischen Linguisten Joos und Hockett für Literatur gegeben haben: „In jeder der Geschichte und Anthropologie bekannten Gesellschaft, mit einer unbedeutenden Ausnahme, gibt es gewisse sprachliche Aussagen, die – kurz oder lang – alle Mitglieder der Gemeinschaft einstimmig als positiv bewerten und die, ihrem Wunsch entsprechend, von Zeit zu Zeit wiederholt werden müssen, vorzugsweise in unveränderter Gestalt“ [131]. Ein solches Verhältnis zur mündlichen Literatur haben auch Kinder, die verlangen, daß man ihnen dieselbe Geschichte unverändert immer wieder erzählt.

Die „unbedeutende Ausnahme", von der Hockett und Joos sprechen, ist die europäische und amerikanische Literatur der Neuzeit. Aber auch darin gibt es klassische Werke, die von allen des Lesens kundigen Mitgliedern der Gesellschaft positiv beurteilt werden und die jedem erreichbar sind, der sie für sich wiederholen und öfters lesen will. Der Unterschied besteht indessen in der Tendenz des Auftauchens solcher neuer Produkte, die ein Maximum an Information im strengen Sinne des Wortes enthalten, die also mit nichts vergleichbar sind, was es vorher gegeben hat (Leo Tolstoj sah darin einen charakteristischen Zug aller Meisterwerke der russischen Schriftsteller des 19. Jahrhunderts – von Gogols „Toten Seelen" bis zu Dostojewskijs „Aufzeichnungen aus einem Totenhause").

Aber paradoxerweise bestehen die Autoren der originalsten unter diesen Werken keineswegs auf einem streng persönlichen Charakter ihrer Autorschaft. Es genügt, nur ein Zeugnis anzuführen. Pasternak schrieb an Asejewa auf den Lermontow gewidmeten Band von Gedichten „Meine Schwester, das Leben": „Ich übergebe dir diese deine Schwester, die ebensosehr deine ist wie meine. Dies ist nicht mein ‚drittes Buch'; es ist dem Schatten, der Seele, dem Verstorbenen, dem Nichtexistierenden geweiht. Ich habe einmal daran gedacht, es anonym herauszubringen; es ist höher und besser als ich" ([132], S. 762). Der Autor, der die Bedeutung seines Werkes erkennt und sich selbst danach bewertet (wie Blok, der nach Beendigung von „Die Zwölf" in sein Tagebuch am 29. Januar 1918 eintrug: „Heute bin ich ein Genie"), kann sich zugleich empfinden als das Produkt, zusammen mit sich als dessen Autor („Heute, während ich schreibe, bin ich ein Genie") einerseits, und sich selbst außerhalb dieses Werkes („Dann, wenn Apollo den Dichter nicht zum heiligen Opfer fordert"). Charakteristisch ist das Pseudonym, mit dem Innokentij Annenskij bei Lebzeiten seine Verse signierte: Nik. T-o (*nikto*; russ. „niemand").

Wenn Puschkin seine „neugeborene Schöpfung" mit *du* anredete, lag darin die Anerkenntnis ihrer Bedeutung; das Werk begann, sein Eigenleben zu leben, unabhängig vom Leben des Autors.

Eine solche literarische Tradition geht in ihren Wurzeln bis auf die allererste Anfangsperiode schriftlicher Literatur zurück. Schon im Alten Orient, in Babylon und den angrenzenden Ländern, gab es Briefe an die Götter, Gebete, die man als schriftliche Botschaften eines Menschen (z.B. des Königs) an einen Gott ansah. Wenn jemand einen solchen Brief schickte, behandelte er sein Werk wie einen wirklichen Boten: „Geh und künde dies meiner Gottheit ...“. Unter solchen alten Texten finden sich auch literarische Erzeugnisse von hohem künstlerischem und philosophischem Rang. Wenn das Werk zu unbedeutend ist, wird das Schema folkloristischer Schablone wiederholt, wie in den Versen Mandelstams:

Und aufs neue komponiert der Skalde ein fremdes Lied
Und als das seine verkündet er es.

Wenn sich das Produkt der Literatur seiner Umgebung (und der vorausgegangenen Literatur) gegenüber als bedeutsamer erweist, dann flößt es seinem Autor Gefühle ein, die ihn veranlassen, es wie eine besondere, selbständige Erscheinung anzusehen. Im einen Falle ist die Autorenschaft zweifelhaft, weil das Werk in vielem der ausgeprägten Tradition folgt, im anderen Falle zweifelt der Autor selbst daran, ob er sich als rechtmäßigen Autor ansehen darf.

3.11 Die Komplexität einer Nachricht

Schon 1957, in einer frühen Entwicklungsstufe der Kybernetik in unserem Land, richtete das Akademiemitglied A. N. Kolmogorow die Aufmerksamkeit darauf, daß man nicht nur den Mensch und die Rechenmaschine, die einige seiner Funktionen modellmäßig nachbildet, zu den hochorganisierten Systemen zählen kann, sondern zum Beispiel auch eine Symphonie von Bach.

Die Einzigartigkeit jedes echten Kunstwerks führt dazu, daß es praktisch unmöglich ist, statistisch die darin enthaltene Informationsmenge zu bestimmen (obwohl man die Tendenz an sich, solche Werke zu schaffen, als ein Bestreben beschreiben könnte, Texte auszuwählen, die eine maximale Informationsmenge bieten). Wenn die Aufgabe Sinn hat, statistisch die Information in der Gesamtmenge der Telegramme in russischer Sprache oder in allen technischen Aufsätzen über ein bestimmtes Thema zu bestimmen, dann kann eine analoge Aufgabe beispielsweise nicht in bezug auf „Krieg und Frieden“ gestellt werden. Es gibt keine statistische Gesamtheit, der dieses Werk als eines unter zahlreichen anderen Mitgliedern angehören könnte [133].

Dadurch, daß A. N. Kolmogorow dieser Besonderheit der Schönen Literatur (wie auch anderer Kunstgenres) besondere Aufmerksamkeit widmete, kam er zu einer Darstellung der Grundlagen der Informationstheorie, welche es vermeidet, die Wahrscheinlichkeitstheorie hinzuzuziehen. Zugleich lassen sich dabei die Begriffe „Entropie" und „Informationsmenge" auf individuelle Objekte anwenden (besonders auf Nachrichten, die Produkte der Belletristik oder anderer Kunstzweige sind) [133].

Unter Entropie $H(x|y)$ versteht man hier die Mindestlänge *(l)* eines Programms P, das es gestattet, ein individuelles Objekt x nach einem vorgegebenen Objekt y zu formieren:

$$H(x|y) = min\ l\ (P).$$

Als bedingte Information $H(x|y)$ (Entropie eines Objekts x in bezug auf ein Objekt y) kann man die Informationsmenge verstehen, die notwendig ist, um x bei gegebenem y zu konstruieren. Bezeichnet man mit φ ein „notorisch gegebenes Objekt", dann läßt sich eine unbedingte Information definieren:

$$H\ (x) = H\ (x|\varphi).$$

Die Information im Objekt y relativ zu x wird definiert als Differenz von unbedingter Entropie $H(x)$ und bedingter Entropie $H(x|y)$:

$$\mathrm{I}(x|y) = H(x) - H(x|y).$$

Dabei gilt:

$$I(x|x) = H(x).$$

Dank einer solchen Deutung der Informationstheorie wird der Begriff der Komplexität (Länge) eines Programms P, nach dem eine individuelle Nachricht ϑ konstruiert ist [134, 135], in den Mittelpunkt gerückt. Zur Illustration eines solchen Weges, an individuelle Nachrichten heranzukommen, kann die moderne mathematische Verstheorie dienen, mittels der näherungsweise die Komplexität eines Programms zur Schaffung eines Textes in Versen (Lyrik) angegeben werden kann.

Nach den Worten A. N. Kolmogorows wäre das einfachste Verfahren zur Modellierung des Prozesses, wie ein Gedicht Puschkins geschrieben wird, daß man eben diesen Prozeß wiederholt. In ähnlicher Weise erklärt sich nach einer Idee J. von Neumanns der Umstand, daß die Kompliziertheit des Sehapparates im Gehirn es nicht gestattet, ihn auf eine Art zu beschreiben, die einfacher wäre als er selbst. Die Weiterentwicklung dieser Gedanken hat J. von Neumann veranlaßt, Automaten zu untersuchen, die so kompliziert sind, daß es leichter ist, sie herzustellen, als sie zu beschreiben. Unter Verwendung der oben eingeführten Begriffe kann man sagen, daß die unbedingte Entropie $H(x)$ nicht weniger groß ist als das Objekt x:

$$H(x) \geqslant l(x).$$

Da es kein Gesetz gibt, daß es erlauben würde, solche Objekte durch ein Programm darzustellen, das kürzer ist als sie selbst, darf man in diesen Fällen von einem Zufallscharakter derselben sprechen.

Die in letzter Zeit geschaffene Theorie des Rechnens mit Maschinen bei bestimmten Einschränkungen der Rechenweise, besonders hinsichtlich der Zeit, gibt die Möglichkeit, exakt die Frage nach dem Verhältnis zwischen künstlicher Sprache und einem Automaten, der sich dieser Sprache bedient, zu stellen.

Auf diesem Wege kam Kolmogorow zu der Folgerung, daß es unmöglich wäre, auf Maschinen den Prozeß der Abfassung von „Eugen Onegin“ zu modellieren; Puschkin könnte nur durch eine astronomische Anzahl von Rechenmaschinen „ersetzt“ werden, die den Raum von Moskau bis Leningrad einnähmen und ununterbrochen einige Jahre lang arbeiteten. Eine behutsame Erziehung des Dichters für die Gemeinschaft bleibt das einzig gerechtfertigte Verfahren, um eine solche Aufgabe zu bewältigen.

Ein anderer Weg zum Problem extrem komplizierter Nachrichten zeichnet sich in den Untersuchungen ab, die möglichen Kontakten mit extraterrestrischen Zivilisationen gewidmet sind. Das stellvertretende Akademiemitglied N. S. Kardaschow (Kardašev) hat eine von vielen einschlägigen Spezialisten akzeptierte Klassifikation von Zivilisationstypen nach dem Niveau ihrer technologischen Entwicklung aufgestellt.

Der erste Typ ist dem nahe, welchen wir auf der Erde zu erreichen uns anschicken. Der Energiebedarf liegt in diesem Fall bei größenordnungsmäßig $4 \cdot 10^{19}$ erg/s (daraus ist zu ersehen, daß es noch ungeheure Möglichkeiten zur Vergrößerung der Informationskapazität der menschlichen Kultur innerhalb der Grenzen ihrer energetischen Möglichkeiten gibt). Zivilisationen des zweiten Typs sind solche, die über die Energie ihres Sterns verfügen (im

Falle des Sonnensystems: die Energie der Sonne). Sie beanspruchen etwa $4 \cdot 10^{33}$ erg/s. Zivilisationen des dritten Typs beherrschen die Energie ihrer Galaxie und brauchen rund $4 \cdot 10^{44}$ erg/s ([129], S. 39). Theoretisch mögliche Zivilisationen eines vierten Typs, die die Energie eines ganzen Komplexes von Galaxien beherrschen würden, werden in diesem Schema nicht betrachtet.

Untersuchungen über Kontaktmöglichkeiten mit Zivilisationen des zweiten und dritten Typs zeigen, daß Ansammlungen der gesamten schriftlichen Information, die von der menschlichen Kultur aufgehäuft wurden (größenordnungsmäßig 10^{14} bit) in einem Frequenzband von 1000 MHz binnen 10^{5} Sekunden (etwas mehr als ein voller Tag) übermittelt werden können, und die wesentlichen, in diesen Komplexen enthaltenen Resultate (Größenordnung 10^{9} bit) binnen 100 Sekunden ([129], S. 47). Zum Vergleich sei daran erinnert, daß Information von rund 10^{9} bit (äußerste Kapazität des passiven Langzeitgedächtnisses des Menschen) in eine Rechenmaschine aus einer anderen Maschine binnen 20 Minuten übertragen werden kann.

Hinsichtlich Zivilisationen des dritten (und erst recht des vierten) Typs denkt man an eine Möglichkeit zur Erzeugung von Impulsen ultragigantischer Amplitude bei unvermeidlicher extremer Kürze. Offen (und nur auf Science-Fiction-Ebene spekulativ erreichbar) bleibt die Frage, ob es Sinn hat, das menschliche Gehirn als einen potentiellen Empfänger solch ultrakurzer Impulse anzusehen.

Aber die prinzipielle Möglichkeit, daß das menschliche Gehirn solche Impulse aufnehmen könnte, läßt sich mit der in der Kulturgeschichte oft beschriebenen Einschätzung vergleichen, daß das Gehirn eines einzigen Menschen einen gewaltigen Informationskomplex „momentan" verarbeitet. Das könnte bedeutend interessanter sein als das in der populären und zum Teil in der wissenschaftlichen Literatur (sogar im Film) verbreitete phantastische Thema früherer Besuche auf der Erde durch Fremde aus dem Kosmos.

Die Autoren von weitaus den meisten der wenigen Werke, die die Höhen der menschlichen Kultur bezeichnen, waren geneigt, ohne ihre persönlichen Verdienste über Gebühr hervorzuheben, das Entstehen dieser Texte mit einer solchen „momentanen" Verarbeitung oder Aufnahme großer Informationskomplexe zu verbinden. Deshalb bleibt offen, ob jene Spezialisten für kosmische Kommunikation wirklich im Recht sind, die vermuten, daß die

Empfänger auf der Erde nicht auf überkurze Impulse reagieren, welche Vernunftwesen, die uns voraus sind, vielleicht aussenden ([136], S. 254). Nach einer alternativen Hypothese haben solche Impulse in der Geschichte der menschlichen Kultur bedeutende Spuren hinterlassen. Auf diesem Wege kann man auch einen naturwissenschaftlichen Weg für das Verständnis von Genialität suchen.

Die Untersuchungen über Kontakte mit nichtirdischen Zivilisationen nehmen an, daß einige Sequenzen von Signalen aus dem Weltraum Teile sinnvoller Mitteilungen sind. Die Schwierigkeit ihrer Entschlüsselung sieht man darin, daß eine jede solche Botschaft, wenn sie von einer Zivilisation des zweiten oder dritten Typs ausgeht, wahrscheinlich eine Entropie $H(\vartheta) > l(\vartheta)$ hat. Deshalb werden sie einem Beobachter auf der Erde wie eine Zufallssequenz von Signalen erscheinen. In einer solchen vermeintlich (aus unserer Sicht) zufälligen Sequenz eine sinnvolle Nachricht zu erkennen, ist sehr viel komplizierter als die Dechiffrierung irgendeiner Mitteilung in natürlicher Sprache.

Mit den Unterschieden im Energiepotential zwischen Zivilisationen des ersten und des dritten Typs können auch Verschiedenheiten im Charakter der Codierungsgeräte zusammenhängen, sowie der Codes selbst, der Systeme von Zeichen, die immer auch von der Eigenart derer abhängen, die die betreffende Apparatur verwenden.

Der holländische Gelehrte Freudenthal hat eine Sprache zur Kommunikation im Kosmos (*Lincos*, Lingua cosmica) entworfen, die großenteils auf Eigenschaften der in der menschlichen Gesellschaft gebildeten Mathematik beruht. Eine Reihe von Sendungen über Mathematik und Logik in den Weltraum würden eine spezielle „Lektion“ bilden, die der Folge der natürlichen Zahlen gewidmet wäre. Aber die von verschiedenen Mathematikern oft wiederholte Behauptung der Urtümlichkeit dieser Zahlenfolge (Kronecker sagte einmal: „Die ganzen Zahlen hat der Herrgott geschaffen, die übrigen aber sind alle Menschenwerk“) kann mit irgendwelchen spezifischen Besonderheiten des menschlichen Gehirns und der menschlichen Sprachen (sowohl der natürlichen wie auch der künstlichen, einschließlich der mathematischen, vgl. [137]) zusammenhängen. Theoretisch denkbar sind Systeme, für die aufeinanderfolgende Operationen, die bei natürlichen wie künstlichen Sprachen und Rechenmaschinen so wichtig sind, überhaupt keine Rolle spielen.

Systeme wie Zivilisationen des dritten und vierten Typs, die ungeheure Informationsmengen momentan übermitteln können, wissen vielleicht prinzipiell nichts von der Darstellung irgendwelcher Sequenzen (von Wörtern oder anderen Zeichen, insbesondere von natürlichen Zahlen) in der Zeit. Deshalb wäre auch ein logischer Schluß in der Form, wie er bei künstlichen Sprachen existiert, für ein solches System kaum verständlich. Man darf annehmen, daß ein solches System leicht Regeln für die Übersetzung beliebiger Zeichenfolgen in eine prinzipiell „zeitunabhängige" Nachricht aufstellen kann; aber das Gegenteil, nämlich die Möglichkeit der Übersetzung einer solchen Nachricht in eine zeitliche Sequenz von Zeichen, ist nicht von vornherein einleuchtend.

Das menschliche Gehirn unterscheidet sich von modernen Rechenanlagen, die grundsätzlich aufeinanderfolgende Operationen ausführen, dadurch, daß es gleichzeitig eine große Menge paralleler Aufgaben bewältigen kann. Man denke sich ein System von überaus großer Kapazität, das mehr auf die Lösung paralleler Aufgaben orientiert sein soll als das menschliche Gehirn. Die Entschlüsselung der Nachrichten eines solchen Systems erfordert ein Verfahren, das sich von allen Methoden der Analyse gewöhnlicher natürlicher und künstlicher Sprachen unterscheidet. Interessanterweise sind die kostbarsten Erzeugnisse der menschlichen Kultur durch eine Verwendung der Sprache gekennzeichnet, die man beschreiben kann als Verwendung einer Zeichensequenz, um gleichzeitig einige Mitteilungen zu machen. Man nennt das auch Metaphorizität der Kunst; charakteristisch ist, daß Wiener die gesamte Mathematik als eine grandiose Metapher bezeichnet hat. In diesen Erscheinungen der natürlichen Sprachen kann man eine Annäherung an solche von ihnen prinzipiell verschiedenen Arten der Informationsübertragung sehen, wie sie für Zivilisationen des dritten Typs bezeichnend sein könnten. Vielleicht wäre es möglich, daß gerade die Analyse der Besonderheiten der rechten Hemisphäre des Gehirns für die Untersuchung der Probleme einer Kommunikation mit extraterrestrischen Zivilisationen besonders wichtig werden könnte. Bei dieser Kommunikation kann man wiederum an Hoyles Roman „Die schwarze Wolke" erinnern, wo die denkende Wolke sich ausschließlich einer Sprache vom hieroglyphischen Typ bedient.

Eine in letzter Zeit durch klinische Daten festgestellte Abhängigkeit der Euphorie von einem Defizit der Funktionen der rechten Gehirnhemisphäre [25, 110] ist ein Grund, sich besonders aufmerksam solchen Beschreibungen des einem epileptischen Anfall vorangehenden spezifischen Zustandes zuzuwenden, wie sie Dostojewskij mehrfach gegeben hat, wobei er sich sowohl auf eigene Erfahrung stützte wie auf die Zeugnisse historischer Personen wie Mohammed, die ähnliche Erfahrungen gemacht hatten. Bei diesen Zuständen kann die von einer spezifischen Erregung der rechten Hemisphäre zeugende Euphorie vom Kranken selbst auch als eine besondere Form von Kommunikation verstanden werden. In solchen Fällen fiktiver Kommunikation (die sich im wesentlichen, wie bei den erwähnten Fällen chemischer Stimulation des Gehirns, als eine äußerlich sichtbare Darstellung der Interaktion zwischen den Hemisphären verstehen läßt) ist deren Unterscheidung von realer Kommunikation überaus wichtig.

Das weiter oben vorgeschlagene Zweimaschinenmodell des Gehirns kann in gewissem Grade mit den begrenzten Möglichkeiten der heutigen Kybernetik zusammenhängen. Dieses Modell kann ebensowenig beanspruchen, eine vollständige Beschreibung zu geben, wie es die logischen Schemata der Nervennetze zur Zeit der Schaffung der ersten Rechenmaschinen vermochten. Aber selbst wenn man innerhalb der Grenzen von kybernetischen Systemen bleibt, wie sie heute realisiert werden können, kann man auf ein so interessantes Modell verweisen wie die Fernsteuerung eines Roboterfahrzeugs auf dem Mars durch ein Rechenzentrum auf der Erde. Ein derartiges Modell könnte sich auch für die Diskussion von Kommunikationsproblemen mit extraterrestrischen Zivilisationen als nützlich erweisen. Ein besonders interessantes Modell wäre wohl eine theoretische Konstruktion, bei der die Fernsteuerung der Übermittlung kontinuierlicher Information in jenen Teil eines Zweimaschinenkomplexes delegiert wird, der die Arbeit der rechten Hemisphäre modelliert.

3.12 „Ich“ und der andere

Wenn man die Frage nach dem Sinngehalt eines Teiles der Signale stellt, die wir aus dem Kosmos empfangen, so kehrt die Menschheit damit auf einem neuen Zweig ihrer Entwicklung zu Aufgaben zurück, die sie schon in frühen Perioden ihrer Kultur bewegt haben. Es war eine verhältnismäßig späte Errungenschaft, daß der

Mensch es lernte, zwischen Nachrichten, die von anderen Personen stammten und individuelle Zeichen darstellten, und anderen Signalen, die aus der Umwelt eingingen, zu unterscheiden. Die Menschen der Frühzeit waren geneigt, alle Naturerscheinungen als sinnvolle Mitteilungen zu deuten. Gestirnsuntergänge und Gewitter waren für sie individuelle Zeichen. Eine Abgrenzung der Wissenschaften von den Zeichen (heute in der Semiotik zusammengefaßt) von den Wissenschaften, die zeichenfreie Erscheinungen untersuchen, wurde schon im Mittelalter bemerkbar. Nichtsdestoweniger ist diese Trennung erst verhältnismäßig spät von den Forschern in größerem Umfang verwendet worden. Während eines Seminars über allgemeine Probleme der Sprachtheorie, das Niels Bohr und Roman Jakobson gemeinsam am Massachusetts Institute of Technology leiteten, stellten diese beiden hochbedeutenden Gelehrten nach diesem Merkmal einander gegenüber den Gegenstand der Physik, die Signale untersucht, welche durch Apparate aus der Umwelt empfangen werden, und der Linguistik, die sich mit Signalen als Bestandteilen sinnvoller Zeichen beschäftigt*.

Die Unterscheidung zwischen Wesen, die Zeichenfolgen übermitteln und empfangen können und deshalb als „beseelt“ (genauer: zeichentragend) gelten dürfen und allen übrigen Wesen und Erscheinungen hat schon die Gelehrten im alten Indien beschäftigt. Einer der bedeutendsten altindischen Logiker hat einen sehr tiefgehenden Traktat hierüber unter der charakteristischen Überschrift „Darlegung fremder Beseeltheit“ verfaßt (russ. Übers. v. Akad. F. I. Schtscherbatskoj). Darin behandelt er mit einer die Wissenschaft unseres Jahrhunderts übertreffenden Genauigkeit jene äußeren Verhaltensmerkmale, nach denen man auf das Vorhandensein psychischer Aktivität bei einem anderen Menschen schließen kann.

Daß auch Denker der jüngsten Zeit diesem Problem eine nicht nachlassende Aufmerksamkeit widmen, zeigt zum Beispiel das Werk des bekannten französischen Schriftstellers J.-P. Sartre „Das Sein und das Nichts“ von 1943, von dem der Abschnitt „L'existence d'autrui“ (Die Existenz eines – oder: des – Anderen), aus

* Im menschlichen Gehirn wird die Aufgabe einer solchen Differenzierung von Zeichen und Nichtzeichen zum Teil rein physiologisch gelöst: Die linke Hemisphäre ist auf Töne als Teile von Wortzeichen orientiert, die rechte auf alle nichtsprachlichen Laute (einschließlich Musik).

existentialistischer Sicht behandelt, einen wesentlichen Teil ausmacht. Sartre analysiert insbesondere eingehend, wie die Sprache und die übrigen Mittel der Kommunikation mit einem anderen Menschen es gestatten, seine Existenz zu erweisen. Jene Tendenz in der Entwicklung der modernen Mathematik und Physik, die H. Weyl als Bewegung „weg vom idealistischen Gesichtspunkt hin zum ‚existentiellen‘ “ bezeichnet hat ([119], S. 338), ist klar ausgesprochen darin, wie Weyl selbst das Problem „fremder Beseeltheit“ formuliert: „Das innere Bewußtsein meiner selbst ist die Basis meines Verstehens der mich umgebenden Menschen“ ([119], S. 358, 359; vgl. 48).

Die modellmäßige Darstellung dieser menschlichen Fähigkeiten auf Rechenmaschinen ist nicht nur ein überaus bedeutsames kybernetisch-psychologisches Experiment, sondern auch unerläßlich für eine ganze Reihe wichtigster Anwendungen von Maschinen der vierten Generation.

Als ein anschauliches Beispiel wissenschaftlich-phantastischer Art kann das Programm für das Verhalten eines ortsbeweglichen Marsroboters angeführt werden, an dem das California Institute of Technology zusammen mit dem Jet Propulsion Laboratory arbeitet. Der Roboter ist mit Fernsehkameras ausgerüstet und mit einem Laser-Ortungsgerät, wodurch er sich von der Stelle bewegen und mit Steinen manipulieren kann. Stellt man sich aber vor, daß sich auf dem Mars, außer möglichen primitiven Lebensformen, auch uns unbekannte höhere Formen gehalten hätten, dann würde ein solcher Roboter mit ihnen umgehen wie mit Steinen! Der in verschiedenen Etappen vorgesehenen Einmischung des Menschen wird es nicht gelingen können, den zerstörerischen Folgen solcher „Manipulation“ Einhalt zu gebieten, um so mehr, als die Definition und Identifikation nichtmenschlicher höherer Lebensformen auch für den Menschen eine überaus schwierige Aufgabe darstellt (vgl. [81]).

Kehren wir vom Himmel wieder auf die Erde zurück und wenden wir uns dem Roboter „Jason“ zu, der für das Reinemachen in Produktionsbetrieben bestimmt ist. Der Roboter ist mit mechanischen und auf Ultraschallbasis arbeitenden Sensoren für Hindernisse ausgestattet, mit einer Fernsehkamera und einem Ultraschallortungsgerät. Aber diese Ausrüstung gewährleistet an sich keine Sicherheit für die Leute, die mit dem Roboter arbeiten (der sich mit einer Geschwindigkeit von 3 m/s bewegt und 100 kg trägt). Darauf weisen auch die Väter des Projekts hin.

Eine ernsthafte Arbeit an Programmen, die es den Maschinen ermöglichen könnten, Menschen (wahrscheinlich auch Tiere und andere Rechenmaschinen) von allen übrigen Objekten zu unterscheiden und dementsprechend die Einführung von Korrekturgliedern in die Steuerung der Roboter vorzusehen, ist nicht nur zur Lösung relativ unkomplizierter Probleme der Sicherheitstechnik notwendig.

Auf der ersten internationalen Konferenz über das Problem der Kommunikation mit extraterrestrischen Zivilisationen, die 1971 im Astrophysikalischen Institut von Bjurakan in Armenien stattgefunden hat, stellte ein Redner die Frage: „Könnten nicht etwa Rechengeräte der vierten Generation, wie sie gegenwärtig entwikkelt werden, ein so kompliziertes Ziel logischer Verbindungen approximieren, daß es zu Nachteilen käme, wie sie der moderne Mensch aufweist, etwa solchen negativen Züge wie Ehrgeiz, Habsucht, Haß?“ ([136], S. 142). Als Beispiel wurde die Situation der Beziehungen zwischen Kosmonaut und Maschine während des Flugs zum Jupiter angeführt, wie sie in dem Science-Fiction-Roman von Arthur Clarke „Weltraumodyssee 2001“ dargestellt wurde. In diesem Roman (und dem gleichnamigen Film von S. Kubrick) tötet die Maschine, welche nötig war, um die für die Dauer des Flugs in Schlaf versetzten Besatzungsmitglieder nötigen Temperaturbedingungen aufrecht zu erhalten, diese bewußt, woraufhin der einzige überlebende Kosmonaut gezwungen ist, sie zu demontieren.

Es ist ein interessanter Zug des Romans und des Films, daß im Programm des Verhaltens der Maschine der Begriff ihrer eigenen Persönlichkeit eingebaut war, demzufolge sie sich im Verlauf der ständigen Gespräche mit dem Kosmonauten, den sie während des Fluges ablenken mußte, als „ich“ bezeichnete. Das hatte Einfluß auf ihr Verhalten, besonders auch insofern, als sie egozentrische Wörter verwendete.

Bis jetzt wurde der Begriff „Persönlichkeit“ bei realen Experimenten mit Rechenmaschinen nur benutzt, um psychologische und psychoanalytische Hypothesen zu überprüfen [138–140]. So hat Colby in ein Programm, dessen Ziel die Modellierung der Beziehungen zwischen Vater, Mutter und Sohn („Ödipuskomplex“) war, den Begriff „ich“ eingeführt, um den Prozeß der Bildung psychischer Konflikte zu erklären; es ist nicht ausgeschlossen, daß in Zukunft auf Zweimaschinenkomplexen auch kompliziertere Experimente möglich werden, die zur Prüfung von Hypothesen über einen Zusammenhang von Schizophrenie und manisch-depressiver Psychose mit Störungen der Verbindungen zwischen den Hemisphären führen könnten [22, 110].

Bei einer Beurteilung ähnlicher, schon auf Maschinen verwirklichter Programme äußert einer ihrer Schöpfer, J. Lowelin, die Vermutung, daß man in Zukunft daran denken könnte, Maschinen zu schaffen, die menschliche Charakterzüge aufweisen. In diesem Zusammenhang weist er darauf hin, daß schon jetzt jedes überaus komplizierte Programm singuläre Züge trägt [140].

Die oben angeführten Überlegungen werfen die Frage auf, ob es wünschenswert sein könnte, daß Maschinen, besonders informationslogischer Art, egozentrische Wörter in bezug auf sich selbst verwenden (obwohl die Maschinen diese Wörter verstehen müssen, wenn sie in der menschlichen Rede vorkommen): Das würde nur zu einer krassen Verstärkung jener Informationskrise führen, die durch wissenschaftliche „Ichsucht“ hervorgerufen wurde und gerade mit Hilfe der Maschinen überwunden werden muß. Um sie zu überwinden, muß aber die Maschine (ebenso wie der heutige Wissenschaftler) nicht nach Chlestakow orientiert sein, der sich fremde Texte zuschrieb, sondern nach Pasternak, der es ablehnte, ein von ihm verfaßtes geniales Buch als sein eigenes zu beanspruchen.

Wenn man sich aber schwer vorstellen kann, welche positiven Resultate die Benutzung des ganzen Komplexes der mit dem Wort „ich“ zusammenhängenden Begriffe durch die Maschine haben könnte, dann ist es auch ebenso unklar, warum man einer Maschine den richtigen Gebrauch von „du“ („Sie“) und „er“ („ein anderer“) beibringen soll, als Bezeichnung eines anderen kompliziert organisierten Systems (Mensch oder Rechenanlage), dem gegenüber negative Einwirkungen verboten sind (entsprechende Vorhaben müssen wahrscheinlich durch internationales Recht festgelegt werden, um die Benutzung der Anlage zum Schaden für Menschen zu verbieten).

Beim Menschen werden solche negativen Verbote, die die Grundlage der Ethik bilden, dank der teilweise bestehenden Identifikation des anderen Menschen mit einem selbst formuliert. Das haben unsere Schriftsteller schon oft behandelt, zum Beispiel schrieb Pasternak in seiner frühen Erzählung „Lüvers Kindheit“ über seine Heldin: „... töte nicht, stiehl nicht und alles weitere – ‚tu du, der du ein lebendiges Individuum bist‘ – so sagen sie –, ‚nicht *diesem Diffusen und Allgemeinen*, was du dir selbst als lebendigem Individuum nicht antust!‘ “ (Hervorhebung von Pasternak).

Dieses Thema wurde überaus tief von M. M. Bachtin in seiner Untersuchung des dialogischen Denkens Dostojewskijs aufgezeigt: „Das Bewußtsein seiner selbst empfindet sich die ganze Zeit auf dem Hintergrund dessen, daß man sich eines anderen bewußt wird, ‚ich für mich‘ auf dem Hintergrunde von ‚ich für den anderen‘ “ [141].

Zur Erläuterung hat Bachtin die Worte Tichons aus dem Kapitel „Bei Tichon“ in „Die Dämonen“ angeführt: „Wenn Ihnen nun jemand dieses hier verzeihen würde, nicht einer von denen, die Sie lieben oder fürchten, aber wenn nun ein Unbekannter, ein Mensch, den Sie nie kennen werden, wenn der in seinem Innern, beim Lesen Ihrer schrecklichen Beichte, Ihnen verzeihen würde, wäre dieser Gedanke eine Erleichterung für Sie, oder wäre es Ihnen gleich?“ (zitiert nach der Übertragung von E. K. Rahsin, R. Piper & Co. Verlag, München 1977). Bachtin kommentiert die von Tichon an Stawrogin gerichtete Frage folgendermaßen: “Dieser andere Mensch ist *ein Unbekannter, ein Mensch, den niemand jemals kennen wird;* er erfüllt seine Funktionen im Dialog außerhalb des Sujets und außerhalb seiner Festlegung im Sujet als reiner *Mensch im Menschen*, Repräsentant aller anderen für das ‚Ich‘. Infolge einer solchen Positionierung *des anderen* gewinnt die Mitteilung einen besonderen Charakter und stellt sich jenseits von allen realen und konkreten sozialen Formen dar.“ [41]. Die Möglichkeit der Transzendierung der konkreten sprachlichen Mitteilung des Sprechenden und Hörenden und die Erlangung von Verständnis für jeden Menschen als eines *anderen*, der in gewissem Sinne dem „Ich“ gleich ist, schafft auch die ethischen Grundlagen menschlicher Kommunikation.

Die Untersuchung der Umschalter („shifters“) führt R. Jakobson zu dem Schluß, daß das Kleinkind, wenn es das Wort „ich“ lernt, begreift, daß es zu einer ganzen Reihe möglicher Redender gehört, von denen jeder immer die gleiche sich ändernde Funktion des Wortes „ich“ benutzt und eben dadurch mit allen anderen Sprechern verbunden ist ([142], S. 22).

Die ernsthafte Lösung der kybernetischen Probleme, von denen oben die Rede war, hängt folglich nicht davon ab, ob die Maschine das Pronomen „ich“ verstehen kann, sondern davon, ob sie mit dieser Bezeichnung eine bestimmte Vorstellung von dem „anderen“ verbinden kann, der auch das Objekt der Sorgen jedes Gliedes

des kybernetischen Kollektivs sein muß – unabhängig davon, ob es sich um einen Menschen oder eine Rechenmaschine handelt.

Das Netz der Kanäle von Verbindungen zwischen den Menschen und den Rechenmaschinen der vierten Generation setzt auch ein Netz gegenseitiger Verpflichtungen voraus. Nur dann verwandelt sich das kybernetische Kollektiv, mit dessen allgemeiner Charakteristik dieses Kapitel begonnen hat, aus einem Netz von Kommunikationskanälen in ein Netz solcher Beziehungen, die in jedem Falle für den Menschen nützlich sein und ihm niemals gefährlich werden können.

Anstatt eines Epilogs

Der Weg einiger in diesem Buch reflektierter wissenschaftlicher Disziplinen mag gewunden erscheinen. Er beginnt mit dem Versuch, das menschliche Gehirn als eine minimale kybernetische Gemeinschaft zu betrachten: als einen Komplex, zwischen dessen Teilen ständig ein Austausch von Information erfolgt, wie zwischen Rechenmaschinen, die ein einheitliches System bilden. Das menschliche Gehirn ist eine erstaunliche Erscheinung, die bis vor kurzem nur als eine biologische Einheit angesehen wurde, und sich jetzt als eine Gemeinschaft en miniature herausstellt.

Von der Untersuchung des Dialogs zwischen den Hemisphären sind wir allmählich zum Dialog zwischen Menschen und zwischen Menschen und Rechenmaschinen fortgeschritten. Erst in den letzten Jahren haben unsere Forscher ([143], S. 104) den prophetischen Charakter des schon viel früher ausgesprochenen Gedankens von der Einheit der Wissenschaften von der Natur und vom Menschen, also der Natur- und Geisteswissenschaften, erkannt. Die Naturerkenntnis ist in den letzten Jahren vom Zeitalter der Physik, das der Menschheit neue Energiequellen beschert hat (sowie die Möglichkeit ungeahnter Zerstörung), in das Jahrhundert der Biologie übergetreten, in dessen Schoß noch viel unerwartetere Entdeckungen ruhen.

Besonders unerwartet ist dabei, daß gerade biologische Entdekkungen ein wenig den Vorhang vor der Einheit des Wissens lüften, einschließlich der Geisteswissenschaften, die immer mehr die Aufmerksamkeit der Forscher auf sich lenken. Infolge der Entdeckung des Unterschiedes zwischen den Funktionen der Hirnhemisphären durch die Neuropsychologie ist es möglich geworden, die Ergebnisse physiologischer Forschung mit den Daten anderer Wissenschaften vom Menschen zu verbinden.

Der Vergleich und die Gegenüberstellung von rechts und links (insbesondere der rechten und linken Hand) führen neueste Errungenschaften der physischen und kulturellen Anthropologie, der Sprachforschung und anderer Humandisziplinen zusammen.

Damit zugleich nähern sich dank der Erforschung der funktionalen Asymmetrie des Gehirns die Wissenschaften vom Menschen auch anderen Gebieten der Forschung, wo das Problem von Symmetrie und Asymmetrie immer mehr an Bedeutung gewinnt. Schon Pasteur hat vermutet, daß alles Lebendige durch eine Asymmetrie besonderer Art gekennzeichnet wäre. Spätere Wissenschaftler kamen zu dem Schluß, daß die biologische Evolution in den Termini spezifischer Asymmetrie beschrieben werden kann. Die Theorie asymmetrischer sprachlicher Gegensätze und ihnen ähnlicher binärer Kontrastierungen, wie sie von Ethnologen bei „primitiven" Gesellschaften entdeckt wurden und mathematischer wie kybernetischer Modellbildung zugänglich sind, führt allmählich an eine sehr viel allgemeinere Theorie heran, die sowohl die funktionale Asymmetrie des Gehirns umfaßt wie auch jene Beziehungen, die die Physik der Mikrowelt aufdeckt, wenn sie Materie und Antimaterie betrachtet. Das Prinzip der Erhaltung der Symmetrie von Curie kann helfen, die Entstehung asymmetrischer Systeme in einer asymmetrischen Welt zu klären.

Die sprachbezogene (dominante) Hemisphäre des menschlichen Gehirns, deren Beschreibung der Welt die Sprache der Wörter vermittelt, ist der zu ihr polaren rechten Hemisphäre korreliert, die ganzheitliche Muster wahrnimmt.

Für die Bionik, die biologische Modelle zur Projektierung neuer technischer, speziell kybernetischer, Systeme benutzt, ist das Rätsel der Struktur der rechten Hemisphäre doppelt interessant. Wenn beide Hemisphären, wie jetzt die Mehrzahl der Forscher annehmen, morphologisch (hinsichtlich der Struktur auf Neuronenebene) wenig voneinander verschieden sind, dann kann man daraus folgern, daß es prinzipiell möglich sein müßte, mit Apparaten vom Typ der Rechenmaschinen Aufgaben zu lösen, die mit der Erkennung, Speicherung und Schaffung ganzheitlicher (kontinuierlicher) Gebilde zu tun haben, welche man bisher noch nicht als Modell nachzubilden vermochte.

Andererseits wurde oben auch auf Argumente hingewiesen, die für die Bedeutung kontinuierlicher Modelle der Gehirntätigkeit sprechen (offenbar auf höherem Niveau als dem der Neuronen). Die Nachbildung derartiger Prozesse kann unabsehbare Möglichkeiten für die technische Beherrschung der kompliziertesten Seiten der schöpferischen Tätigkeit des Menschen eröffnen.

Die Sprache weckt Interesse als eine Erscheinung des geistigen Lebens des Menschens, die der Untersuchung mit biologischen

Methoden zum Teil zugänglich ist. Deshalb kann die Anwendung von Errungenschaften der Biologie auf Geisteswissenschaften, die in naher Zukunft zu erwarten ist, höchstwahrscheinlich gerade dank der kybernetischen Erforschung der Sprache und des Gehirns beschleunigt werden.

Daß sich Forscher mit verhältnismäßig einfachen Systemen beschäftigen, wie etwa der primitiven Gesellschaft mit dualer Organisation, liegt nicht nur daran, daß diese Systeme bedeutend leichter mit Hilfe mathematischer und kybernetischer Methoden modellmäßig darzustellen sind. Diese frühen Systeme erlauben es auch, leichter jene Prinzipien zu klären, die in gewissem Grade auch auf den folgenden Entwicklungsstufen erhalten blieben.

Zu denjenigen Aufgaben einer sich allmählich abzeichnenden allgemeinen Theorie, die besonders reizvoll sind, kann man ohne Zweifel den Zusammenhang des dualen Prinzips, nach dem jede alte soziale Einheit sich in zwei Teile teilt (mit weiteren dualen Untergliederungen) mit der Mitose zählen, der Zellteilung, bei der es zu einer Verdopplung der Chromosomen kommt. Dabei geht es nicht einfach um eine äußere Analogie zwischen einfachsten kulturell-anthropologischen und genetischen Phänomenen, die ein bekanntes formales Gegenstück auch im Dualitätsprinzip der Mathematik hat.

Das Wesen der dualen Gliederungen in alten Gesellschaften hängt mit der biologischen Bedeutung der geschlechtlichen Differenzierung zusammen, welche die Vermischung der Erbfaktoren gewährleistet ([144], S. 30). Daß solche frühen Organisationsprinzipien biologische Quellen haben (die sich zum Teil auch später in der monogamen Ehe zweier Partner fortsetzen), stimmt damit überein, daß sich auch bei den Anthropoiden gewisse rudimentäre Formen davon finden: Das oben erwähnte Gesetz, wonach manche Gruppen die Frauen ebenso austauschen wie Nachrichten (in einem dual-exogamen System), findet eine Analogie in der Organisationsstruktur von Schimpansengemeinschaften [145, 146].

Wie auch bei der Erforschung von Sprache und Gerätschaften [143] gestattet ein Vergleich mit Daten der Primatenforschung die Herausarbeitung jener allgemeinen Prinzipien, die für den Zusammenschluß von biologischer und sozialer Forschung besonders wichtig sind. Die Entwicklung der kybernetischen Technik zeitigt in gewissen Beziehungen eine Richtung der biologischen Evolution, wodurch die Beschäftigung mit der Geschichte besonders aktuell wird. Für die Kybernetik, die eine biotechnische Apparatur mit zwei künstlichen „Händen“ konstruiert, ist es praktisch wichtig zu wissen, wie das System zusammengesetzt ist, mit dem der Mensch seine Hände steuert.

Die auf neueste anthropologische Arbeiten gegründete These der Abhängigkeit der Sprachfunktionen der dominanten Hemisphäre davon, daß in jeder der beiden Hemisphären nicht nur die Steuerung der wichtigeren – rechten – Hand lokalisiert ist, sondern auch komplizierte Formen des Aufbaus beidhändiger Aktionen darin ihren Ort haben [28, 34], kann praktische Bedeutung haben für Ingenieure, die robotechnische Systeme nach dem Zweimaschinenprinzip entwerfen. Die Erforschung des Prinzips der Paarigkeit in der Technik, die unsere Wissenschaftler im Geiste der Bionik begonnen haben [14], verheißt wertvolle praktische Ergebnisse.

Vom Standpunkt der biologischen Evolution aus gesehen sind die Rechenmaschinen eine Fortführung der Funktionen der linken Hemisphäre des Gehirns. Diejenigen Eigenschaften, durch welche sich diese Hemisphäre von der rechten unterscheidet, sind in Rechenmaschinen, die mit diskreten Folgen von Symbolen operieren, extrem ausgeprägt worden. Wenn der Mensch (mit Hilfe der linken Hemisphäre) das benennt, was er bisweilen undeutlich wahrnimmt (mit der rechten Hemisphäre), bedeutet das für ihn bereits, daß er dieses unklare Muster erkennt. Aber für Rechenanlagen können sich auch menschliche Wörter als ebenso unklar erweisen. Deshalb läßt der Vergleich der Maschinen mit der linken Hemisphäre besser einige von deren Besonderheiten verstehen und ist zugleich Anlaß, über die Eigenschaften der rechten Hemisphäre nachzudenken, deren Nachformung einen Umschwung sowohl in der kybernetischen Theorie wie in der Praxis des Baus von Rechenmaschinen versprechen dürfte.

Während die rechte Hemisphäre des Gehirns von früher Kindheit an den Mensch mit der Außenwelt verbindet, erleichtert ihm die linke einen raschen Eintritt in die Gesellschaft, in der er lebt. Mehr noch, die linke Hemisphäre kann in gewissem Grade als Repräsentant dieser Gesellschaft in der neuropsychologischen Struktur der Persönlichkeit gelten. In dieser Hemisphäre ist die Muttersprache des Menschen verankert und seine innere (nach innen gewandte) wörtliche Rede, die auf dieser Sprache beruht.

Unsere Logiker haben die Ideen Wygotskijs von der Entstehung der inneren Rede und Bachtins vom Dialog weiterentwickelt und sind in den letzten Jahren zum dem Schluß gekommen, daß „die innere Rede… vielleicht als Dialog jener kulturhistorischen

Denkmuster (Denktätigkeit) vorstellbar ist, die in unterschiedlichen Stimmen meines ‚Ichs' interiorisiert (nach innen gekehrt) wurden, und deren Streit als eine Form von Mutmaßung auftritt und neue kulturelle Phänomene (Kenntnisse, Ideen, Kunstwerke...) erzeugt" ([147], S. 160). Mit anderen Worten: In der linken Hemisphäre befinden sich jene kulturhistorisch entstandenen Verhaltensprogramme, die die Gesellschaft dem Menschen anerzieht. In der sozialen Bedeutung der linken Hemisphäre kann man die Erklärung der verhältnismäßig geringen morphologischen Veränderlichkeit sehen, verglichen mit der rechten, wo beträchtliche individuelle Variationen biologisch möglich sind. Auf diesem Wege kann man interessante Schlüsse auch auf die psychophysiologischen und genetischen Quellen der darstellenden Kunst und der Musik (vielleicht auch noch anderer Künste) ziehen, die mit der rechten Hemisphäre zusammenhängen.

Der kybernetische Weg zur Erforschung der Sprache und des Gehirns, der mit der Vorstellung vom Gehirn als einer Art Gemeinschaft begonnen hat, wird weiter dazu führen, daß eines der Glieder dieser Gemeinschaft – die linke Hemisphäre – in das ganze weite Kollektiv einbezogen wird, welches sich der Sprache bedient. Die Prozesse des Informationsaustauschs innerhalb des Gehirns und innerhalb der Gesellschaft (wie auch zwischen Zivilisationen, einschließlich sogar jener in unserer Zeit diskutierten Möglichkeiten kosmischer „Dialoge", was die Schaffung einer neuen Wissenschaft „kosmische Linguistik" erfordern würde [148]), stellen verschiedene Seiten des gleichen Prozesses dar.

Es ist sehr interessant, sich über die Möglichkeiten der Anwendung von Kenntnissen über die Asymmetrie des Gehirns in der Zukunft klar zu werden. Die Spezialisten auf dem Gebiete der künstlichen Intelligenz finden einen Gedanken Shannons immer attraktiver, wonach „die Effektivität der Lösung solcher Aufgaben, wie Erkennung von Mustern, Übersetzung von einer Sprache in eine andere, die Schaffung eines anderen Typs von Rechenmaschinen voraussetzt, als wir heute besitzen. Mir scheint, daß das Rechenmaschinen sein müssen, die natürliche Operationen mit Mustern, Begriffen und undeutlichen Analogien ausführen werden, aber nicht konsekutive Operationen mit zehnstelligen Zahlen" ([155], S. 309/10; [156], S. 75). Die Lösung dieser kybernetischen Aufgabe würde auch die Nachformung der Funktionen der rechten Hemisphäre bedeuten. Darum kann sie eine ungeheure

Bedeutung haben für die kybernetische Theorie und Praxis der nächsten Jahrzehnte.

So wie auch bei der Untersuchung von Asymmetrieerscheinungen werden zuvor ganz verschiedenen Wissensgebieten angehörende Phänomene dank der Anwendung von Ideen und Methoden der Kybernetik zu einer Einheit zusammengeschlossen werden.

Literaturverzeichnis

Literaturstellen, die im Original in kyrillischer Schrift angegeben sind, wurden lediglich in lateinische Schrift übertragen (deutsche Bibliothekstransliteration). Russische Verlagsorte: Moskau (M.), Leningrad (L.).

[1] *Wigner, E. P.*: Symmetries and reflections. Scientific essays. Indiana University Press, Bloomington-London, 1970.

[2] *Goethe, J. W.*: Sämtliche Werke. Zürich, Artemis Verlag, 1977 (Deutscher Taschenbuch Verlag).

[3] *Borovin, G. K., Karpov, I. I., Lazgutin, I. M., Platonov, A. K.*: Sistema vyvoda informacii na ékran displeja, 1973. (In-t prikl. matematiki AN SSSR, Preprint No. 48).

[4] *Ochocimskij, D. E., Platonov, A. N.*: Algoritmy upravlenija šagajuščim apparatom, sposobnym preodolevat' prepjatstvija. – „Izv. AN SSSR. Techničeskaja Kibernetika“, 1973, No. 5.

[5] *Vukobtatović, M.*: Artificial Locomotion Systems: Dynamics, Control Algorithms, Stability. Dr. Sci. Thesis.

[6] *Gusev, S. V., Timofeev, A. V., Jakubovič, V. A.*: Ob odnoj ierarchičeskoj sisteme upravlenija integral'nym robotom. – V kn.: Trudy IV Meždunar. ob-edinennoj konf. po iskusstvennomu intellektu. Serija 9. Algoritmy upravlenija dviženiem i roboty. M., Naučnyj sovet no kompleksnoj probleme „Kibernetika“ AN SSSR, 1975, S. 9.76–9.84.

[7] *Cetlin, M. L.*: Issledovanija po teorii avtomatov i modelirovaniju biologičeskich sistem. M., „Nauka“, 1969.

[8] *Barrow, H. G., Crawford, G. F.*: The Mark 1,5 Edinburgh Robot Facility. – Machine Intelligence, Vol. 7, Edinburgh University Press, 1972, pp. 465–480.

[9] *Feldman, J. A., Sproull, R. F.*: System support für the Stanford Hand-Eye system. – 2nd International Joint Conference on Artificial Intelligence, London, September 1971, pp. 183–189.

[10] *Finkel', R., Tejlor, R., Bols, R. i dr.*: Obzor AL, sistemy programmirovanija dlja avtomatizacii. – V kn.: Trudy IV Meždunar. ob-edinennoj konf. po iskusstvennomu intellektu. Ser. 7. Techničeskie sredstva i matematičeskoe obespečenie iskusstvennogo intellekta. M., Naučnyj sovet po kompleksnoj probleme „Kibernetika“ AN SSSR, 1975, S. 7.134–7.158.

[11] *Sutro, L. L., Kilmer, W. L.*: Assembly computers to command and control a robot. Spring Joint Computer Conference, May 14–16, 1969, Boston, Mass., AFIPS, Conf. Proceedings, Vol. 34, 1969, pp. 113–137.

[12] Posobie po primeneniju promyslennych robotov. Pod. red. Kacuchiko Noda. Per. s japon. V. V. Potulovoj. Pod red. *P. N. Beljankina, B. Š. Rozina, V. N. Danilevskogo*. M., „Mir“, 1975.

[13] *Giljarov, M. S.*: Obratnye svjazy i napravlenie ėvolucionnogo processa. „Vestn. AN SSSR“, 1976, No. 8, S. 68–76.

[14] *Bianki, V. L.*: Ėvolucija parnoj funkcii mozgovych polušarij. L., Izd-vo LGU, 1967.

[15] *Šafranovskij, I. I.*: Simmetrija v prirode. M., „Nedra", 1968.
[16] *Želudev, I. S.*: Simmetrija i ee priloženija. M., Atomizdat, 1976.
[17] *Pol, R.*: Modelirovanie, planirovanie traektorij i upravlenie dviženiem robota – manipuljatora. Per. s angl. *A. F. Vereščagina, V. L. Generozova*. Pod red. *E. P. Popova*. M., „Nauka", 1976.
[18] *Bernstejn, N. A.* (*Bernstein, N. A.*): Očerki po fiziologii dviženij i fiziologii aktivnosti. M., „Medicina", 1966.
[19] *Ivanov, V. V.* (*Iwanow, W. W.*): Lingvistika i issledovanie afazii. – V kn.: Strukturno-tipologičeskie issledovanija. M., „Nauka", 1962.
[20] *Le Korbjuz'e* (*Le Corbusier*): Architektura XX veka. Per. s. franc. M., „Progress", 1970.
[21] *Gazaniga, M.* (*Gazzaniga, M.*): Rasščeplennyj mozg. V kn.: Vosprijatie. Mechanizmy i modeli. Per. s angl. M., „Mir", 1974, S. 47–57.
[22] *Mosidze, V. M., Akbardija, K. K.*: Funkcional'naja simmetrija i asimmetrija polušarij mozga. Tbilisi, „Mecniereba", 1973.
[23] *Moscovitch, M.*: On the representation of language in the right hemisphere of the right-handed people. – „Brain and Language", 1976, Vol. 3, No. 1, p. 47–71.
[24] Lateralization in the nervous system. Ed. S. Harnad, R. W. Doty, e. a. New York, Academic Press, 1977.
[25] *Balonov, L. Ja., Deglin, V. L.*: Sluch i reč' dominantnogo i nedominantnogo polušarij. L., „Nauka", 1976.
[26] *Sasanuma, S.*: Kana and Kanji processing in japanese aphasics. „Brain and Language", 1975, Vol. 1, No. 2, p. 369–383.
[27] *Milner, P.*: Fiziologičeskaja psichologija. Per. s angl. Pod red. *A. R. Lurija*. M., „Mir", 1973.
[28] *Teuber, H.-L.*: Effects of focal brain injury on human behavior. In: The nervous system. Ed. D. B. Tower. Vol. 2. The clinical neurosciences. New York, Raven Press. 1975, p. 457–480.
[29] *Deutsch, D.*: Musical illusions. „Scientific American", Vol. 213, October 1975, No. 4, p. 92–105.
[30] Fiziologija reči. Vosprijatie reči čelovekom. L., „Nauka", 1976. (Ser. „Rukovodstvo po fiziologii") Avt.: *L. A. Čistovič, A. V. Vencov, M. P. Granstrem i dr.*
[31] *Lurija, A. R., Cvetkova, L. S., Futer, D. S.*: Afazija u kompozitora. – V kn.: Problemy dinamičeskoj lokalizacii funkcij mozga. Sbornik trudov, povsjaščennyj *S. A. Sarkisovu*. M., „Medicina", 1968, S. 328–333.
[32] *Corballis, C. M., Beale, I. L.*: The psychology of left and right. Hillsdale, New Jersey, Lawrence Erlbaum Associates Publishers, 1976.
[33] *Lurija, A. R.*: Osnovnye problemy nejrolingvistiki. M., Izd-vo MGU, 1975.
[34] Origins and evolution of language and speech. Ed. by *S. R. Harnad, H. D. Steklis*, and *J. Lancaster* (Annals of the New York Academy of Science, Vol. 280), New York, 1976.
[35] *Vygotskij, L. S.*(*Wygotskij, L. S.*): Razvitie vysšich psichičeskich funkcij. Iz neopublikovannych trudov. M., Akad. ped. nauk, 1960.
[36] *Sperry, R. W.*: Lateral specialization in the surgically separated hemispheres. – In: The neurosciences: Third Study Program. Cambridge, Massachusetts, MIT Press, 1974, p. 5–20.

[37] *Pribram, K.*: Jazyki mozga. Per. s angl. Pod red. *A. R. Lurija*, M. „Progress", 1975.

[38] *Lurija, A. R.*: Malen'kaja knižka o bol'šoj pamjati. M., Izd-vo MGU, 1968.

[39] *Bratčikov, I. L.*: Sintaksis jazykov programmirovanija. M., „Nauka", 1975.

[40] *Ivanov, V. V.* (*Iwanow, W. W.*): Očerki po istorii semiotiki v SSSR. M., „Nauka", 1976.

[41] *Baker, W. E.*: Syntax in English poetry 1870–1930 (Perspectives in Criticism 18). Berkeley, Los Angeles, 1967.

[42] *Thom, R.*: Modèles mathématiques de la morphogenèse. Recueil de textes sur la théorie des catastrophes, et ses application. Paris, Union générale d'éditions, 1974.

[43] *Bar-Hillel, Y.*: Language and information. Reading, Mass., 1964.

[44] *Gladkij, A. V.*: Formal'nye grammatiki i jazyki. M., „Nauka„, 1973.

[45] *Luria, A. R., Simernitskaya, E. G., Tubylevich, B.*: The structure of psychological processes in relation to cerebral organization. „Neuropsychologia", 1970, Vol. 8, p. 13–19.

[46] *Tom, R.* (*Thom, R.*): Topologija i lingvistika. Per. s fr. s pred. Ju. I. Manila. – „Uspechi mat. nauk", t. XXX, vyp. 1, 1975, S. 199–221.

[47] *Jakobson, R., Lübbe-Grothues, G.*: Ein Blick auf *die Aussicht* von Hölderlin. – In: *Jakobson, R.*, Hölderlin. Klee. Brecht. Zur Wortkunst dreier Gedichte. Eingeleitet und herausgegeben von *E. Holenstein*. Baden-Baden, Suhrkamp Taschenbuch Wissenschaft 162, 1976, S. 27–96.

[48] *Lacan, J.*: Ecrits. Paris, Editions du Seuil, 1966.

[49] The autobiography of Bertrand Russell. Vol. II, 1914–1944. London, 1968.

[50] *Wittgenstein, L.*: Bemerkungen über die Grundlagen der Mathematik (Remarks on the foundations of mathematics). The MIT Press, Cambridge, Massachusetts, 1967.

[51] *Bar-Hillel, Y.*: Semantic information and its measures. – In: Cybernetics. 10th Conference, N. Y., 1957, p. 33–48.

[52] *Delgin, V. L.*: Funkcional'naja asimmetrija – unikal'naja osobennost' mozga čeloveka. – „Nauka i žizn' ", 1975, No. 1, S. 104–115.

[53] *Monod, J.*: Le hasard et la nécessité. Paris, Seuil, 1970.

[54] *Casagrande, J. B.*: Comanche baby language. – In: Language in culture and society: A reader in linguistics and anthropology. Ed. by *D. Hymes*. New York, Harper and Row, 1964, p. 244–248.

[55] *Manin, Ju., I.*: Teorema Gegelja. – „Priroda", 1975, No. 12.

[56] *Rosenfeld, L.*: Niels Bohr, 2 ed., Amsterdam, 1961.

[57] *Geschwind, N.*: Language and the brain. „Scientific American", 1972, Vol. 226, No. 4.

[58] *Hécaen, H.*: Acquired aphasia in children and the ontogenesis of hemispheric functional specialization. – „Language and Brain", 1976, Vol. 3, p. 114–134.

[59] *Critchley, M.*: Speech and speech-loss in relation to the duality of the brain. – In: Interhemispheric relations and cerebral dominance. Ed. by *K. Mountcastle*. New York, The John Hopkins Press, 1962.

[60] *Brown, R.*: The first language. Cambridge, Mass., MIT Press, 1973.

[61] *Dobelle, W. H., Mladejovsky, M. G.*: Phosphenes produced by electrical stimulation of human occipital cortex, and their application to the development of a prosthesis for the blind. „J. Physiology", 1974, Vol. 243, p. 553–576.
[62] *Kremin, H., Dubois-Charlier, F., Bierwisch, M., Hécaen, H., Weigl, E.*: Les troubles de la lecture, l'alexie. „Languages", 1976, Vol. 44, décembre.
[63] *Kuschel, R.*: A lexicon of signs from a Polynesian outliner island. A description of 217 signs as developed and used by Kagobai, the only deaf-mute of Renell Island (Psykologisk Skriftserie No. 8), København, Psykologisk Laboratorium, Københavns Universitet, 1974.
[64] *Taylor, A. R.*: Nonverbal communication systems in native North America. – „Semiotica", 1975, Vol. 13, No. 4, p. 329–374.
[65] *Cushing, F.*: Manual concepts. „American Anthropologist", 1892, Vol. 5.
[66] *Ėjzenštejn, S. (Eisenstein, S.)*: Izbrannye proizvedenija. V šesti tomach. T. 1. M., „Isskustvo", 1964.
[67] *Ševčenko, Ju., G.*: Razvitie kory mozga čeloveka v svete onto-filogenetičeskich sootnošenij. M., „Medicina", 1972.
[68] *Sethe, K.*: Ein altägyptischer Fingerzählreim. „Zeitschrift für ägyptische Sprache". 1918, Bd. 54, S. 16–39.
[69] *Frolov, B. A.*: Čisla v grafike paleolita. Novosibirsk, „Nauka", 1974.
[70] *Strojk, L. Ja.*: Kratkij očerk istorii matematiki. Per. s nem. 2-e izd. M., „Nauka", 1969.
[71] *Nojgebauer, O.(Neugebauer, O.)*: Točnye nauki v drevnosti. M., „Nauka", 1968.
[72] *Piaže, Ž. (Piaget, J.)*: Genezis čisla u rebenka. – V kn.: Piaž: J. Izbrannye psichologičeskie trudy. Psichologija intellekta. Genezis čisla u rebenka. Logika i psichologija. Per. s fr. M., „Prosveščenie", 1969.
[73] *Kancel'son, S. D. (Kantelson, S. D.)*: Istoriko-grammatičeskie issledovanija. T. 1. Iz istorii atributivnych otnošenij. M.-L., Izd-vo AN SSSR, 1949.
[74] *Van der Varden, B. L.*: Probuždajuščajasja nauka. Matematika Drevnego Egipta, Vavilona i Grecii. M., Fizmatgiz, 1959. – Hier zitiert nach: *Van der Waerden B. L.* Erwachende Wissenschaft. Basel und Stuttgart, Birkhäuser Verlag, 1956.
[75] *Cejten, G. G.*: Istorija matematiki v drevnosti i v srednie veka. Pers. s fr., M.-L., Gostechizdat, 1932.
[76] *Frenkel, A. A., Bar-Chillel, I. (Bar-Hillel, Y.)*: Osnovanija teorii množestv. Per. s angl., M., „Mir", 1966.
[77] *Levin, V. I.*: Ramanudžan – matematičeskij genij Indii. M., „Znanie", 1968.
[78] *Vygodskij, M. Ja.*: Arifmetika i algebra v drevnem mire. M., „Nauka", 1967.
[79] *Burbaki, N. (Bourbaki, N.)*: Očerki po istorii matematiki. Per. s fr. M., IL, 1963.
[80] *Nejman, J. (Neumann, J.)*: Vyčislitel'naja mašina i mozg. Per s angl. – B kn.: Kibernetičeskij sbornik 1. M., IL 1960.
[81] *Kolmogorov, A. N.*: Avtomaty i žizn'. V kn.: O suščnosti žizni. M., „Nauka", 1964.

[82] *Bunak, V. V.*: Proischoždenie reči po dannym antropologii. – V kn.: Trudy Instituta etnografii AN SSSR, t. XII. M., Izd. AN SSSR, 1951.
[83] *Kočetkova, V. I.* (*Kotschetkowa, W. I.*): Paleonevrologija. Pod red. *V. P. Jakimova.* M., Izd-vo MGU, 1973.
[84] *Abler, W. L.*: Asymmetry in the skulls of fossil men: evidence of lateralized brain function. „Brain, behaviour, and evolution", 1976, Vol. 13, No. 2–3, p. 111–115.
[85] *Geschwind, N.*: Selected papers on language and the brain. (Synthese Library), D. Reidel Publishing Co., Dordrecht, Holland, 1974.
[86] *Semenov, S. A.*: Sledy raboty na orudijach i dokazatel'stva raboty neandertal'cev pravoj rukoj. – V kn.: Kratkie soobščenija In-ta archeologii AN SSSR. Vyp. 84. M., Izd-vo AN SSSR, 1961.
[87] *Groves, C., P., Humphrey, N. K.*: Asymmetry in gorilla skulls: evidence of lateralized brain function. „Nature", 1973, No. 244, p. 51–54.
[88] *Mounin, G.*: Language, communication, chimpansees. „Current anthropology", 1976, Vol. 17, No. 1.
[89] *Gardner, R. A., Gardner, B. T.*: Teaching sign language to a chimpanzee. – In: Language in Thinking. Selected Readings. Ed. by *P. Adams.* London, Penguin Books, 1972, p. 17–42.
[90] *Dravfuss, G. R., Kochen, M., Robinson, J., Badre, A.*: On the psycholinguistic reality of the fuzzy sets. In: Papers from the parasession on functionalism. April. 17, 1975. Ed. by *R. E. Grossmann, L. J. San, T. Y. Vance,* Chicago Linguistic Society, Chicago, 1975, p. 135–149.
[91] *Zadeh, L. A.*: A fuzzy theoretical interpretation of linguistic hedges. „J. Cybernetics", 1972, Vol. 2, No. 1, p. 4–39.
[92] *Krušinskij, L. V.*: Elementarnaja rassudočnaja dejatel'nost' životnych i ee rol' v ėvoljucii. V kn.: Filosofija v sovremennom mire. Filosofija i teorija ėvoljucii. M., „Nauka", 1974, S. 156–215.
[93] *Aristotel'* (*Aristoteles*): Sočinenija. T. 1. M., „Mysl' ", 1976.
[94] *Zolotarev, A. M.*: Rodovoj stroj i pervobytnaja mifologija. M., „Nauka", 1964.
[95] *Tich, N. A.*: Predystorija obščestva. L., Izd-vo LGU, 1970.
[96] *Komeni, Dž., Snell, Dž, Tompson, Dž,* (*Kemeny, J., Snell, J., Thompson, J.*): Vvedenie v konečnuju matematiku. Per. s angl. M., „Mir", 1963.
[97] *Uajt, Ch.* (*White*): Modeli system rodstva s predpisannym brakom. – V kn.: Matematičeskie metody v social'nych naukach. M., „Progress", 1973, S. 138–152.
[98] *Ėšbi, U. R.* (*Ashby, U. R.*): Teoretiko-množestvennyj podchod k mechanizmu i gomeostazisu. – Per. s angl. V kn.: Issledovanija po obščej teorii system. M., „Mir", 1969.
[99] *Vejl', G.* (*Weyl, H.*): Simmetrija. Per s angl. M., „Nauka", 1968.
[100] *Frankfort, F. N.*: Kingship and the gods. London, 1948.
[101] *Tomson, Ď.* (*Thomson, J.*): Issledovanija po istorii drevnegrečeskogo obščestva. T. II. Pervye filosofy. Per. s angl. M., IL, 1959.
[102] *Lévi-Strauss, C.*: Les structures élémentaires de la parenté. Paris, 1949.
[103] *Fludd, R.*: Medicina catholica. Frankfurt, 1629.
[104] *Turovskaja, M. I.*: Geroi bezgerojnogo vremeni. M., „Iskusstvo", 1971.
[105] *Viner, N.* (*Wiener, N.*): Kibernetika i obščestvo. Per. s angl. M. IL, 1958.
[106] Drevnekitajskaja filosofija. Sobranie tekstov v dvuch tomach. T. 2. M., „Mysl' ", 1973.

[107] *Ėjzenšstejn, S. M.* (*Eisenstein, S. M.*): Izbrannye proizvedenija v šesti tomach. T. 2, M., „Iskusstvo", 1964.
[108] *Ėjzenštejn, S. M.* (*Eisenstein, S. M.*): Četi nečet. „Grundproblem". CGALI, f. 1923, op. 2, ed. chr. 236–243.
[109] *Arnchejm, R.* (*Arnheim, R.*): Iskusstvo i vizual'noe vosprijatie. Per s angl. M., „Mir", 1974.
[110] *Dobrochotova, T. A., Bragina, N. N.*: Funkcional'naja asimmetrija i psichopatologija očagovych poraženij polušarij mozga. M., „Medicina", 1977.
[111] *Urmancev, Ju. A.*: Simmetrija prirody i priroda simmetrii. (Filosofskie i estestvennonaučnye aspekty). M., „Mysl' ", 1974.
[112] *Gardner, M.*: Ėtot pravyj, levyj mir. M. „Mir", 1967.
[113] *Vajnberg, S.* (*Weinberg, S.*): Svet kak fundamental'naja častica. UFN, 1976, t. 120, vyp. 4, S. 677–690.
[114] *Fejerbach, L.*: Izbrannye filosofskie proizvedenija. T. 1. Per. s nem. M., Politizdat, 1955, S. 134–204. – Hier zitiert nach: *Feuerbach, L.*Grundsätze der Philosophie der Zukunft. Kritische Ausgabe mit Einleitung und Anmerkungen von Gerhart Schmidt. Frankfurt a. M. Vittorio Klostermann 1967.
[115] *Vinograd, G.*: Programma, ponimajuščaja estestvennyj jazyk. Per. s angl. M., „Mir", 1976.
[116] *Leroi-Gourhan, A.*: Le geste et la parole. La mémoire et les rythmes. Paris, Editions Albin Michel, 1965.
[117] *Bohr, N.* (*Bor, N.*): Atomnaja fizika i čelovečeskoe poznanie. Per. s angl. M., IL, 1960.
[118] *Kurylowicz, J.*: Esquisses linguistiques II (Internationale Bibliothek für allgemeine Linguistik, herausgegeben von. *E. Coseriu*, Band 37). München, Wilhelm Fink Verlag, 1975.
[119] *Vejl', G.* (*Weyl, H.*): Dopolnenija. – V kn.: Prikladnaja kombinatornaja matematika. (Sbornik statej). Pod red. *E. Beckenbach*. Per. s angl. M., „Mir", 1963, S. 301–360. – Hier übersetzt aus dem engl. Original: *Weyl, H.* Ars Combinatoria. Appendix 18.1, p. 542, in *Beckenbach, E. F.* (ed.): Applied Combinational Mathematics. New York, Sydney. J. Wiley and Sons Inc. 1964.
[120] *Benvenist, E.*: Obščaja lingvistika. Per. s fr. M., „Progress", 1974.
[121] *Jakobson, R.*: Šiftery, glagol'nye kategorii i russkij glagol. Pers. s angl. V kn.: Principy tipologičeskogo analiza jazykov različnych stran. Pod red. O. G. *Revzinoj*. M., „Nauka", 1972, S. 95–113.
[122] *Buber, M.*: Ich und Du. – In: *Buber, M.* Die Schriften über das dialogische Prinzip, Heidelberg, 1954.
[123] *Pasternak, B. L.*: Ljudy i položenija. – „Novyj mir", 1967, No. 1.
[124] *Kępiński, A.*: Lęk. Warszawa. Państwowy Zaklad Wydawnictw Lekarskich, 1977.
[125] *Rassel', B.* (*Russel, B.*): Čelovečeskoe poznanie. Ego sfery i granicy. Per s angl. M., IL, 1957.
[126] *Reichenbach, H.*: Elements of symbolic logic. New York, The Macmillan Company, 1947.
[127] *Vejl', G.* (*Weyl, H.*): Struktura matematiki. „Uspechi mat. nauk", 1975, t. XXXI, vyp. 4.

[128] *Russel, B.*: An inquiry into meaning and truth. London. Penguin Books, 1973.

[129] *Kardašev, N. S.* (*Kardashow, N. S.*): Peredača informacii vnezemnymi civilizacijami. V kn.: Vnezemnye civilizacii. Erevan, izd-vo AN Arm. SSR, 1965.

[130] *Ornstein, R. E.*: The psychology of consciousness. San Francisco, *W. H. Freeman*, 1972.

[131] *Chė, Ė.* (*Hamp, E.*): Slovar' amerikanskoj lingvitičeskoj terminologii. Per. s angl. M., „Progress", 1964.

[132] *Pasternak, B. L.*: Stichotvorenia i poemy. M.-L., „Sov. pisatel'". 1965. (Biblioteka poėta. Bol'šaja serija, 2-e izd.).

[133] *Kolmogorov, A. N.*: Tri podchoda k opredeleniju ponjatija „količestvo informacii". „Problemy peredači informacii", 1965, t. 1, S. 3–11.

[134] *Kolmogorov, A. N.*: K logičeskim osnovam teorii informacii i teorii verojatnostej. „Problemy peredači informacii", 1969, t. 5, vyp. 3, S. 3–7.

[135] *Zvonkin, A. K., Levin, L. A.*: Složnost' konečnych ob-ektov i obosnovanie ponjatija informacii i slučajnosti c pomošč' ju teorii algoritmov. „Uspechi mat. nauk", 1970, t. 25, vyp. 6, S. 85–127.

[136] Problema CETI (svjaz' s vnezemnymi civilizacijami). Pod red. *S. A. Kaplana*. M., „Mir", 1975.

[137] *Raševskij, P. K.*: O dogmate natural'nogo rjada. „Uspechi mat. nauk", 1973, t. XXVIII, vyp. 4 (172), S. 243–246.

[138] *Colby, K. M.*: Artificial paranoia. London, Pergamon Press, 1975.

[139] *Fot, U. S.*: Effekt kak motivacija poznavatel'nych i volevych processov. V kn.: Trudy IV Meždunar. ob-edinennoj konf. po iskusstvennomu intellektu. Sekcija 11. Psichologičeskie problemy iskusstvennogo intellekta (vyp. 1). M., 1975, S. 58–75. (Naučnyj sovet po kompleksnoj probleme „Kibernetika").

[140] *Lojelin, Ďz.* (*Lowelin, J.*): Mašiny, obladajuščie čertami ličnosti. – V kn.: Čelovečeskie sposobnosti mašin. Per. s angl. M., „Sov. radio", 1971, S. 138–152.

[141] *Bachtin, M. M.*: Problemy poetiki Dostoevskogo. M., „Sov. pisatel'", 1963.

[142] *Jakobson, R.*: Der grammatische Aufbau der Kindersprache (Rheinisch-Westfälische Akademie der Wissenschaften. Geisteswissenschaften, Vorträge G 218), Opladen, Westdeutscher Verlag, 1977.

[143] *Suvorov, N. F., Firsov, L. A.*: Primatologičeskij aspekt v sravnitel'no-fiziologičeskom izučenii povedenija. – V kn.: Problemy vysšej nervnoj dejatel'nosti i nejrofiziologii. L., „Nauka", 1975, S. 87–101.

[144] *Bejson, Ž.*: Genetika. Per. s fr. V. I. Nazarova. M., Atomizdat, 1976.

[145] *Wilson, E.*: Sociobiology. Cambridge, Mass., MIT Press, 1975.

[146] *Reynolds, V.*: The biology of human action. Reading and San Francisco, W. H. Freeman and Company Limited, 1976.

[147] *Bibler, V. S.*: Myšlenie kak tvorčestvo. (Vvedenie v logiku myslennogo dialoga). M., Politizdat, 1975. (Serija „Nad čem rabotajut, o čem sporjat filosofy").

[148] *Šklovskij, I. S.*: Vselennaja, žizn', razum, 4-e izd. M., „Nauka", 1976.

[149] *Lansker, D., van*: Heterogeneity in language and speech: neurolinguistic studies (Working Papers in Phonetics, 29), April 1975, Los Angeles.

[150] *Gates, A., Brandshaw, J. L.*: The role of the cerebral hemispheres in music. „Brain and Language", 1977, Vol. 4, No. 3, p. 403–431.

[151] *Hardyek, E., Tzeng, O. J. L., Wang, W. S.-Y.*: Cerebral lateralization of function and bilingual decision processes: is thinking lateralized. „Brain and Language", 1978, Vol. 5, No. 1, p. 56–71.

[152] *Popov, E. P., Vereščagin, A. F., Zenkevič, S. L.*: Manipuljacionnye raboty. M., „Nauka", 1978.

[153] *Galaburda, A. M., Le May L., Kemper, T. L., Geschwind, N.*: Right – left asymmetries in the brain. „Science", 1978, Vol. 199, No. 4331, pp. 852–856.

[154] *Geršuni, G. V. (Gerschuni, G. W.), Bogdanov, B. V., Vakarčuk, O. Ju., Mal'cev, V. P.*: O kommunikacionnych signalach obez'jan Cebus capucinus (evoljucionnyj aspekt). Žurnal eksperimental'noj biologii i fiziologii, 1977, t. 8, S. 662–675.

[155] Computers and the world of the future. Cambridge, Mass. MIT Press, 1969.

[156] *Orfeev Ju. V., Tjuchtin, V. S.*: Myšlenie čeloveka i „iskusstvennyj intellekt". M., „Mysl' ", 1978.